魅丽文化 飞魔幻工作室

浮沙

嬷嬷
/著

百花洲文艺出版社
BAIHUAZHOU LITERATURE AND ART PRESS

图书在版编目（CIP）数据

浮沙 / 嬷嬷著. -- 南昌 : 百花洲文艺出版社，2018.8
ISBN 978-7-5500-2921-7

Ⅰ. ①浮… Ⅱ. ①嬷… Ⅲ. ①长篇小说－中国－当代
Ⅳ. ① I247.5

中国版本图书馆 CIP 数据核字（2018）第 154289 号

浮沙

嬷嬷 著

出 版 人	姚雪雪
责任编辑	郝玮刚　蔡央扬
特约编辑	廖　琼
内页设计	郭　颂
出版发行	百花洲文艺出版社
社　　址	南昌市红谷滩新区世贸路 898 号博能中心 A 座 20 楼
邮　　编	330038
经　　销	全国新华书店
印　　刷	湖南凌宇纸品有限公司
开　　本	880mm×1230mm　1/32　印张 9
版　　次	2018 年 8 月第 1 版第 1 次印刷
字　　数	140 千字
书　　号	ISBN 978-7-5500-2921-7
定　　价	36.80 元

赣版权登字　05-2018-299

网址　http://www.bhzwy.com
图书若有印装错误，影响阅读，可向承印厂联系调换。

目 录
CONTENTS

目录
CONTENTS

第一章 初见

那天，在千秋俱乐部的包厢里，游今萧第一次见到了周措。

原本轮不到她试台的，一来罗姐不喜欢带新人，怕她们不懂事得罪顾客，或者私下转移客源，二来高端会所竞争极大，身高一米七以上、前凸后翘、会哄人、放得开、能喝酒、漂亮情商又高的女孩儿不在少数，今萧混迹其中，算不上出挑，所以当晚第一批并没有让她去。

照理说，妈咪推荐佳丽，客人很少会驳面子，今萧原以为今日可以消消停停地度过了，谁知没过一会儿，罗姐竟返回休息室，通知换一批人试台。这次把她和另一个刚来不久的高冷女孩儿也叫上了，一边走一边提醒说："老实待着就好，宁愿装傻也别乱讲话，这几位客人不喜欢轻佻。"

今萧闻言低头看了看自己的装束，一件黑色V领吊带衫，下面是红色棉质的开衩半身裙，红得那叫一个骚，想显得不轻佻太难了。

"夏露，"罗姐突然瞥过来，认真打量道，"露露，你以后不要化这么浓的妆，明明是八九分的美女，怎么被你自己化得这么……不高级？"

今萧心头一跳，忙笑说：“我化妆技术不行，以后多练几次就好了。”

罗姐还想说什么，却已经到了地方，她扬起笑脸，推门而入，小姐们跟在身后，踩着平均八厘米高的高跟鞋，一排站开，又甜又脆地问了声好。

沙发上十几个中年男子齐刷刷看过来。每当此时，今萧都会感到一阵空洞的陌生，总觉得站在这里像商品一样任人挑选的“露露”不是自己。对，肯定不是，瞧那浓妆艳抹、衣衫轻浮的风尘样，怎么可能是游今萧？夏露而已。

如此想来，她暗暗呼一口气，抬头平视，倏忽间注意到了沙发上的周措。

当然，那时她还不知道他叫周措，只听包厢里的男人们都在殷勤怂恿：“周总先点吧，不行再换一批，美女多的是。”

今萧面无波动，循声望去，却见那位“周总”长了一张轮廓分明的脸，嘴角带着浅笑，温文尔雅，在这灯红酒绿的环境里竟有几分颓唐奢靡的意味，令人赏心悦目得很。

真奇怪，有些人分明衣着得体、稳重自持，但浑身上下却莫名散发着性感的蛊惑，当你见到他的第一眼，会联想无数。

这究竟是成年人的思想太龌龊，还是对方天生自带吸引力呢？

今萧无法分辨，她只是发现身旁的姐妹都在不自觉地拨弄头发，调整仪态，而那个男人随意扫了一圈儿，目光从一张张浓艳的脸上掠过，最终停在那位白裙子的高冷女孩儿身上，点了她的台。

“Amy（艾米），快去呀，”罗姐手里夹着烟，骄傲地向客人介绍，“我们家Amy可是名校大学生，来这里做兼职的，跟各位老板一定很投缘。”

高冷女孩儿眉头微蹙，说：“经理，我叫Ailsa（艾尔莎）。”

闻言大家都笑了，今萧见罗姐吃瘪的样子也觉得有点好笑，可转念一想，今晚坐不了台，没有收入，心里又惆怅起来。

不料另一个中年男子倒看中了她，点她过去作陪，今萧松一口气，走到他身旁落座。

这帮人刚从六楼清平斋的饭局下来，因是商务应酬，大多时候仍在谈正事，没怎么喝酒，也没怎么娱乐，约莫十一点的时候场子就散了，今萧看见那位周总站起身，个头很高，身材匀称结实，应该有健身的习惯。他客气地询问 Ailsa 是否需要开车送她回家，Ailsa 说不用，他点头致意，拿起西服外套离开。

今萧心想，如果每位客人都像今夜的客人这样和蔼可亲，那该有多好。

回到休息室，罗姐把今天的工资结算给她，一千二的场，客人给了一千五，还不错。

“露露，明天上班让化妆师给你收拾吧，”罗姐在镜子里打量她的脸，频频摇头，“烟熏妆都过时好几年了，你还给自己弄两个乌七八黑的熊猫眼，吓不吓人？”

今萧一面卸假睫毛一面回道：“化妆师一次要八十呢……太贵了。”

罗姐简直无语：“真是小地方来的，没见过世面，舍小钱挣大钱懂不懂？自己好好儿掂量一下，别那么没出息，这里可是千秋。”

眼看着罗姐走远了，美拉凑到今萧身旁轻轻嗤笑：“八十块还不贵吗，她真当咱们是摇钱树呢，也不想想干这一行花销有多大，每个月管理费两千，每天打卡买台票，六十块一张，还不一定有班可以上。”

美拉将一头卷发拨到肩后，压低声音继续道：“再说了，有好的资源，她都让愿意出台的小姐先去试房，选不上了才轮到咱们，酒水指标还定那么高，我这个月的业绩那叫一个惨，再这么下去肯定得堕落，出台陪睡算了。”

今萧把五颜六色的化妆棉扔进垃圾篓，心里有些恍惚。想当初到这里应聘，也算过五关斩六将，一百个人里能有十个被挑中就算不错了。千秋的场子在忘江城数一数二，来这里消费的大多是商务人士，素质较高，不像那些三五百的场子，越便宜越荒唐，脱台的一大把，小姐们光溜溜地在包房里跳舞，酒池肉林，纵情纵欲，当真是活生生的糜烂。

“这种话说说就算了，你可千万别想不开。”

“我知道，”美拉叹一声，又凑过来小声嘀咕：“去年忘江查封了好几家夜总会，老板都被抓了，我心里也发怵呢，真怕哪天上班的时候突然冒出几十个警察，把我们押进局子，搞不好还会上电视，想想都害怕。”

今萧也害怕，怕得不敢多想，她只是继续化着大浓妆去陪客，妆越浓，她就越觉得安全。

到下班的时候，坐在休息室对着镜子卸掉厚厚的粉底、假睫毛、眼线、眼影、腮红、口红，就像揭下一层人皮面具，常常把美拉看得目瞪口呆。天知道吧，她妆前妆后反差甚大，但差别并不在美丑，而在于清纯与妖艳这对反义词居然奇迹般出现在了同一张脸上，那种视觉冲击真是相当有看头。

卸完妆后，她会换上衬衣、牛仔裤、回力鞋，再将上班穿的裙衫装进双肩包，然后戴上一顶黑色鸭舌帽，从员工通道离开金碧辉煌的千秋，乘车回学校宿舍。

白天上课，晚上坐台，这种生活不知道要持续多久。她从不带妆回学校，也从不在千秋提及自己的真实信息。两处地点，两个姓名，犹如泾渭两端，界限分明。

时刻保持清醒，这是她对自己的忠告。

那天收工早，看时间还能赶上最后一班地铁，今萧走出俱乐部，面对着来往的人群，下意识将帽子压低了些，总想把自己藏起来，不要被发现。

正打算往地铁站走，这时突然接到了美拉的电话。

“露露，江湖救急，能不能给我送点东西，我那个来了！”

今萧说：“可我现在不在休息室。”

“你下班了？那怎么办……客人还在包厢等，我完蛋啦！”

今萧把手机从耳边拿开，看了看时间，说：“你在哪儿？我没走远，可以帮你送一趟。”

美拉惊呼：“洗手间！你快来，顺便借我一条裙子，拜托拜托了！”

今萧在包里翻找卫生巾和短裙，大步往里走，因怕错过地铁，急急忙忙跑起来，转过长廊拐角，突然迎头撞到一个宽阔的胸膛，猛地那么一下，手里的东西掉了一地。

“不好意思，你没事吧？”对方道歉，弯腰替她拾东西。

清朗的声线，平和温润，今萧看见一双男人的手，修长整洁，白皙干净，这样好看的手，夹烟、写字，都是很迷人的，可为什么偏偏要拿她的卫生巾？

兴许对方并没有留意那是什么，今萧却感到荒谬，迅速将那人手里的东西夺过来，抬头冷冷瞪了他一眼。

周措没想到会被瞪。帽檐底下一双黑瞳杏眼，像深秋清寥的明月，静默于深远山谷之上，清冷深邃，直指人心。

“夏露！”美拉在洗手间前招手，“这里！快过来！”

今萧已认出面前的男人，惹不起，低下头，迅速离开。

“真该死，周期不准，裙子都弄脏了，还好颜色深看不见……”美拉喋喋不休，拽着今萧往里去。待两人出来的时候，走廊空空荡荡，早已不见男子的踪影。

那是她第二次见他，原以为只是无关痛痒的邂逅，大家匆忙偶遇，转瞬即忘，却没曾想，几天后竟又在包厢里碰面了。

当时他身旁坐着Ailsa，罗姐带着女孩儿们进去，他抬头看见她，打量片刻，然后点了她的台。

今萧有些诧异，不知他是否认出了自己，想退台，一时又找不到合适的理由。

就这么迟疑着，走过去坐下，他似乎对她艳俗的装扮有些失望，没怎么搭理，自顾自点了支烟，往后靠在沙发背上，略显醉态。

缓了一会儿后，他侧过身，与Ailsa说话。

原来今晚在座的客人里有一个老外，是俄罗斯人，中文不太会，英文也一般般，而Ailsa是学俄语专业的，他便请她帮忙招待那位老外，随意聊点儿什么都行。

之后，他掐掉香烟，重新窝进沙发，闭目养神。

今萧不善言谈，就这么坐着倒也乐得轻松，只是想到这个月的酒水指标还差一大截，纠结片刻，到底挂上笑脸，主动与他攀谈："周总平时喝什么酒？黑方还是人头马？"

其实话一出口她就后悔了，人家明显已经不胜酒力，她居然还在打这种主意，当真心狠了点儿。

看他睁开眼，正要启唇，她摆摆手，说："算了，您还是休息吧，桌上这些也够喝了。"

听完这话，周措轻轻笑起来，今萧坐得近，看见他眼尾隐现性感的纹路，这才惊觉原来他已经不年轻了。

"没关系，让他们开两瓶轩尼诗吧。"他温言说。

今萧愣怔数秒，也没客气，示意公主去拿酒。

不一会儿，酒送来，开瓶倒入杯中，回头一看，周措早已自顾自睡去。

今萧没有叫他，安静地在一旁盯着屏幕发呆。周遭男男女女，气氛融洽，小姐们训练有素，眼看在座的客人都是中年男子，她们便投其所好，专挑老歌演唱，一时间包厢里痴痴缠缠，王菲、林忆莲、邓丽君，轻灵缱绻，温声软语。

因为无事可做，今萧开始感到疲惫。她低头悄悄打了个哈欠，身体仍旧笔直端坐，但脑袋已昏昏欲睡。

勉力支撑许久，困顿难当，稍稍合上眼，身体不由得往后仰倒，她倏地惊醒，同时感觉有一只温厚的手掌从后面托住了她的背，将她扶起。

转过头，看见周措不知何时醒来，手里的香烟已经燃烧过半，也许，他刚才一直在观望她打瞌睡，观望了很久。

今萧化着浓妆的双眸呈现懵懂状态，浑噩的脑子一时不能理清思路，只觉得像偷懒的员工被老板抓包，有点丢人，耳朵瞬间烫起来。

周措看着她，没有说话。

烟抽完了，他低头靠近。

“你出台吗？”

今萧听见他轻声询问。

第二章 你出台吗

“你出台吗？”

一句话叫她陡然清醒。

若说先前对这个男人的友善与温和存有几分好感的话，此刻也就戛然而止了。

今萧拾起微笑：“周总，我只做平台，不出台。”

他觉察到她的生疏，亦自觉拉开了两人之间的距离：“抱歉。”

其实小姐出台与否，妈咪都会提前告之，他不该这么问的。大约酒精作祟，加上这纸醉金迷、纵情声色的氛围，迷乱是很容易的事情。今萧可以理解。

只是多少有些得罪他吧，之后两人没什么交流，聚会结束以后他客套两句，然后便与生意伙伴说说笑笑地离开了。

返回休息室的路上，今萧收到罗姐的微信转账，点开看一眼，确认收款，然后提到银行卡里。

美拉曾经问过她，打算在这行干多久。其实她心里没什么底，但总不会一直待在这个圈子，将来肯定还是要回到正常的生活轨道，找份朝九晚五的工作，过寻常人的生活。

美拉没说话，看她半晌，用一种过来人的语气笑说：“当年我也是这么想的，十九岁入行，以为做个一年半载，存够钱，随时都可以抽身。可踏进来以后才知道，入了这行就很难适应别的工作了。小职员辛辛苦苦一个月，可能还比不上咱们一晚上挣的，那种落差你根本接受不了。”

今萧想了想，点头道：“我同意。”

“是吧，”美拉微叹：“所以我一干就是三年，平时花钱也习惯大手大脚，见多了一掷千金，哪里还瞧得上月薪三五千的工作呢？没办法，越陷越深，已经不由自己了。”

今萧扬唇笑笑，不置可否。

十一点半，走出千秋俱乐部大门，她掏出手机给母亲打了个电话，还未接通，面前停下一辆黑色轿车，车窗摇下来，里头的人招呼：“夏小姐。”

夏小姐？哦，是在叫她。

今萧弯下腰，看清了来人：“周总。”

他简单明了：“上车，我送你回去。”

“不用麻烦了。”

话音未落，他已经推开车门，往里挪了挪，给她留出了位置，今萧攥着手机摩擦两下，想到方才收了人家的钱，现在没道理不给面子，于是顺从地钻进了车厢。

驾驶座上的助理小刘从后视镜看了两眼，一时没能将她与刚才那个浓妆艳抹的陪酒小姐联系在一起。

“你好像很喜欢戴鸭舌帽。”周措淡淡地看着她。

今萧愣了愣，诚然道：“怕被同学撞见。”

“还在上学？”

“嗯，随便上上。”

随便上上？他失笑：“你住哪儿？”

“学校宿舍。”说着她顿了下，反正躲不过了，“理工大学。”

周措点头：“原来理工大学是随便就可以上的。”

今萧没有接话。

小刘安静地将车驶往理工大学方向。车里有浅淡的古龙水的气味，像香薰，又像他身上的味道。两人之间隔着他的西服外套。今萧拿下背包，放在腿上，两手揣进卫衣口袋，转头去看窗外的街景。

车里这样静，仿佛无言以对也是很自然的事情。周措轻轻揉捏眉心，他今晚确实喝多了，脑子昏沉晕眩，浮游飘荡，真不喜欢这种不能自控的感觉。好在身旁的人一直保持静默，没有叨扰他。

约莫二十分钟后，车子停在理工大学门口。

今萧背上双肩包：“谢谢周总，您早点儿休息，我回去了。”

周措望着窗外：“理工大的夜景一直不怎么样，黑灯瞎火的，什么也看不清。”

今萧一条腿已经跨出车门，听见他这话，走也不是，不走也不是。“还行吧……几栋大楼挺明亮的，就是小路有点儿黑。”

周措“嗯”一声：“那我送你一程，顺便散散酒气。”

他并不是跟她商量，而是自顾自推开车门下了车，今萧眉宇微蹙，绕过汽车，不言不语走在他身后。

十月的忘江城，深夜已微凉，她把卫衣帽子罩在鸭舌帽上，两手抱着胳膊，目光淡淡的，看着他颀长的身影走在路灯下，一会儿满载昏黄，一会儿陷入幽暗。

剩下的就只有沉默了。

他送她，但并没有交流的打算，就像刚刚在车里，他似乎只是想要一个安静的人陪在身边，与他一起安静片刻而已。

到不得不开口的时候，今萧停下脚步：“周总，我走这边。”

他转过头，问：“学生宿舍不是该往左吗？”

他竟然知道学生宿舍的位置，今萧心下疑惑，但嘴上没说，只回道："我住教师公寓。"

这下换他疑惑了："你是老师？"

"不是，"她略微迟疑，虽然不想透露个人信息，但更不愿这样模棱两可，让别人误以为自己是什么名校高才生，于是解释说，"我读的是成人教育，不是统招生。"

他并不在意这两者之间的差别，问："成教不安排宿舍吗？"

"有宿舍，但也有门禁，而且……"她稍许停顿，"我去千秋上班以后每天晚归，不适合跟同学住在一起，所以这学期租了教师公寓的单间。"

周措默然，依稀回忆起什么："我考研究生那段时间也住过教师公寓。"

今萧一愣："您是理工大的？"

"嗯，"他笑起来，"所以，我也算你师兄，虽然已经毕业十几年了。"

今萧闻言直直看着他："你……"

周措知道她想说什么，坦言道："我今年三十七岁。"

今萧点头："那你不能算师兄了，应该是师叔才对。"

他嘴角轻撇，佯装恼怒，抬手轻轻拍了拍她的脑袋。

今萧放松下来，有那么一瞬间，甚至忘了对方是她坐台陪酒的客人，也忘了自己是会所里与人消遣的小姐。

但也只有那么一瞬间，她很快告诫自己警醒。

"对了，你这周五有空吗？"周措打断她的思绪，"南华市有一个商务酒会，我需要带女伴参加，希望你可以作陪。"

"南华市？"

"嗯，"他说，"当天就可以回来，车程两个小时而已。"

今萧爽快地答应："我周五下午没课，什么时候走，您打电话通知我。"

周措拿出手机存下她的号码："到时我来接你。"

今萧回到公寓，另外两个房间的室友早已经睡下，她轻手轻脚拿毛巾去共用的浴室洗澡，洗完轻手轻脚回到自己的小房间，关上门，换上睡衣，给母亲打了一通电话，然后转一笔钱过去。看看时间，凌晨十二点半，她躺在床上翻看六级单词，不多时困意袭来，她关灯睡去。

周五下午一点，接到周措的电话，询问她现在是否可以出发。今萧已收拾妥当，提着旅行包下楼，见他把车开了进来，停在公寓前等候。

她今天穿纯棉白T恤、黑色牛仔裤、黑色运动鞋，因为天气有些凉，手上拿着棒球服外套，倒没戴鸭舌帽，头发束成高高的马尾，就这么走入午后明媚的阳光里，猝不及防让人眼前一亮。

周措打开后备厢让她放置行李，她坐上副驾驶座，打了声招呼，一边系安全带一边解释说："晚上要穿的裙子和鞋子我都带了，到那边以后再换。"

周措说："不用紧张，只是个简单的酒会而已。"

她点头。

"你今晚还去会所吗？"他问，"去的话我尽量早些送你回来。"

"不用，我已经请过假了，要在南华待两天。"

周措愣了下，随即道："也好，南华有几个不错的景点，我可以带你到处逛逛。"

今萧闻言顿住，知道他误会了，忙说："不是，我弟弟在华沙医院住院，我每周都会去看他的。"

周措恍然大悟，难怪那天她答应得那么爽快。

“其实忘江大学的附属医院就很好，为什么要去华沙呢？来回也不方便。”

今萧说：“忘江是比较方便，但全省最好的烧伤科还是在华沙。”

周措转头看她，见她脸色淡淡的，不是很想深聊的样子，他也不好再多问。

下午三点，抵达南华市，晚宴地点安排在一个度假酒店，下了车，今萧随周措走进大堂，没想竟在这里碰见了两个熟人。

Ailsa和那位俄国老外，罗伊别洛夫。

周措是早知道他们要来的，而今萧和Ailsa关系一般，双方也都不是热闹的性格，加之Ailsa为人高傲，不大喜欢与千秋的“同事”来往，见今萧同自己打招呼，也只是略点了下头示意。

登记入住的时候，前台小姐看了今萧两眼，转身与经理低语两句，然后才把身份证还给她。

周措说：“你的房间在三楼，可以先去休息一下，酒会大概七点才开始。”

今萧拿着房卡上楼安放行李，时间还早，她待在房间里无所事事，酒店风景不错，但环境陌生，她不想到处乱跑，于是小睡了半个钟头，醒来接到周措的电话，大约也怕她无聊，邀她一同前去休闲馆打球。

今萧找到室内羽毛球场时，看见周措和Ailsa已经在场上开打了。

他换下衬衣西裤，穿一套黑色运动服，动作灵活，反应敏捷，手臂肌肉紧绷，线条十分流畅，远远看去，倒真不像年近四十的样子。

这场球没打多久，Ailsa节节败退，她虽然身材高挑，四肢纤长，但并没有运动的习惯，体力跟不上，几分钟后右手发抖，喘息不止，连挥球拍的力气也没有了。

对手太弱，周措兴致缺缺，想起夏露来了，四下寻望，见她在场边有条不紊地做着热身运动，一副准备大干一场的样子。

“跟我打吗？”他笑了。

“嗯，好啊。”

今萧应着，拿起球拍，上场前对工作人员说：“麻烦计下分。”

周措见状又笑了：“这是要来真的吗？”

今萧神情专注，没有花拳绣腿随便应付的意思，周措看她如此，倒也认真起来。

将近二十分钟的较量，两人打完一局，周措险胜，比分咬得很紧，今萧觉得自己只是输在男女体能差异上而已。休息一会儿后，两人接着又打了两场，你追我赶，势均力敌，双方都很尽兴。

“算我怕你了，”周措随手接过 Ailsa 递上的毛巾擦汗，“连小姑娘也这么厉害，真是后生可畏。”

今萧仰头喝运动饮料，脸颊热烘烘的，气息还有些喘：“你也很厉害，周总，主要是太狡猾了，有好几次假动作，我以为你要发短低球，结果变平快球，或者杀球变吊球，非常狡猾。”

他哭笑不得：“网前勾对角球就不狡猾吗？”

今萧仍一脸正色：“因为我发现您有些轻敌，每次见我落下风就放松警惕了，这个时候反击稳赢。”

“原来是这样，受教受教。”他心情愉悦，拿起手机查看时间，“我们去餐厅吃点儿东西，补充体力，不然等下去酒会可要饿肚子了。”

今萧说好。他们叫上 Ailsa 和罗伊别洛夫，一行四人离开了羽毛球场。

第三章 身份证

中西结合的餐厅，正好适应每个人的口味。

周措与罗伊别洛夫交谈，Ailsa做翻译，今萧默默在旁边吃饭，没有加入聊天的打算。

周措十分体贴，不时为大家添茶倒水，动作似乎出自本能，十分随意，是长年养成的温和与周全，让人感到自己被关照，心里非常舒服。

“他说，离开中国前要开一个告别派对，想邀请你参加……”

Ailsa有些局促，当她翻译的时候，周措的目光落下来，让她没办法坦然对视，而当他转过头与罗伊别洛夫说话的时候，她又忍不住神情专注地看着他的脸，双眸变得很深很深。

桌上手机震动，打断了美妙的气氛，周措接起。

“喂……怎么了？我明天回去……嗯，那你把卷子放在书房，我帮你签就是了……”

不多时，通话结束，他摇头笑说：“我女儿琰琰，考试考砸了，不敢让她妈妈签字，只能找我帮忙。”

闻言Ailsa脸色微变，握着汤勺的手僵住，瞳孔里的光芒瞬间黯下去。她反应太过明显，今萧看在眼里，倒不以为然。这并没什么好意外的，试想一个三十七岁的男人，相貌英俊，事业有成，他怎么可能到现在还孑然一身呢？瞧那左手无名指的婚戒，他从未掩藏自己的婚姻状态，他有家庭，有妻女，只是不知道Ailsa与他之间发生过什么，竟一直自欺欺人到现在。

桌上气氛变得有些微妙，Ailsa神情落寞低头不语，周措却依旧谈笑自如，好似什么都没有察觉。转头看看夏露，由始至终，置身度外。

罗伊别洛夫也完全在状况之外，他不晓得身旁的翻译小姐为何缄默，自己用英文问道："周，你的孩子多大了？"

"八岁，小学三年级。"他说。

后来，直到酒会开始，Ailsa的情绪一直无法缓解，她喝了很多酒，与很多人碰杯，酒精让她不再拒人千里，原本的高傲仿佛只是自我保护的伪装，她心里其实有柔情万千。

而今萧恪尽职守地跟在周措身侧，随他穿梭于衣香鬓影之间，杯盏交错，谈笑风生。她换上了天鹅绒的连衣裙和一字带高跟鞋，都是新买的，大众品牌，款式简洁优雅，性价比高，不说也看不出这一身统共花费不到五百元。

酒会进行过半，她已经对这个环境非常适应，一开始有些紧张僵硬，不知该说什么，也怕别人问话的时候自己答不上来。但渐渐就发现，她只是周措的陪衬，抑或说装饰，没有人会真正关注她，她只需要保持基本礼貌就好。

"很无聊吧？"自助餐桌旁，周措将西装搭在她肩上，"下次记得带一件外套，这种地方中央空调都开得很大。"

今萧正欲道谢，此时却见Ailsa举着酒杯摇摇晃晃走了过来："周总，"她双颊绯红，醉意阑珊，"我要谢谢你为我介绍工作，谢谢你让我有机会来这样的场合，认识这么多人。”

“你喝太多了，Ailsa。”

“是啊，喝太多，很难受。”Ailsa拍拍额头，眼眶有些泛红，周措见她脚步不稳，怕她摔倒，轻轻握住了她的手臂，并收走了她的酒杯。

Ailsa愈加难过起来，闭上眼睛，脑袋重重靠在他胸口，喃喃自语：“如果我从来不认识你该有多好……”

周措脸色淡淡的，置若罔闻，今萧却有些尴尬，说：“不如先送她回去休息，她已经醉了。”

“也好，”他说，“你跟我一起吧。”

“我就不去了，”今萧见Ailsa似有千言万语要向他诉说的样子，实在不便打扰，于是找了个完美的理由，“总不能把罗伊别洛夫先生一个人留在这儿吧。”

周措沉默片刻，笑了下，将自己那杯酒喝完，揽着Ailsa转身离开宴会厅。

罗伊别洛夫冲今萧摊手耸了耸肩。

光线柔和的房间里，Ailsa坐在床沿，垂着头，咬唇默默流泪。

“喝点儿蜂蜜水，可以醒酒。”

周措端着玻璃杯来到床前，脸色不冷不淡，语气也不温不热。

她忽然觉得自己很没用，双手用力攥着床垫，倔强地，一声不吭。

周措把杯子放在床头柜上，转身走到墙角的沙发坐下，点了支香烟，抽两口，问：“你怎么了，Ailsa？”

她把双腿收上来，抱住膝盖，在烟雾缭绕里看着他俊美的脸，缓缓哽咽道：“我们认识这些天，你每次去千秋都点我的台，还帮我安排兼职，鼓励我出国留学，接受更好的教育……从来没有人像你那样开导过我，也从来没有人让我觉得未来充满希望……我家庭条件不好，对人生也很迷茫，如果没有遇见你，我根本不知道自己还有很多路可以走……我以为老天终于眷顾我了，也以为你跟我一样，珍视这段关系……”

周措想了想，说：“如果让你误会，我很抱歉。”

“误会？”Ailsa瞪大茫然的双眼，“那天晚上也是误会吗？”

周措语气温和：“我记得我付过钱了。”

瞧，男人多狠，一句话直接给了她一刀。Ailsa几乎怀疑面前这个温文尔雅的他是不是幻觉。难道这些天来感受到的都是一厢情愿，都是假的吗？她不相信。她强自忍着，嘴角自嘲般冷笑：“所以，你只把我当作一夜情的对象？”

周措不置可否，只道：“我会再转一笔钱给你，以后大家没有见面的必要了，你在浪费我的时间。”

Ailsa惊呼：“我不要你的钱！”她攥着拳头，大滴眼泪落下，“我……只是想跟你在一起……”

周措好脾气地笑了：“你是说，想做我的情妇？对不起，我没有这个打算。不过，我可以帮你介绍其他人，如果你需要的话。”

他说完，按掉香烟，起身离开。

酒会已经结束，今萧回到房间，脱掉高跟鞋，躺在床上眼神放空，累得一动也不想动。

手机响起，母亲来电，询问她明天什么时候到医院。

“早上九点前应该可以，这里去华沙不远。”

母亲知道她今天陪“客人”参加酒会，心里不放心，问：“你那个朋友是干什么的，人可不可靠？住的酒店安全吗？”

今萧微微笑了，耐心地一个一个回答：“我跟人家不熟，他做什么生意不清楚，反正是个老总，找我搭伴应酬而已，这里很安全，您放心吧。”

母亲道：“那就好，你早点儿睡，明天早点儿过来。”

今萧“嗯”一声，又问：“小仲今天怎么样，好点儿了吗？”

“还能怎么样，”母亲语气疲惫，“他痛啊，痛得睡不着，下午又跟我大发脾气，说他生不如死……真是造孽！算了，明天等你来了再说吧。”

今萧听着心里有点闷，挂掉电话，缓缓舒了一口气，转头看见床边搭着一件男士西服，瞬间恍惚了一下，接着才想起是刚才在酒会上周措脱给她御寒的。

今萧坐起身，不知是否应该现在拿去还给人家，但转念一想，也许他此刻还在Ailsa房中，也许春宵正浓，自己还是别去打扰了。

于是她下床找出衣架，把西服挂进更衣间，然后拿毛巾去浴室洗澡。

周措洗完澡出来，换了身家居服，这时意外接到了酒店客房主管的电话。

“您好周总，我是小张，”对方很客气，“抱歉打扰您休息，是这样，今天跟您一起来的那位夏小姐，入住登记时使用的身份证无法读取信息，我们前台小姐当时向经理反映了这个情况，因为是您带来的朋友，所以没有按照程序登记，我想还是需要跟您说明一声。”

周措愣了愣，说：“什么意思？你是说她的身份证是假的？”

对方犹豫了一下：“这个，没有内置芯片，应该不是真的。”

周措眉宇微蹙，有点儿难以置信，要说在夜场混的人都不会使用真名，这个可以理解，但现在是跟他出来应酬，居然还敢用假身份证，未免胆子太大了些。想着想着他都气笑了，点头道：“好，我知道了。公安系统没查到吧？”

“这个您放心，我们会处理好。”

他挂掉手机，随手扔到床上，拿起打火机点了支香烟，没抽两口，转身往套房外走。

今萧听见门铃声的时候，正舒舒服服躺在浴缸里泡澡。

她以前不知道酒店房间有门铃，一开始愣了愣，接着又听见两声，这才立刻站起来，匆忙穿上浴袍，走到门前，也不敢往猫眼里瞧，只问道：“哪位？”

“是我。”

周措的声音。

她疑惑地打开房门：“周总？”仰头望去，突然想起什么，她恍然大悟，“哦！您的衣服忘拿了，稍等一下。”

说着，她转身走去更衣间，把那件西服拿出来，回头却发现他已经自顾自地走进来，找了个单座沙发坐下，然后定定望着她。

今萧觉得有些怪异，抱着衣服站在那儿，倒像听训似的。

周措又看了她一会儿，冷淡的脸色转为一种客套的假笑，温言说：“夏露，你知道使用假身份证是违法的吗？”

今萧一愣，又听他说：“刚才我接到客房主管的电话，说你的证件无法扫描，你是不是该解释一下？”

今萧低头默然半晌，放下西服，从钱包里拿出身份证：“周总，我不是坏人，办假身份证也是为了保护自己，当时要去千秋上班，我怕他们扣留证件，以防万一。而且我也是第一次用，登记的时候因为你在旁边，我才下意识用了假的。”

周措细品她后半句话，说：“你防备心很重。”

她没有作答。

周措接过，看见她的姓名：“游今萧。”

又看了看出生日期，“九〇”后，今年才二十一岁，当真是大好的年华。

接着再看照片，应该是十六岁时办的，她那会儿目光已有些距离感，明眸皓齿，眉目清冷，脸颊比现在多了几分稚嫩的婴儿肥。

“原来你是采河县人，”周措道，“听说你们那儿有个平沙古镇，风景很美。”

“嗯。”

周措默然片刻，把身份证还给她，假的那张随手晃了晃，转身扔进了垃圾篓里。

今萧张张嘴：“我只是怕上班时被抓，如果录入公安系统，档案会跟随一辈子的，我……”

“如果你被抓，手里拿着假的身份证，不是更多一重罪吗？”

今萧默然。

周措觉得好笑：“你就那么怕被抓吗？”

今萧看着他：“不好意思，周总，给您添麻烦了。”

他确实不喜欢别人给自己添麻烦，不过比起Ailsa那种麻烦，这倒也不算什么，反正他是一个虚伪的人，即便被得罪了，面上也不会跟对方翻脸，于是这件事情就此作罢。

第四章 游仲

次日清晨，今萧六点半起床，洗漱时听见门铃响起，服务员推来一份美式早餐，并将周措交代的信封送递给她，里面是她昨晚作陪出席酒会的小费。

今萧把钱清点一遍，装进旅行包的夹层，然后吃完早餐，收拾东西离开酒店。

从这里到华沙需转换三趟公交，路途周折，人亦略感疲惫。约莫两个钟头以后，她在站台下车，给母亲打电话，照例先去医院附近的宾馆开一个房间，放置行李。

八十块一晚的标准房，因为正对着马路，窗户紧锁，光线惨淡。窗帘可能从来没有换过，颜色陈旧，拉开来，阳光照耀，微尘飞扬，今萧呛咳几声，把窗户打开，楼下车水马龙，瞬间嘈杂万分。

不知怎么，她忽然觉得有些好笑，要知道，前脚刚从一个星级酒店出来，转眼走入这样简陋的宾馆，反差似乎有点儿大，大到让人觉得先前经历的繁华都是一场镜花水月，泡沫幻影。饶是她有自知之明，从不对那个阶层抱有非分之想，但在如此醒目的对比面前，心里还是感受到了落差。

真可怕，不是吗？不然怎么说由奢入俭难呢。

今萧摇头一笑，很快调整过来，背上双肩包，走出宾馆，到附近的小餐馆买些热饭，提往医院去。

在医院，烧伤科大概是除太平间以外最令人毛骨悚然的地方了，今萧来过很多次，每次进入四楼，路过病房，看见一个个包成木乃伊似的病患，或无意间瞥到他们惨不忍睹的伤口，心里都会狠狠揪一下。

那该有多痛？

今萧不敢想，她行至隔离室外的走廊，母亲忙迎上前，告诉她里面正在换药，先不要进去。

“您吃早饭了吗？”

“吃了吃了。”母亲随口敷衍，神态紧张地留意着病房里的动静。

今萧说：“我买了小笼包和稀饭，这里还有开胃菜，您再吃点儿吧。”

母亲应着，接过塑料盒，忽而望向女儿，仔细打量道：“萧萧，你怎么有黑眼圈了？在那里上班累不累？有没有人骚扰你？”

今萧坐在旁边，拆开一次性筷子，用已经很熟练的说词骗道：“没有，正规场所，您问过好多次了。”

母亲抚摩她的肩背：“我看你好像又瘦了，晚上早点儿睡，平时吃些好的，你住的地方不是有厨房吗，自己买菜回去做饭，不要在外面吃，不干净。”

“我知道。”

正说着，病房里忽然传来凄厉的喊叫，今萧惊住，下意识起身往里面走。

母亲忙拉住她：“没事，今天是无麻醉换药，纱布黏在肉上，撕下来会很痛……你不要去，他看见你情绪会更激动的。”

今萧心跳得发慌，那哭嚎仿佛从地狱传来，痛不欲生，听得人百般压抑，千般悚然。

母亲又在一旁落泪，今萧揽住她的肩，转移注意力，说：“这两天我来陪护，您回去休息，不要把身体熬坏了。”

“不要紧，”母亲说，“有时你二叔二婶会帮忙送饭，我没有很累。”

今萧的二叔在南华市生活，小仲出事后到华沙医院治疗，母亲这些日子住在二叔家中，早上做饭带过来，深夜回去。

“可是也不好一直这样麻烦他们，”今萧迟疑道，“要不我在附近给您租一套房子？离医院近，您买菜做饭也比较方便。”

母亲愣了愣：“要是突然搬走，你二叔二婶该多心了，再说医院开销那么大，能省一笔是一笔吧。”

今萧不语，又听母亲说：“对了，昨天你外公打电话来，说外婆高血压犯了，在县医院输液，我这两天正好回去看看。”

今萧皱眉：“妈，您怎么不早告诉我，早知道叫我回去照顾外婆就好了，您这样来回奔波很累的。”她心里莫名泛起一丝难过，在这个家里，每个人都吃力地活着，能扛的责任和担子总往自己身上揽，好让家人少扛一些，可为什么，如此敬畏生活，却还是过得这样辛苦呢？

今萧摇摇头，不敢继续想下去。母亲吃完早饭离开，她等候在外，直到中午十一点，小仲换好药，医生放行，她穿上隔离服，戴上帽子和鞋套，走进病房，看见小仲已陷入昏睡。

今萧轻手轻脚坐在一旁，仔细瞧了一会儿，见他打着点滴，病号服下是缠着纱布和绷带的躯体，脸包起来，前两次取头皮植皮，剃了大光头，这会儿也包成了粽子，早已看不清原本少年俊俏的模样了。

小仲，要快快好起来啊。今萧在心里祈祷。

忽而又听他睡梦中发出含糊的呓语，似疼痛，又似噩梦，昏昏沉沉，不知所以。

醒来时，已近下午两点，游仲看见今萧坐在窗边低头翻书，金灿灿的阳光落在她身上，整个人温暖极了。

他定定望着，半晌不出声，待她发觉时，见她嘴角微扬，浅笑说："醒了？怎么不叫我？"

游仲没有搭理她，好似在生闷气一般，今萧倒也习惯，他自从烧伤以后性情大变，喜怒无常，这种时候还是不要计较他的冷漠比较妥当。

起身走到床头柜前，打开保温桶，她说："外婆身体不舒服，妈回采河县了，这两天换我来陪你。你饿了没？这里有鱼和蛋羹，还有白菜肉丸，我看看先吃哪个……"

她一边摆放饭菜，一边自言自语，实在没话可讲时，就此又安静下来。

这时倒听见病床上的人开口了。

"你都不来看我。"埋怨又委屈的语气。

今萧回头，弯起嘴角："傻话，我明明每个星期都来看你，而且每天都给你打电话的。"

他想了想，又问："你刚才在看什么？"

"六级单词。"

"要考试了吗？"

"嗯，十二月。"

他因为发烧、虚弱，以及疼痛的关系，声音又轻又淡，还有些含糊，目光也是迷离的，耷拉着眼皮，淡淡地望着姐姐。

今萧用勺子挖下一小块肉丸喂他，他左脸烧伤，咀嚼会拉扯伤口引发疼痛，于是只能一点点地喂。

“姐，”游仲问，“大学好玩吗？”

今萧说：“等你以后自己上大学就知道了，姐姐读的成教自考，跟普通的大学生还是有很大差别的。”

“什么差别？你上的不也是全日制吗？”

今萧说：“全日制只是一种模式，最后拿到的文凭跟统招生不是一回事儿。而且，我们学院不管地理位置还是资源待遇，都有别于其他学院，身边的同学也大多没有归属感，对理工大来说，我们还是属于外人吧。”

“听上去有点儿惨。”

她笑：“能学到东西最重要，不过你可别像我这样，将来还是得正儿八经上学。”

“我还有机会吗？”

“当然，怎么没有，”今萧忙说，“大不了复读一年高三，凭你的成绩，985、211，那还不是随便考吗？”

游仲闻言皱起眉头，冷冷地，一字一句地说：“谁说我想考大学了？”

今萧愣住：“为什么不考？”

他冷道：“我这个样子，跑出去会吓死人的，姐姐。”

今萧心里狠狠一抽，张张嘴，发现喉咙有些酸堵，她暗自做着深呼吸，缓过片刻，说：“我怎么觉得身上有疤痕的男孩儿很有男人味呢？现在医疗技术发展很快，你看那谁，有个明星，早年不是也差点儿毁容了吗，现在还是很帅啊。”

游仲漠然别开眼，不想继续听她蹩脚的安慰。今萧垂下眼帘安静半晌，轻声开口：“小仲，不管你以后想干什么，我和妈都会陪伴你，支持你，但前提是你自己不可以自暴自弃，未来还要生活，我们总要把这个坎儿迈过去不是吗？”

他无动于衷，当下什么话也听不进去。今萧叹气，不多言语，只是耐心喂他吃饭。

当天晚上换药，又折腾将近两个小时，好在用了麻醉，没有再听见他痛不欲生的哀号了。

陪护时间快到的时候，他再度迷糊起来，嗓子哽咽着，眼睛里溢满恐慌。

“姐，你不要走好不好？我浑身都不舒服，不想一个人待在这里，你不要走。”

今萧心疼，柔声劝说：“再不走，医生就要撵人了。你今晚乖乖睡觉，明天醒来就能看到我了。”

“可是我想回家，什么时候能回家？”

今萧黯然，他还不知道，母亲已经把家里的房子卖掉，将来出院也只能回乡下外公外婆家住了。

“最多两个月，我保证，”她想抱抱他，安慰他，可怕碰到他的伤口，于是只轻拍他没有被烧到的胸膛，就像小时候母亲哄他们睡觉那样，“听医生的话，好好儿吃饭，好好儿做复健，我保证，或许只要一个月你就能出院了。”

“真的吗？”

“真的，姐姐什么时候骗过你啊，傻子。”

他昏昏沉沉，在她轻缓的拍打和温言细语里渐渐睡去。

第五章 裴若

周措在度假酒店待了一天。

傍晚七点，他开车回到忘江，彼时暮色已落下，海棠湾在幽暗的天色里华灯初上，高楼三三两两，屹立于静谧花园之中，他沿着蜿蜒小道把车开进地下车库，找到自家地盘，发现相邻的车位空着，裴若应该不在，出去了。

两个钟头的驾驶有些疲累，他不想立即上楼，打开车窗和顶上的小灯，点一支烟，拿起手机随意翻看起来。

有几封无关紧要的邮件，无须回复，还有几条微信，是Ailsa发来的，他没点开，直接删掉了。

抽完烟，他下车往楼道里走。上电梯，直达十八层，开门进屋，家里果然没人，他洗了个澡，清清爽爽地出来，倒了杯红酒，拿进书房，然后打电话给裴若。

那边很久才接，语气亦颇为平淡，直接问说："有什么事吗？"

周措习以为常，随口答："我刚到家，你们出去了？"

"嗯。"

"在哪儿?"

"万达。"

"几点回来?"

"看完电影得十点半吧,"裴若问,"你有事吗?"

他说没什么事,对方"嗯"一声,两边都沉默了片刻,然后结束通话。

周措把手机放在一旁,手指轻叩两下,静坐片刻,挪开桌上的资料袋,看见压在底下的数学试卷,周琰,八十五分,其实还不错,不晓得为什么不敢拿给裴若看。

他签好名,把卷子放回原处,这时接到朋友的电话,有牌局,小明星作陪,邀他过去玩两把。

如此闲适的周末,独自待在家里确实有点儿虚度光阴,与朋友消遣自然也比商务应酬要舒坦,但酒色财气这种东西还需克制些,风花雪月的场子偶尔放松尚可,去多了不但乏味,更沾得一身荒唐,俗得很。

他推掉邀约,拎着酒瓶子和酒杯来到客厅,打开电视,找到一部电影,片名不怎么样,内容倒挺有意思,晦暗街道,市井人物,黑色幽默,以及,雾都真美。

因为很少一个人待在家中,周措有些不习惯,但回头想想,当裴若和琰琰也在的时候,他又时常感到一种微妙的隔阂,仿佛自己是一个不合时宜的摆件,不管放哪儿都格格不入。

多少年了?其实以前不是这样的,以前他们住在不到一百平方米的经济房里,曾经也耳鬓厮磨,温情脉脉。

后来他从外企辞职,自己出来开公司,就在那两年,与裴若的感情出现裂痕,他为了改善彼此的关系,买下海棠湾的高档住宅,试图换个环境重新开始。

要说这个地方,环境优雅,设施完善,物管专业,房子是精装修,家里请了保姆,后来,有了琰琰,裴若也早已不再出去工作,安心在家当全职太太。如此羡煞旁人的生活，他却很少觉得温馨自在。

裴若大概也一样吧。

想到这里，周措轻按额角，心底泛出无能为力之感，有些后悔推掉了聚会，让自己陷入这样难堪之境。

电影没有看完，不到十点，他早早回房睡下。

裴若是大约十一点回来的。

琰琰跟在身后，不时打着哈欠，困得眼皮子都快粘在了一起。

保姆阿琴抱着孩子，准备带回房间休息，裴若换下拖鞋，随口吩咐说："很晚了，琰琰快去洗澡，洗完再睡。"

阿琴闻言站住脚，迟疑地说："太太，你看琰琰都困成这样了，明天再洗吧。"

"那怎么行？"裴若说着，转头却见周琰乖乖靠在阿琴肩头，嘴巴微张，眼神放空，显然下一秒就要沉入梦乡了。她叹气，摸摸她的小脸，说，"好吧，你给她拿毛巾擦擦，下次可不行，女孩子必须从小养成爱干净的习惯才好。"

阿琴应着，抱周琰回房去了。

裴若疲惫地揉捏左肩，走进客厅，放下包，看见沙发旁的三角桌上摆着酒瓶和酒杯，还有香烟、打火机和烟灰缸，不知怎么，她愣愣地看了一会儿，心脏咚咚跳了几下，转身往卧室里走。

卧房亮着一盏落地灯，光线有些暗，她又开了几盏背景灯，推开步入式更衣间，脱掉风衣，接着拿毛巾去浴室洗澡。

女人梳洗总要花费许多时间，半晌后，她卸完妆，洗完澡，又在里面吹干头发，这才裹着浴巾出来。

床上的男人似被吵扰，眉宇微蹙，轻轻翻了个身。

裴若默然凝视片刻，脸色淡淡的，径自坐到梳妆镜前，抽出瓶瓶罐罐，开始涂抹乳液和精华。

这几年过着养尊处优的日子，她得承认，身材稍微丰腴了些，皮肉是不大紧实了，岁月对女人尤其残忍，往往还没做好准备，一眨眼即将步入中年，憔悴和衰老仿佛就是一瞬间的事。

有时不敢细想，自己已经三十七岁了。

但她依然很美，是玫瑰开到最浓艳的时候，外表、仪态、气场，从上到下散发着优雅从容的女人味，甚至比年轻时更抓人眼球。

只是偶尔看着镜子，看见悄然生长的细纹和失去弹性的皮肤，私心里，还是希望能再重新盛开一次的。

想到这儿，裴若转头望向周措，目光变得有些哀伤，又有些冷漠。

男人的三十七岁，魅力达到巅峰，而这巅峰还将持续多久，不得而知。

经济基础、社会地位、强健的体魄、周全的风度、俊美的皮相，他拥有这一切，大约格外受老天眷顾吧。

这就是她的男人，她的丈夫，同时也是外面那些女人们所钟爱和觊觎的。

思绪至此，裴若强迫自己打住，别开脸，把乳液的瓶盖拧紧，随手放回柜上，这一下有些烦躁，“砰”的一声，周措倒真被吵醒了。

他支起身，打开台灯，一面拿手机看时间，一面哑声问：“你什么时候回来的？”

裴若熟练地涂抹护肤品，淡淡回答：“十一点吧。”

周措捏了捏眉心，下床倒了杯水，然后又问：“晚上看什么电影了？”

“迪士尼动画片。”

“你还挺有童心。”他浅笑。

“为了陪琰琰啊。”裴若垂下眼帘，忍住心里一股冲动，没有质问他昨晚夜不归宿是跟谁在一起，又或做了些什么。

周措回到床上，准备睡下，裴若也起身，关掉灯，躺进被子里，摸索一阵，把浴巾扔了出来。

周措略微一愣，明白她的意图，于是将她揽入怀中。

两人找了会儿感觉，他很配合，但明显没多大反应，裴若心里越来越凉，最后索性推开他，翻身背对，冷道："算了，睡吧，没意思。"

周措无言，犹自平躺一会儿，也就翻过身去了。

这些年他们同床共枕，做的次数越来越少，从搬到海棠湾起，最初一个月一两次，到后来两三个月一次，尤其这两年裴若把大部分心思放在琰琰身上，夫妻之间就更没什么情趣和热情可言了。

床下相敬如宾，床上也相敬如宾，他对这种模式早习以为常，并认为裴若也是如此。

或许因为生活本就会趋于平淡，又或许，只是因为他们的心都老了。

…………

今晚月色过于清寥，有的人各怀心思，同床异梦，而有的人在距离忘江城一百公里外的南华市，一个平价宾馆里，夜深了还没有休息。

今萧刚与母亲通完电话，得知外婆没什么大碍，今天打完点滴，又拿了些药，傍晚赶最后一趟汽车回村里了。

接着说起小仲，今萧告诉母亲，他食欲很差，一整天几乎没吃什么东西，医生给他插上鼻胃管，灌了流食进去，让他能够吸收营养，但这么一来又愈加地不舒服了。

母亲既心疼又无奈，聊着聊着，说起早上回采河县，从汽车站出来，往医院去的路上经过家里的小区，她下意识要走进去，这时突然想起房子已经卖给别人了，一瞬间心里难过得不行。

今萧听着心里也堵得慌，潦草安慰几句，待母亲情绪平复，不多时便结束了通话。

第六章 短信

昨夜辗转反侧，心里揣着焦虑，半宿才得以入睡。可惜睡得并不踏实，断断续续，一直徘徊于梦中，梦见那天周六，对，就是那天，她从学校坐车回采河县，然后转车去兰牙村，外公外婆的家。

山路曲折，风景独好，开着窗，野花香气扑来，天那么蓝，阳光明媚晃眼，惬意极了。她在车上接到小仲的电话，让她到村口先别急着回家，等他过来一起采购食材，好为晚上的烧烤做准备。

恰逢第二天是外婆的生日，他说他已经买好蛋糕，要在夜里十二点整的时候把老太太叫起来，给她一个惊喜。

今萧哭笑不得，说："外婆都已经七十了，你就放过她吧。"

小仲在电话那头笑得爽朗无比。

汽车开到村口大拱桥下，两旁老旧的木砖房围出一条窄街，街面店铺有茶馆、面馆、小商店、猪肉铺，卖菜的小摊子也摆开了，人影幢幢，她看见小仲从一棵榕树后头走出来，高瘦的少年，白皙俊俏，手里提着烧烤用的木炭和助燃酒精，远远地，迎上她的目光，扬起眉毛，灿烂如艳阳。

今萧下车，绕过车头，四下寻望，却不见小仲的踪影，她走进喧嚣集市，忽然听见一声“姐姐”，猛地回过头，看见小仲在疯狂窜动的火焰里哀号挣扎，倒地翻滚。

今萧尖叫着扑过去，当她触到烈火的瞬间，小仲在她怀里化作了灰烬。

“啊……”

梦至于此，她狠狠哽咽两声，就这么醒了过来。

心脏揪得发疼的感觉如此真实，眼角湿湿的，有眼泪垂落耳边，冰冰凉凉。今萧恍惚望着天花板，稍许后伸手摸手机，查看时间，还不到凌晨五点，天还没亮，她醒得太早了。

翻个身，浑浑噩噩，一会儿过后她再次睡去。

清晨起床，头痛得厉害，今萧胡乱扎起头发，走进狭窄的卫生间刷牙。白炽灯光下，镜子里的人看起来脸色惨淡，眼底浮现青色暗影，精神萎靡，表情麻木。她用冷水泼面，拍拍额头，告诉自己，嘿，游今萧，新的一天开始了！

洗漱完，准备换衣裳，翻找旅行包时，摸到夹层的信封，她突然间想起了周措。

昨天收到这笔酬劳，她还没有向他道谢。

其实不知道如何开口，她不是善于交际的人，对这份职业所接触到的客户也始终保持距离，工作完，钱到账，彼此也就两清了。理智是足够的，但想要挣更多的钱，这样的脑子未免太刻板了些。

她在千秋听过许多事迹，那些业务能力极强的女孩儿，不但眼光毒，八面玲珑，更知道主动维系客源，对于家底深厚、消费潜力巨大的客人，她们甚至会自掏腰包请人家吃饭，段数之高，简直令人望尘莫及。

今萧天性里有一种耿直，可能没法做到那样的地步，“主动”

这件事需要把握分寸，她也怕自己弄巧成拙。

但作陪出席宴会拿到的酬劳比在千秋坐一晚上台要多好几倍，既然如此，她为什么不与周措保持良好的联系，再争取这样的机会呢？

想到这里，今萧拿起手机找到周措的号码，思忖着，不能随便打扰人家休息，但基本礼数还是可以尽的，于是斟酌字句，给他发去短信：“周总，谢谢您周五的邀约，报酬我收到了，昨天太忙没来得及向您道谢，望您见谅。”

信息发出去，她又看了几遍，怀疑会不会太客套了，但想改也来不及了，索性随它去吧。

她把手机装进背包，换好衣服，下楼随意吃了些早饭，接着往马路对面的医院走去。

小仲今天运气不太好，换药的时候医生发现有感染和坏死组织，于是又做了次清创，将坏掉的肉切掉。

麻醉退去以后，他痛到无法忍受，不断叫着她：“姐，你救救我，吗啡没有用，为什么没有用？好痛啊，好痛啊……”

今萧整个脑子嗡嗡作响，这一刻真恨自己无能，眼睁睁看着他痛，什么也做不了，嘴里断断续续说了些什么安慰的话，自己也记不清了，反正不能缓解他的痛楚，他也根本听不进去。

后来因为发烧，他又陷入昏睡中，今萧守到晌午，离开隔离病房出去吃饭，等再回到烧伤科的时候看见二叔二婶来了，正站在外廊家属等候区说着什么。

廊间很静，他们两人似有争执，话语声远远传了过来。

二婶说：“我知道现在是特殊时期，小仲可怜，大嫂也不容易，突然发生这种意外我也很替他们揪心，作为亲人，能帮的忙都尽量帮了，你还想怎么样？总不能把我们自己的生活也搭进去吧？”

二叔说："我们活得好好儿的，搭进去什么了？你要是不想来就别跟着，存折银行卡不都在你手上攥着吗，难道还怕我偷偷塞钱给大嫂？"

二婶说："游树坤，讲话要凭良心，我要是真那么不通情理，先前会同意借出五万块吗？大嫂在我们家住了这么久，我说过什么没有？"

"那你现在胡搅蛮缠的干什么？我就想问问，再拿五万出来有那么难吗？"

二婶气得面红耳赤："我也想问问，这个无底洞你准备填多久？！女儿还要不要留学了？外教的补习费那么贵，还要不要交了？！"

"所以我说你为什么偏要让她出国留学，我们家的条件根本负担不起四年的学费，你让她半工半读，那不是累死她吗？待在国内有什么不好，大家都轻松，也用不着降低生活质量，还有富余的钱可以帮帮大嫂……我就这么一个亲侄子，大哥没了，我要是眼看着他的女人孩子受罪，我还是人吗？"

"游树坤，你讲情义，就把女儿的前途赔进去，你根本不配做一个父亲！"

今萧心发沉，转身离开。在护士站待了一会儿，不多时，见二婶红着眼眶疾步出来，她暗自深吸一口气，微笑着，迎上前打招呼："二婶。"

对方冷淡地"嗯"了一声，说："你二叔在里面，进去吧。"

"好。"

"今萧，"忽然二婶又叫住她，语气似有忍耐，"今天佳佳要上补习班，所以没有一起过来，你知道高三的孩子每分钟都不能浪费的。"

今萧点头："复习比较重要，没关系。"

二婶抿了抿嘴："其实你现在长大了，很懂事，有些话二婶想直接跟你说，反正一家人没什么不能说的，对吧？刚才你二叔跟我吵架，就为了小仲的事情，听你妈讲，后续治疗至少还需要三十万，我们家能挪动的钱都挪出来了，剩下的必须留给佳佳上学，希望你跟你妈妈体谅一下，顺便待会儿去告诉你二叔，如果这个家他不想要了，让他自己走，别连累我和佳佳，就算离了婚，我自己一个人也可以养活女儿，根本用不着他！"

二婶说完，红着眼眶别开脸，神态憔悴又漠然。

今萧低头静了片刻，说："我明白，二婶，你们为佳佳存钱不容易，能拿出五万块借给我们已经很慷慨了，这些天我妈妈一直住在你们家，早出晚归，一定也添了不少麻烦，我还没有好好儿谢谢您和二叔，今天你们又为了小仲的事情闹得不愉快，我很内疚，实在太对不住了。"

二婶摆摆手："都不容易，大家相互体谅吧。"

她其实有满腔的愤懑想要发泄，但听完今萧那番话，也就没什么可说的，转身离开了医院。

今萧暗自做了几个深呼吸，回到隔离室外，告诉二叔说："二婶刚走，应该还在楼下，您去看看吧。"

"谁管她，爱去哪儿去哪儿。"二叔一副无谓的样子，问，"小仲今天怎么样了？刚才医生说他有些感染，所以没让我们进去。"

"早上做了清创，还在发烧，不过我出来的时候他已经睡着了。"今萧稍作思索，道，"二叔，佳佳明年就要出国了，不管怎么说，不能耽误她的前程，您和二婶帮衬我们那么多，已经够了，无论如何不能动佳佳的学费，我们自己会想办法的。"

"你这孩子，"二叔忙说，"这是大人操心的事情，你不要管，安心念书就好了。”

今萧闻言浅笑：“可我已经是大人了，二叔。”

下午母亲回到医院，手里拎着两罐野生蜂蜜，说是带给二叔二婶的：“这段时间一直麻烦人家，怪不好意思。”接着她又掏出一张存折，叹道，“外公外婆把棺材本拿出来了，里面有十万块，还能撑上几天，剩下的钱再想想办法，看你二叔那儿还能不能借个两三万……唉，人家也不富裕，我寄人篱下，还要开口借钱，真是不知道怎么张这个嘴……”

今萧突然感到极其难受，心脏压得很沉，一股难以言状的情绪涌了上来，她紧攥着手，忍住那股冲动，对母亲说：“别问二叔借了，我不是在挣钱吗，以后周末就不过来了，省下两天时间，还能多挣两三千呢。”

母亲盯着她，忽然想到什么，一把抓住她的手：“萧萧，可不能做傻事啊，你去那种地方上班妈妈已经很难受了，以后都不知道怎么跟你爸爸交代，要是你，你……”

“妈，”今萧反握住她的手，“您想太多了，我没那个意思。”

正说着，手机震动，有短信传来，今萧扫了一眼屏幕，起身走到外廊尽头，站在窗边点开信息，是周措的回复，只有简短的三个字：“不客气。”

她来不及多想，心里那股冲动还未削减，手指吧嗒吧嗒敲打屏幕，向他发去一段话：周总，类似的兼职您可以多帮我介绍几次吗？饭局酒宴都行，我英语口语不错，不管翻译还是家教也都能够胜任，劳您费心留意一二，我很需要这些机会，谢谢您。

短信发送完，今萧背靠墙壁，心脏扑通直跳，紧张得厉害。他那个圈子，这种机会应该不少，只要他肯帮忙，只要他愿意……

可惜过了很久很久，他再没有回复过来。

第七章 家庭

周措当然收到那条短信了。

中午刚吃过饭，他在阳台沏茶，大片阳光从大扇玻璃窗投照进来，光影明暗错落，静谧中有无限懒散之感。

桌上手机传来短信提示，他点开看了一眼，这时裴若走到旁边的椅子坐下，将一张数学试卷放在桌前，问：“这是你签的？”

他搁下手机，没有直接回答，只说：“我觉得考得还不错，八十五分，算优秀吧？”

裴若双腿交叠，淡淡地瞥他一眼：“三年级的数学很简单，八十五分已经很平常了。你不用偷偷帮她签字，我有家长微信群，老师早就把成绩单发到群里了。”

周措闻言倒是有点疑惑，抿一口清茶，想了想，问：“琰琰不知道你有微信群？”

“她知道，”裴若拧眉，“她这样多此一举不过是找借口跟你拉近关系而已。周措，你对琰琰的学习和生活简直一无所知、漠不关心，我觉得你作为一个父亲是不是应该反省一下？你难道看不出你们的亲子关系太生疏了吗？”

她语气有些急，恼怒难以克制，脸色非常不满。周措一时没有说话，眼帘垂下，不动声色地给她倒了杯茶：“消消气，”他说，“我承认，平时忙于工作，对琰琰的陪伴太少了，以后多注意。”

裴若冷笑：“你是挺忙的。”

忙着灯红酒绿，夜夜笙歌，外面有花花世界，五光十色，你怎么还会愿意留在家里守着一个小孩儿呢？多无聊。

裴若胸口深深起伏着，指甲掐进了手掌心，竟然没有半分痛觉。

她以为自己早就麻木了，刚才接到好友方慧妮的电话，说她家老郑前两天去南华市参加一个商务酒会，在那儿碰见了周措，描述起来大约就是他身边带着年轻小姑娘，出双入对，形影不离，后来不知怎么还搭上了另一个女孩儿，有点左拥右抱的意思，扎眼得很。

裴若当时还笑着，用一种漫不经心的语气告诉方慧妮说：“男人在外面应酬，免不了逢场作戏，很正常。”

方慧妮怪道：“大庭广众搂搂抱抱也正常吗？酒会还没结束他就带人回房间了你知道吗？”

裴若真想让她闭嘴，或者直接把电话挂掉。

所以此时此刻，当她坐在周措身旁，听着他貌似温言细语，实则冷漠自私的敷衍，她真想剖开胸膛问问自己那颗七零八碎的心，为什么会爱上这样的男人？为什么要爱他？

裴若感到痛苦，并且愤怒。

然而周措并不知道她在想什么，试图与她交流，说：“下午有空，不如我们带琰琰出去转转，动物园或者博物馆，看她想去哪儿都行。”

裴若忍不住发出鄙夷的嗤笑，转头打量他：“真稀奇，你今天大发慈悲了，还是做了什么亏心事，想要弥补愧疚？”

周措见她那眼神好像在看一个什么脏东西，不由得沉默了片刻，依然温和道："刚才不是你说我陪孩子的时间太少了吗？"

裴若冷若冰霜："行了吧，勉强有什么意思，琰琰用不着你施舍。"

他手指捏着茶杯转了转："你今天心情不好，我们改天再聊。"

"抱歉，改天我可能也没有心情，大概更年期快到了，情绪不太稳定，你多担待一些。"裴若说着站起身，似笑非笑，"或者你可以去找二十来岁的小姑娘解闷，比如陪你参加酒会的那位，你们那晚玩得开心吗？"

周措说："那只是一个应酬。"

"得了吧，大家心知肚明，别说这种话恶心人了。"裴若抬起下巴，头也不回地走进屋里，直奔卧室，掀开被子躺了进去。

周措在阳台坐了一会儿，忽然觉得没劲儿，起身回到客厅，见阿琴把洗净的青提放在茶几上，接着又回厨房忙去了。周琰正跪在毯子上画画，桌面铺满了五颜六色的纸笔，她余光瞄见他来，把头埋得更低了些，企图避免打招呼，不太敢亲近。

周措看在眼里，拍拍她的头，问："数学没考好，妈妈骂你了？"

周琰拘束地点点头。

"没关系，"其实他也不太会跟孩子相处，只能说些陈词滥调，"妈妈要求严格也是为你好，将来你就知道了。"

"嗯。"

周措见这孩子闷葫芦似的，细想了想，又问："琰琰，那天是谁让你给我打电话的？"

小姑娘眨眨眼，怯生生地说："是我自己打的。"

周措看着她："爸爸不喜欢说谎的孩子。"

周琰磕磕巴巴起来："不是的……阿琴阿姨说，如果爸爸问话，就说是自己打的……"

正好阿琴端着苹果出来，见此情景愣了下，顿时臊得满脸通红：

“周先生，我……”

周措眼皮子也没抬，只轻拍周琰的脑袋：“好孩子，很乖，但以后不能跟家里人说谎，知道吗？”

“知道了。”

“去吧，拿回房间里画。”

周琰抓起纸笔忙不迭跑了。

眼看女儿回房，周措点了支烟，慢慢抽了两口才道：“小孩子的天真很有趣，但如果是大人一字一句教出来的，那就没意思了。”

“我不敢乱教什么的，周先生，我真的……”阿琴张口结舌，端着果盘的手下意识往卧室方向指了指。周措面无表情，沉默片刻，说：“我知道了，你去忙吧。”

“唉。”阿琴放下苹果，赶紧躲进了厨房。

周措感觉这屋里有点儿闷，闷得心绪烦躁，透不过气。他掐掉香烟，起身走进主卧，裴若正靠在床前翻看杂志，见他进来也无动于衷，不想搭理。

他径直走入衣帽间，换了身衣服，拿上外套，一句话也没说，又走了出去。

裴若翻书的手顿住，片刻之后，外面传来大门打开又关上的声音，她深吸一口气，胸口起起伏伏，一股怒火直冲脑海，气得她眼眶通红，扬手将杂志狠狠摔到了地上。

周措开着车，兜兜转转，竟有些漫无目的。

心里不知是个什么滋味，有点累，但不愿多想，他觉得自己仿佛走进了围城迷宫，滞留时间太久，让人懒惰麻痹，即便周遭风景不对了，也宁可留在原地，懒得再去寻找出口。

想想是挺久的，十几年，久到让他快要忘记自己是从外面走进这迷宫里，也忘了还有出口这回事。

周措暗自发笑，似乎有点参悟的意思，算了，还是打住吧。

他摸索手机，准备约朋友打球，口袋里找了找，发现常用的那部落在了阳台小桌上，不过置物盒里还有一部，他拿出来，给好友安华拨了过去。

这样灿烂的阳光和天气，心情却一直有些阴。

安华与他交好十数载，平日常在一处消遣，对他的事情不说了如指掌，但也知道个六七分，见他兴致不高，当下笑问："谁惹你了？怎么不见你家那位学俄语的高才生？"

周措挥了一杆，随口道："露水之缘而已，怎么就成我家的了？"

安华笑道："哟，听这口气好像已经断了？我记得那小姑娘挺傲的啊，有点出淤泥不染的味道，人家不是家境不好才去夜场混吗，可怜兮兮的，你不是心血来潮准备'救风尘'吗？"

周措好笑地瞥他一眼，想了想，漫不经心道："怎么说呢，欢场女郎，卖笑陪酒，说到底，图的就是来钱快而已，有的人自称家境不好，其实再怎么不好也可以做别的选择，比如Ailsa，坦白点儿，只是受不住诱惑，眼看比自己条件差的同学过得风生水起，心态就失衡了，再受两句蛊惑，觉得自己蹉跎了青春，可惜了那张脸皮，于是咬牙一闭眼，也就跳下水了。"

安华道："现在的小姑娘没什么定力，很容易在物质面前妥协。"

周措说："物质是好东西，谁都喜欢，但不能要了物质还想要别的东西，那就有点不懂事了。"

安华笑起来："谁让你招惹人家的？你这人有时候就是太假，解决生理问题付钱就行，你还偏要维持风度，不点破，不拒绝，等小丫头当真了，你又觉得被冒犯，你让她怎么办？"

周措不以为意："天知道吧，我从来只是讲礼貌，没想故意吊着谁。"

正说着，手机震动，他把球杆递给球童，接起电话，是阿琴打来的，询问他晚上是否回家吃饭。

他心里还有些不自在，推说有事，让她们不必等他了。

结束通话，随手翻了翻，好像记得有什么事情还没处理，但当下想不起来，大约也不重要，他关掉手机，放回了口袋。

第八章 植皮

当周措想起游今萧这个人，已经是几天以后的事情了。

生活被忙碌的工作填塞，大大小小的会议，断断续续的应酬，见不同的人，说不同的话，将无足轻重的饭局推给底下人对付，但不能得罪的关系他也得耐心周旋，陪人酒足饭饱，再去风月场所放松一二。

于是这晚，坐在千秋的包厢里，当经理带着佳丽们款款而入的时候，他自然而然就想起今萧来。

说不上什么感觉，在为数不多的交集里，她留给他的印象总是游离的、抽象的，所有片段相拼，似乎也凑不出一个完整的轮廓。而当你站在她面前，会明显感到自己被划分在一个安全的区域，她有距离感，但并不拿乔；有拘束感，但并不扭捏。

这个女孩儿大概很清楚自己要什么，欢场营生，目标明确，为的是钱；可她又不够高明，不懂调情，反倒一板一眼，把客人当成上级领导，而非风花雪月的对象。

大约正因如此，周措才会觉得与她相处十分舒适吧。面对一个没有非分之想的人，自然而然，谁都会放松戒备。

只是不知她的分寸和自持还能维系多久，在夜场这种大染缸里，想要独善其身未免异想天开了。

“周总，”经理热情带笑的声音拉回他的思绪，“还是让Ailsa过来陪您喝两杯吗？”

他直接问：“露露在吗？”

“露露？”

“夏露。”

“哦！露露啊！”经理眼珠子转得飞快，稍微细想，拍手道，“她请了几天假，不巧今晚不在，您看要不换一个？”

周措倒有些疑惑：“怎么，她以后也不来了吗？”

“没有没有，她家里有点事儿，特意跟我说只是请假，下星期一定还来的。”经理察言观色，试探道，“要不，还是叫Ailsa？”

周措端起酒杯，看着她，问：“哪个Ailsa？”

经理愣怔片刻，恍然大悟，当即轻巧又随意地遮掩过去，人精一个，不费吹灰之力，毫无痕迹。

这里最不缺的就是美女，众人玩乐依旧，不是没了谁就不行。

十点半，他从喧嚣里抽身，钻进车厢后座，捏捏眉心，疲态尽显。

小刘安静开车，送他回家。

他拿出手机，在数日前的短信里找到游今萧发来的那条，重新细看一遍，沉默着，退出来，又在茫茫通讯录里找到她的名字，拨了电话出去。

那边很久才接，声音传来，却是个陌生的女人。

“喂，你好。”

周措愣了下，不知是否打错，说：“你好，我找游今萧。”

“你是哪位？”

他又微微一愣：“我是她的校友，想跟她谈谈兼职的事情，请问她现在方便接电话吗？”

对方闻言略有放松：“原来是同学啊……我是今萧的妈妈，她今天动了手术，不太舒服，已经睡了，我让她明天再回你行吗？”

周措闻言有些意外：“她怎么了？”

游母支吾起来，大约后悔自己一时嘴快，泄露了女儿的隐私，又怕对方误会今萧生了什么见不得人的病，于是忙解释道：“她弟弟烧伤，今早第三次手术，今萧取了自己的皮给他用，可能得休息几天才能回学校了。”

几句话说得浅显又粗略，周措当下没大明白，只是被“取了自己的皮”这几字惊了惊，待揣摩过来是怎么回事，游母那边已经挂断了电话。

静坐半晌，微醺的醉意早已烟消云散，他凝思片刻，接着拨了个号码出去，交代数语，然后声线清明地吩咐小刘：“去南华。”

小刘诧异又疑惑，瞄了下时间，没敢吱声。

汽车在深浓的夜色里飞驰，周措望向窗外，发现自己正在奔向一个未知的场景，一个无解的前途，一个陌生的人。

如此仓促，如此草率，如此冲动。这不是他一贯的性格，但他现在很想这样做。

手机响起，打听的人回电，告诉他说：“问清楚了，华沙医院烧伤科有个少年伤患，叫游仲，是游小姐的弟弟，这孩子因为酒精引火发生意外，全身超过百分之五十的烧伤，其中百分之三十六是三度烧伤，很严重，需要大面积植皮。这家人卖了县里的房子，四处筹钱，但仅仅抢救费就花去二三十万，城镇居民医保的外伤报销比例较低，最多百分之三十，而且有很多药物不报，例如白蛋白等。”

“今天早上第三次植皮，因为游仲先前取的头皮还没有长到足够的厚度，自体皮源不足，所以用异体皮做临时覆盖，控制感染。

游小姐做了排异测试，自愿为她弟弟供皮。”

…………

周措一言不发地听着，胸膛缓缓起伏，心跳渐沉。有一种无可名状的情绪萦绕四肢百骸，牵动了他麻木的神经。

——周总，类似的兼职您可以多帮我介绍几次吗？

——饭局酒宴都行。

——劳您费心留意一二。

——我很需要这些机会。

——谢谢您。

他忽然觉得有些头痛，按住脑袋，发现自己竟然能够想象出她一字一句打下这些话的场景，好可怜的小孩儿，这是在求他了吗？

周措闭上眼，长长叹出一口气。

抵达南华市，已将近凌晨三点，太晚了，他让小刘把车开进医院，按下窗，原本只想在这儿待一会儿，抽完烟就回酒店休息，谁知困意袭来，他竟然就这么睡了过去。

醒来时天光微亮，远处人影走动，陆续有车子开进来，看看时间，清晨六点半，他在这狭小的车厢里一动不动地坐了五个钟头，弄得自己肌肉酸痛，双膝僵硬，也不知这算怎么回事，简直太蠢。

摇摇头，周措把小刘叫醒，让他找个地方补觉，不用等在这里了。

车上备有漱口水和湿纸巾，周措简单收拾了一下，清清爽爽，提步往楼上走。

普通病房，302，里面设有四张病床，已经住满，今萧在最里靠窗的位置，因为供皮区在背部，她只能趴着休息，周措走近，看见一把长发铺散在枕头上，柔软纤细，柳条儿一般。

他绕过床尾，见她静静睡着，脸色素白，很有些憔悴。

天色越来越亮，他把窗帘拉上一半，接着坐在凳子上，沉默着，目光淡淡，不知在想什么。

今萧有早起的习惯，不到七点，自然醒来，睁开眼，并没什么反应，又合上了。

片刻后，脑子稍微清醒，再次睁眼，望向床边人，一时四目相对，你看我，我看你，定住了。

周措双腿交叠，胳膊搭在床头柜上，没什么表情。今萧回过神，下意识微微撑起身，一副不可置信的样子，双眼直勾勾望着他，好似不懂哪里出了差错，为什么会出现这样的场景。

“周……”

“嗯。”他笑了下，目光始终落在她脸上，“听说你生病，过来看看。”

今萧不知该说什么，心里仍旧难以置信着，但还是回了声：“谢谢。”

她的声音很哑，也很轻，周措伸手探向她的额头，问：“你伤口怎么样，疼吗？”

“还好。”

他感觉她没有发烧，放下手，有余温，暖暖的。

“那天临时有事，没来得及回复你的短信，很抱歉。”他说，“昨晚我给你打电话，是你母亲接的，那会儿你已经睡了。”

今萧轻声说：“不好意思，是我太唐突了，不该随便麻烦您的。”

“没关系。”周措看着她，停顿片刻，又说，“你要不要喝水？嘴唇有点干。”

今萧喉咙微动，确实渴了。周措起身打开保温瓶，里面的水还是热的，他倒入一次性水杯，这时见今萧小心翼翼撑起来，被子从肩膀滑下去，露出了宽松的病号服。

他以前觉得她骨肉匀称，看着并不单薄，然而此刻衬在病服里，当真纤弱可怜。

喝完水，她哑声道谢，又缓缓趴了下去。从周措的角度看，那样子真是像极了猫。

想到这里，他静静看了一会儿，心海潮起潮落，无声无息，延向很远的地方，直至消失不见。

第九章 探病

病房里其他病人陆续醒来，家属也到了，不时朝这边投来打量的目光，周措把隔帘拉上，想说给她换个病房，但似乎有点唐突，于是只道：“你看上去很累，再睡会儿吧。”他说，“或者先吃点东西，我帮你叫早餐。”

“不用不用，”今萧忙轻轻摇头，“我妈妈很快就过来了，她会带早饭的，不用麻烦。”

周措默然片刻：“不麻烦。”他居高临下，双手插在裤袋里，见她脸色惨淡，眉尖微蹙，说话有气无力的样子，不禁问，“是不是伤口疼？需要叫医生打镇痛吗？”

她略微一笑：“昨天麻醉刚过的时候很疼，已经打过镇痛了，现在还行，医生说那个不能多用。”

“你昨晚肯定没睡好。”

她耷拉着眼皮子：“痛醒了几次，有点难熬，不过比起我弟弟受的也不算什么。”

周措一时不语，垂下眼帘，弯腰为她整理被子，掖好被角，问：

"你背上取皮，割了多大面积？"

今萧思忖着，本想探出胳膊比画给他看，但又怕牵动伤口，便说："大概，有你手掌一半的大小吧。"

周措闻言低头，把手心摊开。

今萧也望着他的手："伤口应该是平整的，取下的皮会制成邮票状，数倍扩大，然后再给小仲植下。"

那真是血淋淋的画面，单单听着仿佛已经感受到疼痛了。周措缓缓深吸一口气，默然落座，这时却见她眼波微动，带着病中几分虚弱和不加掩饰的亲和，对他笑说："周总，我真的没想到你会来看我，事实上我根本没想过会有人来探病，你对我这么友善，心地太好了。"

他有点愣怔。今萧的表情像是因为意外得到了友谊，于是由衷开怀起来。

他一时不知该怎么回应，活了三十七年，头一回听到这样的评价：心地好。

心地好……

周措暗自苦笑，怎么会有这样的人呢？穿着壳子时，全身心都在防备你，卸下壳子，你瞧，她透明得像块玻璃，让你心底那些不明不白的微妙都羞愧地躲了起来。

正想说点什么，这时听见一声"萧萧"，她母亲提着早餐进来了。

"妈，"今萧忙介绍说，"这是我的朋友，周措周先生。"

他站起身："您好，游妈妈，昨天我们通过电话了。"

游母自然十分讶异，呆呆地张了张嘴："你好你好。"其实她只比周措年长八九岁而已，可不知怎么，自然而然就成了长辈与晚辈的模式，她下意识想喊"小周"，但见对方如此体面，莫名有点不敢，于是客气道，"周先生啊，你真有心，这么早就来医院看萧萧了。”

他笑说：“没有，刚好在南华市出差，顺路过来看看。”

游母点点头，放下手里的东西，走到床前，弯腰抚摩女儿的头发：“乖乖，你觉得怎么样，好点儿了吗？”

“好多了。”

周措站在一旁，见游母粗糙的手掌不断轻抚今萧的额头、脸颊，温言细语，满是怜爱，又满是心疼。

“给你买了豆浆和包子，要趁热吃。”游母说着，插上吸管，把豆浆喂到她嘴边，然后回身从包里掏出一个电暖宝，“天气越来越冷了，你一到冬天就手脚冰凉，这里又没有暖气，昨晚我都担心你睡不着……来，这个充过电了，抱着会好一点。”

她掀起被子，琢磨着该往哪里塞。

今萧说：“妈，给我放腿中间吧，膝盖冰凉的。”

游母照办，摸索着，将电暖宝塞到她腿窝的地方，接着整理被褥，发现她光着脚，便又找出厚袜子给她穿上。

今萧扯扯嘴角，略微尴尬地冲周措笑了笑。

他也回之一笑。

游母忙完，抱歉地对周措说：“周先生肯定还没吃早饭吧，你稍坐一会儿，我赶紧再去买点吃的。”

他忙说不用：“我很快就走了，您不用招呼我。”

“那怎么行？”

今萧怕母亲太过热情让人家为难，便解围道：“妈，周先生都多大的人了，自己知道吃饭的，您不要瞎费心了。”

游母闻言不好意思地笑了笑：“那你们聊，慢慢聊，我去看看小仲。”

周措见她离开，轻咳一声，说：“你母亲这样来回奔波，照顾两个病人，很不容易。”

今萧恍惚点头：“是啊……不过好在我今天输完液就可以出院了。”

“今天出院？”周措吓一跳，“你昨天才动完手术，怎么也得住院三五天吧？我问过医生，你至少要休息两周才能活动的。”

她回过神来，解释说：“但也没有必要一直住在医院，回家趴着就可以了。”

“不是，”周措看着她，“你的伤口需要医生观察，预防感染，多住几天花不了多少钱的。”

今萧耳朵有点红：“我只是觉得没有必要……医生也说了，一周以后复查，再过一周敷料会自动脱落，到时候差不多痊愈，就可以拆掉纱布了。”

周措没有接话，沉默了半晌，放轻语气，略感无奈：“那么，你说的回家是回哪儿？”

今萧动了动唇，没答。

“学校宿舍？”他眉宇微蹙，脸色认真，“宿舍有人照顾你吗？饮食起居怎么打理？还有你打算怎么回去？坐高铁？自己一个人？”

今萧趴在那里看着他，静默稍许，不知怎么轻轻笑了：“我妈妈会陪我的，其实情况没有你想象的那么困难，这是普通人看病的常态，有很多比我还要糟糕，像烧伤科某些病患，他们从县城、从外省过来医治，有的负担不起，就转回县里的医院，或者干脆回家，这些人四处奔波，照样是坐高铁、坐长途汽车，不然怎么办？这种情况在我们这样的阶层太普遍了，只是你接触太少而已。”

周措闻言默然半晌，略叹了声气，说：“我今晚回忘江，如果你非要今天出院的话，可以坐我的顺风车回去。”

今萧正要开口，谁知立刻被他打断：“好吧，你肯定又要说‘谢谢’‘不用了’‘太麻烦你’之类的话吧？”

她张张嘴：“难道不会添麻烦吗？”

“你怎么知道是麻烦呢？”周措略微挑眉，“正如你刚才所说，我不了解你的生活常态，同样你也不了解，很多对你来说会困扰的事情在我这里只是举手之劳而已。”

今萧虚弱地笑了：“明白，您是周总嘛。”

他也莞尔，低头撩开衣袖，看了看表，说：“我得走了，晚上过来接你。”

“你今天在南华出差办公吗？”

“嗯。”

周措离开，今萧盯着他刚刚坐过的凳子，觉得有点不可思议。人虚弱的时候，脑子也不大够用，她不再多想，慢慢喝完豆浆，吃两个小笼包，没过一会儿，又在持续细微的疼痛里昏昏睡去。

母亲从小仲那边过来，守在床边半晌，她幽幽转醒，伤口发疼，一直趴着十分难受，母亲帮她按摩四肢，然后轻轻翻身，侧躺几分钟，接着又趴了下去。

“那个周先生是你们学校的吗？我看他人还挺好的，长得也端正，是个善心的人。”

今萧听见母亲的话，心里也在琢磨：“其实我跟他不是很熟，见过几次，交情不深。”

“那人家还过来看你，晚上又说送咱们回去。”

“他就是这样的，”今萧说，“他在人情世故面前一向做得周全，而且，我先前请他帮我介绍兼职，他应该猜到我有困难，所以随手帮一把而已。”

母亲说：“那也是雪中送炭，以后咱们得好好儿感谢人家。”

今萧答是。

她们都以为周措今天一直待在南华，晚上顺路载一程而已，其实他出哪门子差呢，早上赶回忘江开会，直到下午一点才得空吃了些东西，之后排满工作，没有半点空隙，但越是这样，时间过得越快，傍晚五点，从供应商的厂子出来，推掉饭局，他片刻不停地驱车前往南华接人。

游母自然又是一番千恩万谢，上了车，今萧扶着前端的座椅撑了一会儿，实在顶不住，把头靠在母亲腿上，身子趴了下去。

周措从后视镜里见她闭着眼，眉尖紧蹙，表情因疼痛而显得克制且忍耐。游母亦十分疲倦，搂着女儿的肩，口中细细碎碎，温柔安抚。

他看着这对窘迫的母女，心下无数情绪交织，最后化作一声叹息，消失在这封闭的车厢里，没有人听到。

第十章 关怀

车子停在理工大教师公寓B区3号楼。

游母扶女儿下车，周措帮忙拿行李上楼，今萧住302室，进门是一个小小的客厅，没有电视和茶几，只有一套略微蹭掉了皮的旧沙发和圆木桌，用来摆放一些杂物。厨房还算宽敞，冰箱、锅灶、煤气都很齐全，做饭正对着一大片玻璃，采光应该不错。

三个卧房，今萧住的那间紧挨浴室，拿钥匙进去，打开灯，一个四四方方的小空间，床榻就在进门的左手边，衣柜靠窗，书桌靠右，家具十分简洁。

周措把行李放在凳子上，只见桌面整齐摆放着课本书籍，一盏节能台灯，一个蓝色水杯，一张贴在墙上的课程表。

书桌旁靠近插头的地方有热水壶，顺着这个方向望去，窗台还有一盆多肉植物和一盆正在落叶的玫瑰。

床铺非常整洁，但似乎没有弹簧床垫，只铺了两层褥子，厚重踏实，应该能让人睡得很好。床单被套是淡紫色的，碎花图案，半旧，因为时常换洗，瞧着也十分干净舒服。

一双毛线拖鞋摆在床尾，厚厚的鞋底，粗犷的针脚，不像商场里卖的样式，大约是手工做的。

床头还贴了许多便签，远远看着，他猜是英语单词。

整个屋子空间狭小，陈设单调，三个成年人走进来，便愈加觉得拥挤了。好在通风不错，又被她收拾得井井有条，所以置身其中只觉得朴素干净，并没有什么不适。

游母扶今萧坐到床边，弯腰为她脱掉鞋子，让她慢慢趴到床上，接着目光纠结，深深叹气："你吃饭洗漱该怎么办？要不然我留在这里照看几天，小仲那边让你二叔二婶帮忙顾一下好了。"

今萧摇头："小仲刚做完植皮手术，你得陪着他才行，我没有到不能自理的地步，就是行动有点慢而已。"

游母说："我看你脱衣服都成问题。"

"这几天我不换衣服，反正不洗澡，伤口不能碰水。"

"那你洗脸洗脚洗……"游母顿了顿，忙收住，"洗头发，怎么办？"

今萧知道她刚刚差点脱口说什么，周措大约也知道，所以略微别开了脸，她有点尴尬，表情仍旧镇定道："我这几天也不洗头了，这个真的没办法。"

游母满是焦虑："乖乖，我现在最担心你吃饭的问题，叫外卖不卫生，也没营养，你掉了层皮，得好好儿补回来，不能随便对付的……唉，早知道让你去二叔二婶家好了，至少有人照看一下。"

今萧苦笑："妈，您不要乱想了，佳佳现在高三，我们这样会打扰人家的。"

"也是……"游母叹气，"我看你就不该急着出院，反正都花那么多钱了，你这样又能省多少呢？"

"我不着急，千秋的经理该着急了。"她说，"而且都已经回来了，还纠结这些干什么？”

游母忙问：“你没有告诉经理你要动手术吗？”

“我动手术，跟人家有什么关系呢？”今萧揉揉眼睛，“像我这种隔三岔五请假的情况，经理已经很不满了。”

游母还想说什么，顾及周措在，敛了声，满心焦虑。周措看着她们母女，心下思忖，说：“我建议你现在最好安心养伤，不要着急上班，因为过段时间我还有事情需要你帮忙。”

今萧愣了：“什么？”

他笑说：“有位外国客人，十一月份来中国，工作之余大概还要四处游玩几天，你不是口语不错吗，我想请你帮忙招待他。”

今萧不禁问：“你们公司没有翻译吗？”

“有是有，但这位客人脾气很差，公事以外的应酬大概没人愿意作陪，”周措随意道，“酬劳是很可观的，足以弥补你养病这些天的损失，当然，如果你怕自己应付不来，我也不会勉强。”

游母喜道：“那太好了！谢谢你啊周先生，这么好的机会多锻炼人啊，让她去让她去！”

周措莞尔，略点头，问：“游妈妈您准备什么时候回南华？”

“这个，”她犹豫起来，“本来说明天一早就回去的，可是萧萧这边……”

周措想了想：“这样，明天我让司机送您，正好他要去南华拿份文件，很顺路。今萧这里请个护工就行了，我来安排，你们不用操心。”

游母愣怔：“护工……护工怎么收费的？”

周措温言笑道：“不收费，我认识一位专业的陪护，以前照顾过我父亲，她还欠我们家很多人情，帮一点忙没关系。”

游母迟疑地看了看今萧：“这，这怎么好意思……”

“举手之劳而已，”周措说着也望向今萧，“我不是也要找你帮忙吗，这几天你歇着，正好上网熟悉一下周边的旅游景点，做做功课，有空我再把客人的资料发给你，你得好好儿琢磨怎么应付他，能做到吗？”

今萧点头：“我没问题。”

他笑了，又看了看表：“时间不早了，我先回去，明早让司机送游妈妈，到时他会给你们打电话。”

游母忙起身送他：“谢谢你啊，周先生，太感谢了。”

“不客气。”

周措驱车回到海棠湾，已将近晚上十点。琰琰早睡下了，裴若在浴室泡澡，阿琴给他开了门，很快返回厨房，继续为夜宵忙碌。

他有些胃疼，想起自己到现在还没有吃晚饭，便吩咐阿琴随便热些饭菜。

进屋换了衣裳，他去书房打电话，不一会儿阿琴叩门，问：“周先生，夜宵做好了，您在哪里吃？”

“放餐桌上吧。”他说着，活动肩胛，起身走进餐厅，拉开椅子落座。两菜一汤，菜式清淡，正合他的口味。阿琴进进出出，又去询问裴若，得知她懒得出来，便将甜羹端了进去。

周措独自坐在明亮的吊顶底下用餐，家里四处沉静，静得有些空洞寂寥，连勺子轻碰瓷碗发出的声响都显得格外惊扰。

如此索然无味，勉强填饱肚子，他慢条斯理地抽着半支烟，心里茫茫然也不知在想什么，空得很。回房间洗澡，之后上床，与裴若各占一边，三言两语拉扯几句，她一直垂头玩手机，他拿遥控随意调换电视频道，两人各自消遣，没有言语。

不多时，困意袭来，他关灯埋进被窝，安静入睡。

裴若放下手机，转头默然看了他一会儿，半晌过后，小心翼翼贴近他的背脊，在温热的气息里轻轻闭上了眼睛。

第二天是周六，他依旧早起，到公司，忙碌半日，中午的时候给阿玉打电话，得知今萧状态不错，认真配合饮食，乖乖待着养伤，想让自己尽早恢复健康。

周措心里琢磨，应该什么时候去看她，才能显得自然而然，并且不会让她觉得拘束。

毕竟这两日接触，他的“热心肠”似乎过于频繁了些。

正当这时，很意外的，接到了裴若的来电。

“跟你说一声，我妈要到家里住两天，现在已经过来了。”

周措闻言微愣：“什么时候？我去接她。”

“不用，已经接到了。”

周措不解：“昨天你怎么没告诉我？”

“我忘了。”裴若原本淡淡的，这会儿忽然有些不耐烦，“你什么意思？”

周措皱眉：“早告诉我，我可以订好餐厅，带老太太出去吃饭，给她接风……现在根本来不及了。”

裴若说：“不用弄那些场面的东西，我妈又不是外人。”

他没吭声。

裴若也沉默了一会儿：“晚上我们在家吃。”

“好吧，”他说，“我晚上回去。”

裴若闷闷地“嗯”一声，两人匆匆结束通话。

第十一章 婚姻

裴母坐在副驾驶座上，眼看着裴若胡乱扯下耳机，脸色沉郁，目光冷淡，仿佛在跟别人生气，又仿佛在跟自己赌气。

她欲言又止，忍不住道：“小若啊，你怎么和周措说话这么不耐烦？他是你老公，不是仇人，你看你像个小孩子似的。”

裴若微抿嘴唇，盯着路况不搭腔。

“我过来你也不提前告诉人家，他这两天忙吗？”

“他哪天不忙？”

“你们这样可不行，”裴母皱眉打量，“夫妻两个，再忙也要留时间交流的。”

见她不语，又紧追着问：“他刚才说什么？晚上回来吃饭吗？”

“嗯。”

“那就好，周措还是很懂事的，”裴母道，“不像你哥，这两年生意做起来了，架子也越来越大，对你嫂子娘家那边爱答不理，去年春节都没去看看两位老人，被我说了一顿，根本不听话。”

裴若心下烦躁：“妈，照您的意思我还应该庆幸吗？您为什么要拿我哥那种人做标准？吃惯了馊饭，给您一碗糟糠，您就感激涕零了？”她强压住一股怒火，道，“再说周措跟我哥根本不一样，您别把他们扯在一块儿谈。”

裴母笑道：“哎哟，哪里不一样了，你哥哥是没文化，但现在不也混得挺好吗。”

裴若皱眉，语气不耐烦：“混得好又怎么样？走野路子，一身江湖气，混得再好也是个土大款，金表金链子，摇头晃脑，趾高气扬，生怕别人不知道他兜里有几个钱。他要不是我哥，我正眼都不会看他一下。”

裴母轻叹：“知道你瞧不上你哥，但不管怎么样我们都是一家人，你别忘了你上大学那会儿还是你哥帮忙挣的学费呢。”

裴若撇撇嘴，没说话。

她母亲思索道：“其实我也觉得奇怪，你说以前吧，你哥哥要靠周措的人脉搭关系、找资源，那会儿真是低人一等，可现在工厂做起来了，有钱有面子，怎么还是觉得矮一截呢？”

裴若冷笑：“周措虽然出身普通家庭，但人家父母都是知识分子，秉性教养非常温和，他从小到大没走过弯路，接受高等教育，没毕业就签了大公司，之后出来创业……精英和暴发户能一样吗？就算不提家庭环境和教育背景，你们这种求人的时候献殷勤，发迹之后就蹬鼻子上脸的做派简直为人不齿，再有钱也得不到尊重。”

裴母脸上又红又白，尴尬地扯扯嘴角：“你这孩子说话怎么那么难听……真是嫁出去的女儿，句句帮着婆家。”

“我不是帮谁，是气不过裴亮那副德行，害我在周措面前也没面子。”

“你们夫妻如果感情好，还计较面子这回事吗？”裴母仔细打量女儿，关切道，“小若，你老实跟妈妈讲，你和周措现在怎么样了？”

“就那样。”

“他在外面有人吗？”

裴若倏地冷下脸："妈，您烦不烦？问这些破事儿干什么？"

"妈妈是在教你啊，你这姑娘三四十岁了，一点儿心计都没有，我看你到时候吃亏怎么办！"

"还能吃什么亏？"

裴母叹道："别人像你这种情况，不说千八百万的存款，房产总该有几套吧？你和周措结婚多少年了，他就送了你一房一车，你不想办法问他要，难道等他主动给吗？如果你们哪天离婚了，你能分到多少？想过没有？"

裴若闻言愈加受刺激，冷声道："谁说我要跟他离婚了？"

"我是说如果，你得为自己后半辈子做打算，小若。"裴母叹气，"你现在靠他养，不愁吃穿，自然不觉得钱有多重要，可是万一呢？"

裴若心头突突直跳，抿了抿嘴，斩钉截铁地说："没有万一，除非我要离，否则他不会的。"

裴母愣了半晌："我看你对他还有感情，既然这样，你必须改改脾气，好好儿经营你的婚姻，不要过得这么没滋没味。"

裴若握着方向盘的手逐渐收紧，倔道："改不了，我咽不下这口气。"

"那你就是跟自己过不去，"裴母道，"要么想办法改善关系，要么睁一只眼闭一只眼，要么离婚，反正别跟自己较劲，弄得整天愁眉苦脸地不高兴。"

裴若心烦意乱地憋了半晌，最后开口："改善关系，说得容易，有用吗？缝补过的裂痕，本质还是破碎的。"

"那你就离婚啊。"

她不吭声，她母亲叹道："真是个傻孩子，你这种性格怎么能不吃亏呢？早年我就提醒你，遇事不要死脑筋，不要太任性，本来你跟周措之间问题不大，人家那会儿也放低姿态解释过，可你偏不听，非要闹，甚至还去定位他的手机，谁受得了这样？"

裴若脸色万般难看，实在忍不住，猛地把车刹在路边，红着眼眶怒道："妈，您能不能不提以前的事了？讲这些能改变什么？能让时光倒流吗？还有，周措根本没您想象的那么好说话，他翻脸的时候比谁都狠，不吵架，不生气，直接收回所有情分，拿客套来敷衍，您能明白那种疏离感吗？我们之间变成现在这样，他有不可推卸的责任，又不是我一个人的问题，您怎么老是找我的碴？！"

裴母忙伸手安抚她："行了行了，妈妈也是为你好，想帮你分析分析，你不愿意听就不说了。"

裴若犹自抽噎："我也不想过这种日子，真的，特别难受。以前性子暴躁，把婚姻搞得天翻地覆，我自己也很后悔，可是不知道该怎么办，当我想跟他重新开始的时候发现他已经离我很远了，我开不了口，我以为他总会回头的，等啊等，不知怎么就变成现在这样了……"

裴母说："你的应对方法太消极了，男人也需要哄的，你得主动示好，别那么要强。"

她紧紧咬唇："可我没办法接受他在外面找女人，那些年轻小姑娘……出轨的是他，凭什么要我示好？"

"唉，说来说去又绕回原点了，"裴母叹气，"想清楚你到底要什么，盯着你要的目标，别东张西望，这样你会过得轻松很多。"

裴若擦擦眼泪："可我已经三十七岁了，再过几个月就三十八了，这几年过得像温水煮青蛙，麻木惯了，突然要我去改，我真不知道自己能不能做到，太累了。"

裴母摇头："所以啊，你还是没活明白。世上男人那么多，你现在走不出来才觉得痛苦，要是哪天想通了，你会知道钱比男人可靠，男人会变，感情会淡，只有钱才能给你最大安全感，这都是过来人的经验，懂吗？"

第十二章 饭局

傍晚五点半，天色渐暗，周措感觉自己像这座城市里每一个稳定生活的男女一样，黄昏时分，满载余晖，回家吃饭。

可这感觉终究陌生，因为太过久违，反倒生出一种突兀与别扭，使他徒增困扰，并不那么惬意。

进门去，满室灯辉，他打起精神，见岳母抱着周琰迎上前，对他笑说："琰琰，看爸爸回来了，周六还要加班工作，真是辛苦了。"

周措抬手轻拍女儿的脑袋，笑了下："妈，不好意思，中午没去接您。"

"哎呀，都是一家人，不用这么客气的。"裴母声音清亮，笑意殷勤，"小若在厨房忙呢，你休息一会儿，饭马上就好。"

"她怎么突然下厨了？"

"女人下厨不是很正常吗？"这位岳母若有所指，"尤其自己先生的饮食，多少都要亲手照料的，我都跟她说过了，她以后会注意的。"

周措不置可否："我先回房换衣服。"

“好，好，去吧。”

他洗了澡，换完衣裳，这时周琰过来，站在门边叫他吃饭。他牵着她的手走进餐厅，见一桌丰盛，裴若正在盛汤。

“小若的厨艺还是很不错的，”裴母笑道，“以后多练练，别荒废了。”

周措落座，裴若把汤碗递给他。

“谢谢。”

她“嗯”一声，继续盛给母亲和女儿。

突如其来的关切，刻意堆砌的热闹，让周措略感不适，话很少，沉默着，自顾用餐。

裴若淡淡地看他两眼，也不知该说什么，转而询问母亲：“您这次过来准备住多久？”

“三五天吧，主要来看看你们，还有中宇那个浑小子。”她说的是裴亮的儿子。

“人家在这边念大学，好端端的，您去烦他干吗呢？”

裴母忙道：“他可了不得，考到忘江来，山高皇帝远，你哥哥又给他在学校外面租了房子，舒舒服服地住着，谁晓得他干什么了？万一学坏可怎么好？”

“小孩子长大，您得给他独立空间才行。”裴若想了想，又道，“不过，男孩儿虽然不像女孩儿那样容易吃亏，但该管的也要管，免得四处给家里惹祸。”

“就是呢，他每个月好几千的生活费，不够花，隔三岔五找你嫂子要钱，真是个败家子。”裴母摇头，“他没问你拿钱吧？”

“我很少见他的，”裴若说，“要不然明天叫他过来吃饭吧？”说着略顿了下，夹菜给琰琰，然后转而望向周措，“你觉得怎么样？”

周措表情随和：“都可以，明天出去吃，我提早订餐厅。”

“那太好了，”裴母笑起来，“咱们一大家子出门，多高兴啊。”

她转头问周琰：“琰琰，爸爸妈妈明天带你出去玩，你高兴吗？”

小姑娘眨眨眼，腼腆地点了点头。

裴母又说：“我记得东城区有一家私房菜不错，明天去那儿吧。”

周措说好。

这晚九点半，卧房亮着两盏灯，裴若半躺在床上，轻声给周琰读故事。渐渐地，看她入睡，裴母在床边陪坐了一会儿，轻声叹道：“这孩子呆呆的，嘴也笨，不会讨大人喜欢，我看周措对孩子也就那样。”

言至于此，似乎绕不过那个话题：“小若，你说他是不是不喜欢小孩儿？或者，比较喜欢男孩儿？”

裴若闻言登时蹙眉：“妈，您行行好，能别当着琰琰的面说这些吗？”

裴母自知失言，忙改口：“也是，现在很多人更喜欢女儿，像你嫂子，都四十岁了，这两年还想再生一胎呢。”

裴若关掉台灯，起身走到飘窗坐下，裴母也跟了过去。

“不过年纪大了，不容易怀孕，最近她在咨询试管婴儿的事情，本来还想打电话问问你……”说到这里突然停下，裴母转眸一看，但见裴若脸色僵硬，眉宇纠结，似有发作之意。她也不敢继续，忙转开了话题。

不一会儿，裴若头昏脑涨地回房，躺进被窝，闷不吭声的，不知怎么，喉咙酸堵，忽而细细哽咽起来。

周措放下手里的事，转头看着她，默然片刻，问：“你怎么了？”

她忽然一股冲动，抬眸直视：“你是不是不喜欢琰琰？”

周措略微蹙眉：“怎么会呢？”

裴若一动不动地盯了他半晌，千言万语就在嘴边，可惜开不了口，瞬间没了言语。

周措微微侧身，伸手关灯，她这时靠了过来，脸颊紧贴着他的肩头，胳膊将他揽住。

周措关了灯，拍拍她的手："别胡思乱想了，早点睡吧。"

"以前，我逼你做了很多你不喜欢的事，"裴若咬唇，呼吸紧促，"你心里怪我吗？"

"都过去了，"他声音很淡，"提那些做什么。"

"那现在呢？"她不死心地问，"你觉得现在这样……好吗？"

"你觉得呢？"他说，"只要家庭和睦，没什么不好。"

波澜不兴的言辞，语气却已然显露抗拒，他抑制不住对这个话题和某些回忆的排斥，翻过身去："我有点困，先睡了，你早点休息。"

裴若手指攥着被单，脑子一团乱麻，枕边人分明近在咫尺，可又好似隔了千山万水，道阻且长，需乘舟渡河，需翻越峰峦，并且前途渺茫。

如果他们彼此诉求不同，他只想维持现状，不愿触碰有关感情的结，那又该如何是好？裴若不知道。

次日，周措开车，载着一家四口，前往东城吃饭。

裴若很久没坐过他的车，莫名地，竟有些紧张。

忍住寻找蛛丝马迹的念头，一转眼，看见他在，母亲在，琰琰在，心里被填得很满，难得如此舒服，只盼这感觉能够延续长久一些。

裴母兴致勃勃地望着窗外的街景，说："东城环境不错啊，休闲安逸，交通便利，你看创意园也落成了，以后肯定会越来越热闹。"

周措应了一声。

"其实啊，我们小若要是在这里开个小店还挺好的，"裴母说，"琰琰现在念小学，白天在学校，回家有阿琴照看，其实大多时间都很闲，找个事做也能充实一点，周措你觉得呢？”

闻言他转头看了看裴若，打量片刻道：“如果你真的有这个想法，我当然没意见。”

裴若没吭声，裴母笑起来：“是的呀，清闲日子虽然舒服，但生活不能总是这样一成不变，人得有点追求才行。”接着她又说，“刚才经过的家居馆你们有印象吗？我看旁边的店铺就不错，如果做生意，最好不要租，直接买下来，那就是自己的产权，以后累了，不想经营了，把店租出去，怎么着也有钱赚，不会亏的。”

周措笑了笑，一时没说话。

裴若又开始紧张起来，低头翻看手机，转开话题：“妈，给中宇打个电话，问他过来没，别待会儿一桌人等他一个。”

“出门的时候打了，你再催催吧。”

说着话，车子停在私房菜馆门前，周措道：“你们先进去，我找地方停车。”

裴若“嗯”一声，一边带母亲和琰琰走进餐厅，一边忍不住道：“妈，您是不是太直接了？还故意选这个地方吃饭，绕过来看店，他该怎么想？”

裴母却很是自如：“这种事情大家心里都有数，如果他不愿意为你花钱，那你们这段婚姻真没有继续的必要了。”

“可他会怎么看我？以为我在算计他怎么办？”

“争取自己的利益怎么能叫算计呢？”裴母轻拍女儿的背，“你替他省钱，他可能在外面为别人花钱，你乐意吗？”

裴若登时攥了攥手，心中五味杂陈，思绪繁杂交替，无数幻想在脑中掠过，最后硬生生咬出三个字：“当然不。”

“那就对了。”裴母笑道。

不一会儿，周措进来，点菜的时候裴中宇也到了，裴母自然逮着他喋喋不休，问长问短，那小子被念得心烦，没吃几口就说饱了，要溜。

“长辈都还在这儿坐着呢，你怎么能先走？”裴若说他，“没大没小。”

裴中宇扯扯嘴角：“我不走，”说着朝周措嬉皮笑脸，“小姑父，你的车能不能借我开开，就在附近兜一圈儿，马上回来。”

裴母闻言立刻否决：“那怎么行？你开出去碰了蹭了怎么办？”

“不会的，”他斩钉截铁，“我已经拿驾照了，过两个月我爸还准备给我买车呢。”

裴母道：“你爸最多给你买辆八九万的，像你小姑父这种车就别做梦了。”

“那我就借十分钟，体验一下也不行吗？”

“不行。”

周措随意笑道：“没关系，有驾照就行。”说着拿出车钥匙，“去吧，注意安全。”

裴中宇一下跳起来：“谢谢小姑父！太仗义了！”

裴若轻声叹气，对身旁的周琰说：“你可别学中宇哥哥，调皮捣蛋不懂事。”

“哦。”周琰乖乖点头。

没过一会儿，裴若刷着手机，不知看到什么，嗤笑一声，递给她母亲：“我说那小子借车兜什么风呢，原来为了发朋友圈炫耀，还摆各种姿势自拍，真是够了。”

裴母笑道：“年轻人的东西我可不懂，待会儿你说说他就是了。”

周措在一旁听着，一副无所谓的样子，裴若心里却不大舒服，摇摇头，懒得多言。

第十三章 店铺

今萧看着阿玉穿梭在这小小的屋子里，收拾碗筷，归置桌椅，清理垃圾，然后不一会儿把洗脸水端了过来。

女人的琐碎与勤劳总能让周遭充满烟火气，这也使她心里感到踏实，但终究不可能理所当然，被人这样无微不至地照顾，而且还是外人，多少有些别扭，并觉得负担。

“没关系的，”好在阿玉为人随和，并不计较她的局促，“这是我的专业，你不用难为情。”

“其实这两天我觉得自己恢复得很快，不用一直趴在床上了。”

“但伤口还没长好，还得注意些。”阿玉笑说，“我照顾过很多病人，大多不能自理，通常需要护工帮助他们清洗、喂食、翻身、消毒、吸痰，还有清理排泄物，所以对我而言像你这种情况已经不算什么了。这样说你是不是自在些？”

今萧一笑，接过热毛巾擦脸，然后低头解开衬衣扣子，阿玉帮她脱下，半身裸露，她异常尴尬，用衣服遮挡胸部，听阿玉笑说：“你有的我都有，没事的。”

说着拿毛巾轻轻擦拭她的脖子、腋窝、手臂，顺便查看后背包扎的敷料。

今萧忍不住抓了抓胶布的地方："很痒。"

阿玉细看："有点过敏，你皮肤比较薄，待会儿我帮你换防过敏的胶布。"

"好。"

擦完半身，换上干净的大号衬衣，阿玉去浴室把水倒掉，另拿一个小盆子接了热水进来。

今萧已褪下长裤，搭在大腿严实遮挡："我自己可以。"

阿玉点头："好吧，你慢点儿，有事叫我。"

说着转身回避，出去把门带上了。不多时，今萧清理完，阿玉把水盆收走，拖了地，然后准备将她换下的衣服拿去清洗。

"那个，"她面色尴尬，"内裤和袜子等我好了自己洗吧。"

阿玉觉得好笑："有什么关系，我儿子和你差不多的年纪，出国以前内裤都是我帮他洗的。"

今萧轻咳一声："真的不用。"

她没直说，除了不好意思以外，也不太喜欢别人碰她私密的物品。

"好吧，"阿玉妥协，忽而想起什么，笑说，"你知道吗，周先生的父亲和你一样，不许旁人经手他的贴身衣物，我刚开始照顾他那会儿因为这件事情苦恼了很久，本职工作嘛，但他老人家觉得这样不太尊重人，每次都坚持自己洗，我还挺不好意思的。"

今萧没想到她会忽然说起周措的父亲，当下有些愣怔。

"后来周老师瘫痪不能自理，这才不得不交给我，为此他还特意嘱咐周先生给我加工资呢。"阿玉笑着摇摇头。

"周老师？"今萧思忖，"原来周总的父亲是教师。"

"你不知道吗？"阿玉倒是讶异，"我还以为你们是很熟的朋友。"

今萧微怔，道：“没有，普通朋友。”

阿玉一时不语，带笑打量片刻，轻叹道：“老先生以前是中学教师，性情有些古板，但心地很好，我儿子去新加坡读酒店管理的费用还是他资助的呢。不过他去世以后我就很少见到周先生了，他跟他父亲一样，非常友善，我儿子现在就在他朋友的酒店工作，那天他给我打电话，问我有没有时间帮忙照顾一位朋友，我高兴着呢，立马就答应了。”

今萧轻声低语：“他父亲去世了？”

“嗯，前几年去世的，”阿玉说，“你大概想象不到，老先生离开前几个星期给周先生打电话，说如果他哪天走了，要把阿玉以后的工作安排好，陪护很辛苦，要给她介绍秉性温和、待遇优良的雇主，说单身母亲不容易……唉，真是很善良的老人，我这辈子都感激他。”

今萧闻言沉默了一会儿：“是因为癌症离世的吗？”

“脑中风，”阿玉说，“很突然，那时周先生在美国，没能见最后一面，非常遗憾。”

“他母亲呢？”

“早年也过世了，癌症。”阿玉感慨，“所以啊，人在疾病面前真的不堪一击，再有钱也没办法。”

今萧垂下眼帘，喃喃道：“是啊，疾病真的很可怕。”

裴母在女儿女婿家小住三四天后便回去了，她是忘江本地人，但自从裴亮去D市做生意，开了工厂，买了住房，就此定居，她自然也搬过去，和儿子儿媳一同生活。

两地不过一个多小时的车程，裴若开车送她。

路上免不了又一番叮嘱，裴母提醒女儿要把店铺的事情尽快定下来，免得拖着拖着就没下文了。

这晚周措回家，裴若试探说：“这两天跟着中介看了一些铺子，底商、购物中心、商业街、社区，眼花缭乱的。”

周措正在换衣服，闻言问了句：“看得怎么样？”

她说：“我也没什么经验，不过商场和商业街这种位置我不大喜欢，太吵了，而且有的只租不售，产权在投资商那儿，有的售价又过高，超出心理价位太多，也就看看罢了。”

周措说：“地段很重要，但如果你只是想打发时间，不考虑物业增值，不考虑投资回报率，那也没有必要去商圈参与竞争。”

裴若“嗯”一声：“其实我妈那边有个亲戚，因为要移民，打算卖掉自家店铺，就是上次去东城看的那家，临街商铺，有独立产权，我妈之前接触过，本来想让我哥投资的，但要全额付款，他一下子拿不出那么多钱，所以就想到我了。”

周措皱眉笑道：“所以到底是你要买店铺，还是想借钱给你哥？”

“现在是我要买，”裴若撇撇嘴，“我觉得我妈说的对，清闲太久，不如忙起来，精神状态也会不一样。”

周措点头：“那你考虑清楚，确定好了告诉我。”

“你答应了？”

“我什么时候反对过？”

她愣了愣，心里浮现一丝异样的情绪，有点复杂，但感觉并不坏。

“谢谢老公。”她上前吻了吻他的脸。

“不用谢。”

正在这时，手机响起，周措看见来电显示，略微一愣：“我接个电话。”

裴若扫了一眼，没说什么，转而回到梳妆台前继续涂抹。

周措离开卧室，走进书房：“喂？你好。”

“你好，周总。”

那声音传来，不过数日不见，似乎又变得遥远陌生了。

“游今萧，”他念她的名字，“你伤还好吗？恢复得怎么样？”

“今天复诊，恢复得很好，”她说，“谢谢您让阿玉照顾我，她真的非常尽责。”

周措“嗯”了一声。

又听她说：“那个，周总，我现在自理已经没有问题了，明天也要回去上课，所以我想跟您说一声，不用再麻烦阿玉了。”

闻言他一怔：“这么快？你是不是应该再休息几天比较好？”

“真的不用。”她语气坚决。

周措沉默了一会儿，不知为何轻笑一声：“好吧，随你。”

不识好歹的姑娘。

那边停顿片刻，大约也觉得冲撞了他，语气略有迟疑：“周总……”

“嗯？”

她又是一愣，轻咳一声，继续道：“上次您说的那位客户，什么时候到，您随时通知我，我都准备好了。”

这下换周措愣住，想了想：“到时候再说吧。”

“好的。”她说，“那不打扰您休息了。”

“嗯，再见。”

“再见。”

通话结束，五十七秒，还不到一分钟。

他坐在椅子上，手指若有若无地把玩着手机，情绪显得有些低落。

算了吧，他心想，就当是一段心血来潮的插曲，到此为止，让她远离他的视线，或者留在那个安全的范围，也许还能守住些微干净的回忆，何乐而不为呢？

…………

第十四章 在意

阿玉的电话是第二天清晨打来的，那时周措正在浴室洗澡。

裴若被铃声吵醒，辗转反侧，终是不耐烦，起身越过半个床铺，抓起床头柜上的手机，看了看来电，正想告诉周措，这时却又忽然消停了下来。

有病吗？她腹诽，兴许脑子还有些迷糊，盯着他的手机，想起昨晚那通电话，游今萧，她只仓促一瞥，竟然牢记于心了。

是女孩儿的名字吧？呵，不晓得跟周措什么关系，也不知他们昨晚在聊什么，裴若有些后悔，为什么没有及时问清楚，导致自己陷入这样漫无边际的遐想里，自讨苦吃。

正在发愣，忽然发现周措不知什么时候走了出来，腰间围着毛巾，发梢滴着水，眉目清淡，一边拿打火机点烟，一边若有似无地看了她一下。

裴若心脏沉沉跳了两跳，竟有些挪不开眼。

周措吐出烟圈，静默片刻，然后提醒她：“手机给我。”

她如梦初醒，忙将那烫手山芋递过去，撇撇嘴，语气僵硬道：“阿玉打来的。”

周措没吭声，裴若见他面无表情，登时也有些不舒服：“我没有乱翻你的手机。”她按捺住一股冲动，解释说，“刚才它一直在响，吵到我休息了。”

周措淡淡道：“其实你可以叫我一声。”

裴若觉得这话很刺耳，眉头拧起来：“我是想叫你，但它突然挂断了，拜托你看看未接来电，别说得我好像在撒谎行吗？”

气氛就此变得异常冷冽，手机一直是他们之间敏感的禁忌，碰不得，说不得，否则一不小心就变成现在这幅情景了。

裴若又气又委屈，冷着脸，实在忍不住，说：“你挺介意的啊，是有什么见不得人的秘密，不想让我看到吗？”

“如果你想看，可以事先征询我的意见，”周措面无波澜，“无关秘密，但每个人都有隐私，大家应该尊重他人的隐私，这样相处起来才会舒服。”

裴若深吸一口气，冷笑：“你觉得夫妻之间这样合适吗？”

周措拿起烟灰缸，随手弹掉灰烬：“我从来不看你的手机。”

“那我应该谢谢你对我的信任，还是指责你对妻子漠不关心？”裴若嗤一声，“再说我坦坦荡荡，根本不怕你看。”

周措不接话，低头回拨来电，接通放在耳边，然后自顾走进了更衣间。裴若瞪着他的背影，深吸几口气，把被子一掀，倒头继续睡觉。

“你好，阿玉。”

“你好，周先生，”阿玉直来直往，告诉他说，“游小姐给你打过电话吗？昨晚她突然跟我说，不用再照顾她的饮食起居了。”

“我知道，”周措按熄烟头，“有什么问题吗？”

“没有太大问题，虽然伤口还没痊愈，但她现在可以适量活动，只要注意饮食和休息，别太劳累就行。”

周措“嗯”一声：“既然她已经可以自理，那就随她去吧。”

阿玉迟疑片刻：“其实昨天我看见她跟家里人通话，脸色不大好，打完以后她就跟我说不需要陪护了……”

周措捏捏眉心，不等阿玉说完，道：“那是她的家事，我们外人不好插手，就这样吧，游小姐是成年人，她会处理好的。”

阿玉明显愣了一会儿，回过神：“好，我明白了。”

这晚，周措与安华在清平斋吃饭，略喝了点酒，随意聊些琐事。

安华说：“去年你推荐的那个年轻人还不错，脑筋活络，做事灵活，而且脚踏实地，今早我父亲还特地问起这个人，称赞他呢。”

周措想了想：“阿玉的儿子吗？这孩子从小吃过很多苦，当然知道要抓住机会拼搏。”

安华笑道：“世界上吃苦的人不少，自强的可不多。”又问，“很久没见裴若了，她最近怎么样，还跟你闹别扭吗？”

周措略微挑眉：“她应该要忙起来了，最近在准备开店。”

“真的？在哪儿？”

“东城区。”

安华煞有介事地鼓掌叫好：“恭喜，我得打电话祝贺她，金丝雀终于要出笼了。”

周措瞥他一眼，但笑不语。这时手机响起，安华接通，应付数语，接着对他笑说：“我同学在楼下聚会，让我们过去。”

“谁？”

“美梦家私的李总，还有飞鹏灯饰的孙总，就那几个，你见过的。”

周措说：“你去吧，我跟他们不熟。”

“人家知道你跟我在一块儿，不去怎么好？”

周措摇头轻叹：“那就吃完饭再说吧。”

如此，酒足饭饱，他们二人从六楼下来，走进KTV包房，里面男男女女，歌声婉转，桌上堆满杯瓶盅骰，众人兴致正浓。

见他们来，自然一阵起哄和簇拥，周措走向沙发，目光一晃，蓦地愣了下，登时以为自己看错。

今萧亦不曾想会突然见到他，一时间四目相对，心下诧异，接着回过神，微笑打招呼：“周总，好巧。”

十一月的寒夜，包厢里暖气开得很足，她黑眸红唇，长发妩媚，身穿一条酒红色天鹅绒连衣裙，没记错的话，正是那次陪他去南华参加酒会穿的那条。

周措目光骤然变沉，看了两眼，没跟她说话，自顾自落座。

“叫一下经理，再挑几个女孩子过来，我记得周总好像喜欢清纯型的？”有人笑着吩咐几句，公主便去找经理了。

今萧收回注意力，转而对身旁的客人笑说：“李总，我敬您一杯。”

那人轻揽她的肩，道：“小姑娘没有诚意，你敬我，应该先自饮几杯吧？”

今萧点头：“我不懂事，自罚三杯，您随意。”

说着倒爽快，烈酒入喉，连饮三杯，嗓子立刻烧了起来。

“露露年纪不大，酒量还不错嘛。”那人笑着拍了拍她的背。

今萧略微一颤，额角渗出冷汗，手指暗暗紧攥着，垂眸定了片刻，抬头仍一笑：“再敬您一杯。”

“好啊，”对方哼笑，“这里的酒随你点，只要你喝得下，无论多少我都埋单。”

“这可是您说的。”

“对，我说的，”他随手指了指，“不过，我看你还是先把这瓶干了比较好。”

今萧果真倒酒，也不知自己喝了多少，胃里又辣又闷，可真难受，真想吐。

“不着急，慢慢来。”客人笑着，起身去洗手间。

她放下杯子，闭上眼睛缓了一会儿，这时忽而听见一阵欢声笑语，转头望去，隔着两三个人，周措坐在中间，旁边人不知开了什么玩笑，男男女女被逗得乐不可支，他亦嘴角带笑，周旋其中，应对自如。

今萧收回目光，拍拍脸，强自打起精神。

周措点了支烟，胳膊搭在膝头，若无其事地听着无伤大雅的荤段子，脸上笑意不减，眉目却异常清冷，在这缭绕的烟雾里凝着一重寒意，晦暗不明。

歌曲换了一首又一首，那位李总从洗手间回来，扫一眼，问今萧：“怎么不喝了？刚才不是夸下海口了吗？”

她挺直背脊，笑道：“等您回来啊。”

说着往杯里放了两块冰，再把酒倒下去，心里有点麻木，仰头便饮尽了。

“好酒量！再来再来！”

她便继续倒酒。

这时有人站起身，径直走过来，稍稍弯下腰，手指敲了敲她面前的桌子。

今萧转头望去，看见了周措面无表情的脸。

“你跟我出来一下。”

“什么？”

他蹙眉，已然忍无可忍，抓起她的手，默不作声，头也不回，直接把人带出了包厢。

第十五章 银行卡

他的手温厚柔软，带着些微潮意，牵着她，两人掌心相贴，有一种极其微妙的触觉。

今萧先是错愕，然后垂头不语，一路随他走出会所大门，寒风扑来，浑身冰凉，周措淡淡扫一眼，没说话，也没松手，继续朝车子停放的地方走去。

两人上了车，他脱下外套，一边打开窗，一边在扶手箱里找出香烟和打火机，点燃，深吸一口，吐出浓重的烟雾，萦绕飘荡。

这样长久地沉默着，什么话也没有，但今萧觉得已胜过千言万语，无须剖白，她心里什么都知道，也什么都明白了。

冷风不断吹来，她打了个寒战，终于忍不住开口，说："没什么事的话，我先回去了，周总。"

周措转头凝视她片刻，掐掉烟，关上窗，再把车里暖气打开："一会儿就不冷了。"他说。

今萧心想，其实一直待在冷空气里，自然耐寒，但如果得到短暂的温暖，再被抛入寒风中，反而承受不住，所以，有的东西还不如从来没有的好。

她犹自沉思着，忽而听见周措说："手套箱里有一个信封，你拿出来。"

她微愣，愣怔了一会儿："手套箱是什么？"

周措伸长胳膊，打开副驾仪表台下的储物盒，今萧在里面找出一个薄薄的信封："这个吗？"她递给他。

周措没接："给你的。"

她愣了愣，随手一摸，里面是一张银行卡。

"卡里有五十万，"他目视前方，"拿去给你弟弟看病，如果后期整形的费用不够，到时候再跟我说。"

怦怦怦，心脏沉沉跳动，今萧屏住呼吸，手指捏紧那个信封，脑子霎时空白。

周措忽然又想抽烟，强忍住，胳膊搭在方向盘上，见她不说话，情绪也有些烦乱，冷道："你这么急着回千秋上班，不就因为治疗费告急吗？但你一晚能挣多少？一个月能挣多少？就算你肯出台，也没哪个傻子愿意花几十万买一夜春宵吧？"

他今晚确实有些动怒，拧开一瓶矿泉水，仓促喝下两口，喉结滚动，液体冰凉，如此，冷静片刻："抱歉，我语气不太好。"他说，"但你真的太可气了。"

今萧抿了抿嘴，目光掠过窗外，不想绕圈子，直接开口："您需要我做什么，周总？"

周措登时被问住，手指摩擦方向盘，内心交战，默然许久，说："我不会强迫你做什么，但从今天起你不能再去千秋上班，这笔钱就当我借你，以后慢慢还就是了。"

今萧低头看着自己的手："以后都不能去千秋吗？"

"难道你很喜欢坐台陪酒？"

"不喜欢，"她说，"但那只是一份职业，我只当自己在工作。"

周措闻言，转而打量她的脸，目光很深："我没有看轻这份工作的意思，但你要知道，那种环境和氛围会影响一个人的意志，如果你在物质面前妥协一次，那么一定会有第二次、无数次，你的底线会越来越低，那就是所谓的堕落。"他停了下，语气放缓，"我记得你说过，只坐台，不出台，但如果到了走投无路的地步，就像昨天，你得知医院那边又在催医药费了，你想过出台吗？"

今萧的心"咯噔"一跳，多么诡异的感觉，怎么会这样呢？他竟然把她看得透透的，字字句句都正好戳在心上，那么妥帖，那么直接，让人失去了躲避和掩饰的能力。

她默认，无话可说。周措按捺着胸腔里起伏的暗涌，调整呼吸，不再纠缠此事，转开话题，问："你背上的伤怎么样？"

"还好。"

他点头："我送你回学校。"

说着，按下仪表盘的自动启停键，随口提醒："系好安全带。"

今萧思绪纷乱，一时没有听清："什么？"

周措转头看她，忽而倾身靠拢，整个人将她笼罩在座椅里，车内的光线本就幽暗，这下愈加陷入阴影之中，犹如幼小困兽，无处可避。男人身上有烟草、酒精和古龙水的味道，糅杂着一种温热的气息，沉稳又强势地把她包围。

今萧睫毛微颤，僵硬地别开脸。

周措眼帘低垂，目光淡淡凝视着，是的，她又化了浓妆，纤长的眉毛，眼睛又大又魅惑，嘴唇红得像盛开的玫瑰，一股艳俗堕落的脂粉香窜入鼻端，好似羽毛落在心尖，让人痒得厉害。

他喉结微动，稍稍退开，为她系好安全带，然后回到原位，面无波澜，仿佛静水深流，不露痕迹。

今萧缓缓舒出一口气，手心已渗出一层薄汗。

正在这时，车外出现一个人影，弯腰敲了敲窗，沉闷短促的叩击声打破两人之间微妙的气氛，周措按下车窗，安华看看他，又看看另一个，笑问："怎么了？出了什么事？"

"没事，"周措面无表情，"我带她先走一步。"

安华忍不住再次瞥向副驾驶座上的女孩儿："为什么？"

周措默然片刻，不答反问："你说为什么？"

安华被噎住，了然地挑挑眉，轻咳一声，后退两步："好吧，改天再约，不打扰你们。"

"谢谢。"

车子平稳行驶，他不再言语，她亦保持沉默，一路无话。不多时，来到理工大校门外，她说："我在这里下就行了。"

"这里距离你的宿舍还很远，"周措目视前方，"直接开到楼下比较好。"

"可是，"她直言不讳，"太招摇了，会很引人误会。"

周措很快妥协："好吧。"熄了火，他推开车门，"我送你。"

今萧张张嘴，见他已踏出车外，这情景简直像极了那晚，他第一次送她，也是这般一意孤行，不容置喙。今萧默然，低头走近，这时，一件外套搭在了肩头，然后左手被握住，没有解释，没有理由，就这么由他牵着，慢慢往学校里走。

此时不过晚上九点，校区仍有不少学生四处活动，周措身形高大，衣着讲究，十分惹眼，今萧有些后悔，与他这样出双入对，还不如将车开到公寓楼下，至少不用受这慢火煎熬。

周措仿佛猜到她的心思，转而走入一条小径，免受众人注目。

寒夜幽凉，四下空寂，两人相握的掌心渗出薄汗，也不知是他的还是她的。

“你很紧张？”周措忽然开口，嗓音清淡，“手里全是汗。”

今萧看着地上模糊的影子，沉默了片刻，说：“也可能是你紧张。”她不示弱。

周措微愣，接着轻轻笑了。

来到楼下，相对而立，他终于松开手，低头看她：“回去休息，把伤养好，听到了吗？”

她垂着脑袋，“嗯”了一声。

周措看不见她的脸，伸手捏起她的下巴，再问：“听到没有？”

今萧望着他的眼睛，认真回答：“听到了。”

周措默然与她对视，喉结动了两下，或许三下，跟着缓缓深吸一口气，终是放手，道：“去吧。”

今萧勉强控制着起伏的心跳，转身走到门前，按密码锁，开门，进入楼道，回头看了一眼，见他还站在原地，定定地望着她。

她立刻收回目光，僵硬地上楼。

第十六章 辞职

回到房间，打开灯，关上门，心里太乱，反倒一片空茫，无法细想今晚发生的一切，它们都不像是真的。

今萧坐在床边，肩头衣衫滑落，于是这才发现自己忘记把外套还给他，而他似乎也忘了，没有提醒。

一件藏蓝色的休闲夹克，一个信封，一张银行卡，还有手掌余留的温度，他留下这些，在今夜，彻底打乱她的阵脚。

今萧倒在床上，恍惚发愣，不敢相信自己从今开始便负上了几十万的债，几十万……要怎么还？

对，周措是说了，不会勉强她做什么，甚至给她找台阶，说是借的，但谁也不傻，大家心里都很清楚，收下这笔钱意味着什么。

今萧闭上眼，提醒自己别慌，别怕，往另一个角度想，至少小仲可以得到妥善的治疗，母亲也不用看人脸色四处借钱，这才是最重要的，不是吗？

当然，没有什么比家人更重要。

今萧一夜辗转反侧，睡得极不安稳，第二天周五，仍旧早起，照常上了半天课，下午她乘车去南华市，到医院，把那张卡交给了母亲。

这么大一笔钱，关于它的来历，今萧没有办法隐瞒，只是简略地讲述缘由，对其中的敏感问题一句带过，不做细述。

游母听罢，心绪复杂地看着女儿，既忧虑重重，又不敢追根究底，只能小心翼翼地询问："是那天送我们回忘江的那位周先生吗？"

"是。"

"他看上去有三十出头了。"

"三十七。"

游母张张嘴，欲言又止："这个年龄，应该结婚了吧？"

今萧闻言避开母亲的目光，不作回答。游母脑子嗡嗡作响，心中五味杂陈，她伸出胳膊把女儿搂进怀里，低头看着手中的银行卡："乖乖，你是不是答应他什么了？你们……"

今萧蹙眉叹气："没有什么，妈，这钱就是借的，以后还给他就两清了，您别害怕。"

游母自欺欺人地点头："对，咱们以后还给他，慢慢还……"

今萧沉默了半晌："别让小仲知道，如果他问起，找个理由搪塞过去。"

"我晓得的，你在会所上班的事情也一直瞒着他呢。"

今萧低头想了想："以后我不用去千秋上班了，周先生觉得，那种环境不太好。"

游母愣愣的："是啊，是不好。"

今萧说："等小仲出院，我们在忘江租一套房子，明年我就毕业了，到时候找一份工作，慢慢存钱，把欠的账还完，日子回到正轨，一切都会好起来的。"

母亲沉浸在她的描述里，忍不住憧憬未来，一会儿感到振奋，一会儿莫名低落：“小仲怕是没那么容易迈过去，就算身体康复，也不可能回到从前那样了。”

今萧提醒：“他需要做心理辅导，这个过程很漫长，慢慢来，不着急。”

游母只能点头。

在南华待了两天，周末傍晚，今萧回到忘江，八点，前往千秋，办理离职。

罗姐倒没说什么，风尘里见多了浮萍聚散，今天这个沉下水，明天那个游上岸，稀松平常，早就司空见惯了。她公事公办地把酒水提成结算给她，抽着烟，上下打量着，笑道：“什么时候想回来，随时都可以，露露，给自己多留一条退路总是好的。”

今萧明白这话里的意思，点点头：“谢谢罗姐，我知道。”

罗姐离开休息室，今萧收拾东西，美拉坐在化妆台前撑着下巴，从镜子里看她：“你真要走了？”

今萧冲她笑了笑。

“哎，我怎么有点想哭？”

“真的？”今萧眨眨眼，“要不要抱着我的大腿，求我别走？”

“去你的！”美拉一下子笑起来，接着又不知想到什么，缓缓叹气，“我怎么就没你命好呢？在这行干了三四年，也跟客人谈过恋爱，甜言蜜语听得不少，但他们抽身的时候绝不会带上我一起走，连想都没想过，你说你是不是命好？”

今萧闻言愣住。

“别装了，”美拉反身趴在椅背上，抬头看着她，“那天周总拉你出去，之后再也没回来，姐妹们都传遍了，你现在离职，大家稍微想想就知道是怎么回事啦。”

今萧垂眸整理衣物："你真的觉得这算命好吗？"

"看你怎么想咯，"美拉晃晃腿，"周总这种男人，光是看着就很赏心悦目了，出手大方不说，还特别绅士，就算不谈钱，单单想跟他上床的也大有人在，陪这种男人喝酒聊天，那才叫风花雪月呢。"

美拉说着，四下看了看，收敛笑意："不过我得提醒你，逢场作戏也好，真情实意也罢，千万别陷进去，像他们那种年纪，那种阶层，背后有稳定的家庭，出来找女人不过寻求一点刺激和新鲜感，咱们只是一剂调味品，可能连插曲都算不上，他不可能为你放弃婚姻，更不可能动摇一直以来稳定的生活，他们随时都会全身而退，你要做好准备。"

今萧沉默片刻，莞尔道："我明白。"

美拉说："不怕你笑话，我上一任男朋友比我年长二十来岁，有老婆，还有一个跟我差不多大的儿子。我跟他有过一段热恋，非常甜蜜的那种，他会说好听话，会送名贵的礼物，带我去高档餐厅吃饭，去国外旅游，去奢华的酒店房间做爱，他说跟我在一起仿佛年轻了二十岁……我眼花缭乱，完全被他迷惑。不过后来才知道，他对每个女人都是一模一样的套路，到手以后征服欲急剧减退，当你沉浸其中无法自拔时，他已经转身抽离，结束这场猎艳游戏。玩归玩，能永远留在他身边的只有他家里那个隐忍的老婆而已。"

"你那位周总，金玉其外，里头也坏着呢，"美拉压低声，"那个谁，Ailsa，之前不也跟他好过吗，才几天啊，说断就断了，Ailsa单纯，动了感情，到现在还难受着呢。"

今萧微微叹气，虽然一直没作声，但每个字都听进了心里。

"谢谢你，美拉，心肺都掏给我了。"

"谢什么，一点儿过来人的经验而已，"她道，"刚才罗姐的话你也听见了，她在风月场里经营多少年啊，什么没见过，指不定你哪天真的还得回来呢。”

今萧想了想：“走一步算一步吧，未来怎样都有可能。”接着转移话题，“你今天什么时候下班？我请你吃饭。”

“还上什么班呢，”美拉站起身，“臭男人有什么好陪的，今晚我们去大吃一顿，周总不是这儿的会员吗，咱们就去六楼清平斋，记他的账，反正他有钱。”

今萧苦笑：“别胡闹。”

这时又听她叹气：“露露，其实你这人挺实诚的，就是心事很重，让人觉得有距离感，虽然我们相处时间不长，但怎么说呢，唉，我希望你以后一切都好，大家都不容易，我知道的。”

今萧心下动容，沉默了一会儿：“你也是，好美拉。”

第十七章 周琰

距离那天晚上，那个混乱的晚上，倏忽间已过去小半个月，周措忙碌于工作与生活，当然主要是工作，他没有再见过今萧。

期间倒是收到几条短信，她发来的，告知游仲的治疗进度，那孩子做了第四次植皮手术，历经四个小时，这次是用他自己的头皮，手术后进入全面复健阶段，医生说植皮部分长得很好，存活率达百分之八十五以上，接着这两天防止疤痕增生的压力衣也做好了。

一开始，周措会简单回复两句，祝早日康复之类的话，后来就不回了，因为他发现今萧传的这些短信，仿佛在跟他报备那五十万的支出情况，每一笔钱是怎么花的，花在了哪里，清清楚楚，明明白白，上报给他这个债主。

这感觉不太好，真的。但毫无意外，是她能干出的事儿。

有时周措觉得，当初还不如匿名捐到医院去，不像现在，有了借贷关系，相处反倒变得谨慎起来。

不记得是哪天了，他开车途经理工大附近，想找她吃顿饭，拿起手机，斟酌半晌，终究作罢。

他不想打扰她，更不希望她带着“欠钱”的压力诚惶诚恐地应付他。

相信吗，债权人怕债务人为难，不敢主动接触，唯恐一条短信，一个电话，会令对方坐立难安。

这感觉让他恍惚间想起父亲，那时父亲有心想要资助阿玉的儿子出国读书，但又怕唐突开口，伤害人家自尊，于是竟然自我纠结许久，辗转让他去向阿玉说明。

当时他无法理解这样的事情，太奇怪了不是吗？但现在他明白了，并且有过之而无不及。

可是啊，游今萧，呵，游今萧，看看她发的短信，说好听点儿叫懂事，不好听就是生分、客套。这姑娘有一种天生的本领，能把一切暧昧扼杀在萌芽阶段，毫无情趣可言。

想到这里，周措莫名笑了笑，随手将手机放在一旁，懒得再看。

已入深秋，这几日持续降温，周琰小朋友精神蔫蔫儿的，早上出门的时候好像有点流鼻涕，到中午，周措忽然接到裴若的来电，让他去学校接人。

“刚才老师打电话，说琰琰发烧了，很不舒服，你赶紧带她去医院看看。”裴若急说，“我跟慧妮现在在芽山，赶回去得一个钟头，你先去学校接她，我一会儿就来。”

彼时周措正和安华在一处吃饭，接完电话便开车往学校去。

安华一同前往，建议说：“叫上你们家阿琴吧，我们两个大男人懂什么呢。”

“阿琴家里有事，这两天请假。”周措说，“只是带小朋友看病而已，用不着三个大人。”

安华“唉”一声：“小孩子最难哄了，一打针就哭，男孩儿倒好，不听话还能吼一顿，小姑娘可不行。”

周措笑说："放心，琰琰很乖，很少哭的。"

安华道："太懂事也不好，小孩儿就该天真烂漫，想哭的时候哭，想笑的时候笑，否则心思太敏感，会活得很累。"

周措闻言不语，轻声叹了口气。到学校，老师已经把周琰送出来，周措用外套将她裹住，用手探了探额头："是有点热。"又问，"还有哪里不舒服？有没有咳嗽？"

"头晕，"周琰抓抓脑袋，紧接着问，"妈妈呢？"

"妈妈在外地，一会儿就过来。"

安华笑道："完了，这丫头也觉得咱们不靠谱，想找妈妈呢。"

周措面无波澜："上车吧，先去看医生。"说着拉开车门，牵她进去。

安华道："你这车没有装安全座椅啊。"

周措"嗯"一声："她通常坐裴若的车。"

安华笑道："琰琰，还是叔叔保护你吧，可怜的娃娃。"

于是，周措一路听见安华在后面碎碎念，企图与周琰变成好朋友。

"听说你弹钢琴很厉害，是吗？"

"不厉害，钢琴很难，"小姑娘咳嗽几声，老实说，"可是妈妈希望我能学好。"

"那你自己喜欢吗？"

"嗯……"

安华哈哈一笑："迟疑了，就是不太喜欢。"

周琰也跟着傻笑。

他又说："改天叔叔带你去户外攀岩，很好玩的，比傻坐着弹琴好玩多了。"

"我喜欢攀岩，"周琰窝在座椅里，声音细弱，"可是得问过妈妈才行。"

安华煞有介事地“哦”了一声，若有所指道：“那为什么不问爸爸呢？”

小姑娘愣愣的，显然不知该怎么回答，周措闻言从后视镜里瞥了一眼，说：“我当然支持。”

“你支持没用，”安华笑道，“还是需要裴若同意才行。”

说着话，不多时，三人来到医院，安华带周琰去儿科急诊，周措排队挂号，再排队看医生，接着缴费验血、输液，扎针的时候安华在她旁边捂住自己的眼睛，逗她道：“我最怕针头了，不行，我不能看。”

小姑娘也很害怕，带着哭腔说：“可又不是扎你呀。”

“不，你不知道，”他说，“我小时候特别顽皮，特别捣蛋，有一次把人家的车窗砸坏了，我爸当场发怒，随手捡起一根木棍揍我，谁知那棍上有钉子，一下扎中我的屁股，把我扎蒙了，我爸也蒙了，从那以后我看见钉子或者针头就害怕，浑身冒冷汗。”

周琰听得愣愣的，护士们都忍不住笑起来。

两个多钟头以后，周琰打完点滴，拿了药，这就准备回家了。裴若却在这时赶到医院，身旁跟着方慧妮，几人在停车场碰见，安华笑着抬手打招呼，方慧妮也笑道：“周措，好久不见了。”

他笑了下，点头示意。

裴若抱住琰琰，手掌覆盖她的额头：“还烧吗？”

“已经好些了，”周措说，“再吃两天药应该没事。”

裴若闻言抬头打量他一眼，然后别开视线：“辛苦你了，在医院干坐着陪了几个小时。”

周措怪道：“有什么辛苦的？”

这时安华插嘴问裴若：“你怎么现在才来？”

“我跟慧妮在芽山呢。”她答。

“去芽山做什么？”

方慧妮接话：“那边有一家非常棒的西餐厅，做得特别好，我们过去取取经呗。”

“原来你想开西餐厅，”安华笑着拉长声音，“你行不行啊，金丝雀？”

裴若瞪了他一眼，不搭理，转头问周措：“你还回公司吗？”

周措低头看表：“可能还得去一趟。”

“哦。”裴若牵周琰上车，“那我们先走了。”

周措忽然想起什么：“让安华和你们一起走吧，比较顺路，我约了客人，时间快到了。”

裴若闻言瞥向安华：“怎么，你自己没开车？”

他哭笑不得：“算了，我还是打出租车吧，记住你们两口子了。”

方慧妮忍俊不禁，一掌拍他的肩：“拜托，别装可怜了好不好？”

几人说笑几句，各自上车，分道而去。

第十八章 陪游

周琰上车以后睡着了。

裴若先送方慧妮到家，然后再送安华。

车厢里很静，依稀能听见孩子沉沉的呼吸声，他坐在旁边，从后视镜里看着裴若的眉眼，忽而开口，道：“我记得芽山离忘江不远，赶回来好像用不着两个多小时。”

裴若淡淡地“哦”一声：“对，路上耽搁了一会儿。”

“是吗，”他莞尔，“我还以为你是故意的呢。”

裴若眉尖微蹙，见他一副懒散戏弄的表情，心下生厌，瞪一眼，抬手掰开后视镜，不予理睬。安华看她生气，倒觉得有趣：“开个玩笑而已，怎么会呢，你可是琰琰的妈妈。”

她抿了抿嘴，僵着脸，直言道：“对，我就是故意的，你告诉周措去吧。”

安华挑眉：“为什么？”

“原本是要立刻赶回来的，”她说，“但是慧妮提醒我，何不借此让周措体验一下带孩子的辛苦呢？正好让他们父女增进一下感情，一举两得的事儿。”

安华“哦”一声：“所以你们就找个地方坐着，喝喝咖啡，等周琰打完点滴再刚好出现？”

裴若闻言立刻垮下脸，想要发作，生生按捺片刻，僵硬道：“没有，我们一直在停车场。”

安华又“哦”一声，思忖道：“其实你有什么想法可以直接告诉周措，不必这样绕弯子。”

“我觉得有些事情还得靠引导和自觉，如果我不说，他就不做，那有什么意义？”

“可是你不说，人家怎么知道你心里想什么呢？”

裴若有点急躁：“我和你讲不清楚，你又没结婚，能懂什么？”

安华笑道：“如果结婚都过得像你们这样，还是不结的好。”他眼波转动，忽而开口，“别怪我多嘴，你就那么喜欢他吗？”

这下裴若当真又气又臊，满脸涨红：“什么意思？关你什么事？”她突然想到一种可能，心下一跳，咬咬唇，“周措跟你说什么了？他想干什么？”

安华忙抬手：“嘿，别紧张，我只是随便聊聊而已。”他身体微微前倾，偏头笑着看她，“看来是真的很喜欢啊，脸都气红了。”

裴若恼羞成怒，嘴也变得笨拙起来，但并不是全然拿他没有办法，直接停了车，冷声说：“你到了，可以下去了。”

安华望向窗外：“没有啊。”

她挑眉轻哼：“我觉得你到了。”

他盯着她得意的样子，心里并不介怀，反倒顺从地推开门：“好吧，我们改天再见。”

安华站在路边得意地挥手，她瞪了眼后视镜，绝尘而去。

晚上周措回家，一室幽暗，周琰睡了，裴若也睡了，阿琴不在，连做夜宵的人都没有。

他走进琰琰的卧室，探探孩子的额头，再把被角掖好，然后轻声离开。

他回房换衣服，洗澡，出来看见裴若翻了个身，侧躺在床上刷手机。

此时不过九点半，他随口问道："今天怎么这么早睡？"

裴若没有回答，也没抬眼，只是"嗯"了一声。

周措见她摆脸色，心下不以为意，也懒得询问缘由，反正这位太太总是时常不高兴的。

他自顾穿上衣服，走到客厅沙发落座。

独自看了会儿体育赛事，中场休息，他百无聊赖地换台，随手搜进本地一个频道，正在播放情感调解节目，《忘江夜话》，大约是讲家庭纠纷、婚恋矛盾、情感危机之类的，琐碎至极，他正要换台，这时镜头转向其中一位当事人，他双眼稍稍眯起，动作不由得顿住了。

什么意思？

难道他眼花了吗？

周措一时没能反应过来。电视里，演播厅的正中央，两张红椅，两名当事人，一位主持人，舞台两侧坐着数位评论员、观察员，以及一名律师。

当事男子化名小高，露脸出境，少年清瘦，长得颇为醒目；女子化名小夏，戴着墨镜与鸭舌帽，遮挡半张脸，周措看了好几眼才敢确认是谁。

好样的，游今萧，竟然跑到电视上去了。

他莫名其妙地看着，节目里说，这是一对小情侣，原本准备结婚了，但因为彩礼问题，双方家庭闹得不欢而散，小高放不下这段感情，企图挽回，于是来到节目，希望小夏给他几年时间，挣到一车一房就能娶她了。但小夏说父母身体不好，之前已经被气到住院，她不敢再惹他们动怒。

主持人声情并茂地渲染着，什么“苦命鸳鸯”“造化弄人”，小高随之按住额头抽噎起来，哀痛不能自已，小夏始终木着脸，扯扯嘴角，也想试着哭一哭，但有自知之明，很快放弃了。

周措看到这里实在哭笑不得，拿起手机编辑短信：“你什么时候谈了一场恋爱，还差点结婚？”

发出去，没过一会儿，那边回复：“什么？”

“《忘江夜话》。”

这次等得稍微有点久，他起身走到阳台，带上门，直接拨通了电话。

“喂？”

“喂，周总，”今萧说，“我正在回你的短信。”

他窝进大藤椅里，双腿交叠，胳膊搭着扶手，姿态惬意的模样，道：“可以跟我聊聊吗，那是什么情况？”

今萧斟酌言辞，有点迟疑：“那个节目是假的，我是去当托儿。”

“托儿？”

“嗯，有劳务费，三千一期。”

周措恍然大悟：“所以那个男孩儿你不认识？”

“认识，我们是同学，他介绍我去的。”今萧说，“我签了一家文化公司，一年合约，他们承诺每月至少排四次通告，就是类似这样的活儿，和做兼职差不多。”

周措觉得好笑：“比如呢？哪种活儿？”

今萧思索着：“比如明星商演、选秀直播、室内节目，需要粉丝和群众，就会选人去凑数，”她似乎感到不好意思，轻咳一声，“还有一些礼仪模特儿之类的。”

周措忍俊不禁，捏捏眉心，哑声浅笑："我想起来了，博览中心下个月有国际车展，你会去吗？"

今萧说："我去面试了，但没有通过。"

"为什么？"他不解，"你很漂亮。"

今萧愣了愣，稍待片刻，镇定地回答："漂亮的人太多了，我条件没那么出众，而且身高也不够。"

他不置可否，手指若有似无地轻敲藤椅，沉默了一会儿，忽然说："我记得你是采河县人，对吗？"

"是。"

"我有一个朋友，一直想去你们那儿的平沙古镇看看，如果你有时间的话，可以给我们做向导。"

今萧说："没问题，就是上次说的那位外国客人吗？"

周措微愣："不是，那个人……应该不来了。"

今萧也愣怔，似有了然，淡淡地道："哦，这样啊。"

周措略显尴尬地轻咳一声："明天周五，我们周六早上出发吧。"

她没有异议："好。"

话音落下，莫名地，两人就此沉默起来。他不挂断，也不出声，好似故意捉弄她，任由这尴尬的空白蔓延在两人之间，持续时间越长，某种意味愈加猖獗，今萧感到诡异无措，最后实在熬不住，率先打破这氛围："周总。"

"嗯。"他应着，声音里带有一丝玩味和得逞的笑意。

今萧缓缓深吸一口气，克制依旧："还有别的事吗？"

他言语温和："没有了，"说着停顿片刻，"你挂吧。"

她沉默了一会儿："好的，再见。"

"再见。"

通话结束，周措垂眸看看屏幕，静静思索一番，仍觉得好笑，他摇了摇头，起身走进客厅，把那个莫名其妙的节目回放一遍，然后看着看着，他就躺在沙发上睡着了。

周六那日清晨，不到八点，周措和安华驱车抵达理工大校门口，给今萧打了电话，不多时便看见她小跑着出来了。

天气渐冷，她穿着卫衣和深色外套，这两年流行的阔腿裤倒从没见她穿过，依然是贴身的牛仔裤，纤腿修长，背着双肩包，普通学生装扮，远远跑来，活力四射。

安华开了辆越野车，胳膊搭在窗边，看看那姑娘，再转而看着周措，有意调侃道："我不明白，你为什么非要叫上我一起，难道你不敢跟她独处吗？"

周措目光依旧落在窗外，头也没回，淡淡地道："你想多了，我只是需要一个司机而已。"

安华气笑了："你当心我待会儿说漏嘴，谁要去古镇来着？"

周措弯起嘴角，没搭理，按下车窗，这时今萧已经走近了，他笑看着她："早上好。"

"早上好。"她略微回避他的目光，拉开车门上车。周措介绍说："这是我的朋友安华，这位是游今萧同学。"

"你好，安先生。"今萧点头示意。

安华自然爽快，笑道："游今萧，是尤物的'尤'吗？"

这话虽在问她，眼神却戏谑地转向了周措。

"是游坦之的'游'。"今萧一本正经地回答。

"游坦之是谁？"安华不解。

"武侠小说里的人物。"今萧说着，想了想，"就是游戏的'游'。"

安华缓缓点头："哦……想起来了，好像挺惨的一个人。"

周措稍稍偏头，问："女孩子也看武侠小说吗？"

今萧答："小时候喜欢电视剧，后来高中翻过几本原著。"

"是吗？"他笑道，"最喜欢哪本？"

她稍作思索："《天龙八部》。"

"相比金庸，我更喜欢古龙，"安华挑眉，"绝对的江湖，绝对的侠客，够寂寞，够血性。"

周措想了想："我记得你提过，中学有段时间沉迷武侠电影，还给自己起了别名？"

安华"嗯"一声："对，"他轻咳两声，"西门安华……那至少是二十年前的事了，差点被我爸打死。"

周措哑然失笑。三人一路闲聊，车子在国道飞驰，路途遥远，将近两个钟头进入采河县，再一个多小时以后抵达平沙古镇。

无须门票，今萧领他们从一处陡峭阶梯而下，走进古镇。此地有八百多年历史，千米长街，青石板路，镇上皆为青瓦盖顶的明清建筑，街面宽不过五米，沿街店铺数百余间，游客众多，正值中午，他们找到一家酒楼吃饭。

酒家依河而建，他们在二楼临窗而坐，但见窗外山色碧绿，听到底下河流湍急而过，水声清脆。

安华举着手机拍照，然后询问今萧："这儿距县城有点远，你以前来过吗？"

"来过，"她倒茶洗涮杯碗，"我妈妈的老家就在附近，如果要回去看望外公外婆，会经过古镇。"

安华笑问："真的？那太好了，村里好玩吗？"

今萧说："有农家乐，也有民宿，但旅游开发不成熟，没有镇上热闹。"

安华瞥了周措一眼："如果时间早，我们可以顺路过去转转，反正古镇应该很快就逛完了。"

周措握着茶杯一时不语，看向今萧，想了想，笑说："有点唐突，还是算了吧。"

今萧也沉默了一会儿，启唇道："没关系，如果你们想去的话，我可以带路，总不能大老远跑来，匆匆忙忙就回去了。"

"就是，"安华惬意地靠向椅背，"反正明天周末，今晚最好住一宿，享受一下农家风光也不错。"

说着他拍拍周措的肩："对吧？"

周措安静饮茶，垂眸不语。

简单吃了些饭菜，三人埋单下楼，沿街闲逛。其实古镇都是大同小异，并没什么惊喜，半个多小时也就逛完了。今萧带他们过河，参观赵氏祠堂、余家码头等景点，接着就真的无处可去了。

"走吧，"安华见今萧打完电话过来，笑说，"看来我们的导游小姐已经安排妥当了。"

此时不过下午两点，阳光在冷空气里明媚依旧，车子在蜿蜒的山路上不紧不慢地前行，今萧望着窗外再熟悉不过的风景，心情却异常陌生。所谓近乡情怯，她竟然感到一阵紧张。

二十分钟后，抵达村口，车子停在石拱桥下，旁边是轮班的公共汽车，村口有一家稍大的餐馆，附带卡拉OK，隐约传来歌声。

今萧下车，说："村户分布在山里，其实有条路可以直接开进去，但我不知道怎么走，要去问问附近的居民。"

周措打量四周，问："你通常是怎么走的？"

她说："通常沿铁路走，往上也可以走山间小路，但我不是很熟，往下可以沿河，但是会绕很久。"

安华说："那就走铁路好了，"他笑起来，"我上大学的时候交过一个女朋友，她学校附近有一段废弃的铁轨，荒草丛生，我们常去那儿约会，唉，想想都过去多少年了。"

说着话，他与周措各自背上背包，随今萧进入村口狭窄的老街。

两个高大挺拔的男人，外表出众，气场沉着，虽举止随意，信步悠闲，但到底与这环境不大搭配，刚走进来便吸引众多目光，打量纷纷。

“还挺古香古色的，”安华被看得有点不好意思，拐入一家小店，“等一下，我买瓶水。”

店家老板娘见他们进来，定睛一看，招呼道：“今萧回来了？”

“秦阿姨。”她两手抄在外套口袋里，略有些不自在。

那人扫了两眼，又问：“你朋友啊？”

“嗯，”她说，“他们到平沙旅游，顺便过来转转。”

“哦哦……”老板娘应着，又道，“昨天还见你外公外婆呢，对了，小仲怎么样了？”

“还好，治疗很顺利。”

从店里出来，陆续又碰见两个熟人，都是长辈，今萧打完招呼，照样解释一番，也不知人家会怎么想，心里有点后悔带他们来这里，但既然已经来了，则安之吧。

不一会儿走出窄街，一条悠长蜿蜒的铁路横亘在眼前，两旁堆砌着灰白石，道砟旁是狭窄的路坎，抵着山坡，宽度可供一人行走，无法并肩。

安华踏上铁轨，今萧与周措一前一后走在路边，坡上枯草茂盛，凌乱野蛮，没走一会儿便听见隐约传来悠长的鸣笛，今萧提醒安华：“火车来了。”

他说：“听上去很远。”

“听着远，一会儿就到眼前了。”

他便踩着石堆下来，走在周措前头，听见今萧在后面说：“小时候有一次回来，我爸爸抱我骑在他肩上，边走边玩，火车来了，我妈叫他躲开，他说不怕，还远着呢，谁知话没说完就看见车头出现，速度非常快，我爸吓得直接跳下铁路，我们俩都摔在路边，满脸是土。”

她声音淡淡的，情绪却变得有些柔软，又说：“因为这条路有弯道，又被山坡挡住，很多时候会看不见。”

这时，轰隆轰隆，铁轨微震，大风随着列车呼啸而来，今萧长发飞舞，她戴上卫衣帽子，见前面有条小土路，便想叫他们到山坡后面避避风。

周措见她开口，似要说什么，但噪音太大，他弯腰去听，谁知她也怕他听不见，踮起脚靠近，两人都没料到对方会凑拢，仓促之间，她的嘴唇拂过他的脸颊，就那么一下，然后僵住了。

安华轻咳一声，别过头去。

今萧愣怔，稍稍往后退开，表情好像干了什么错事一样严肃。

周措垂眸细看一会儿，抬手拍拍她的脑袋，以示安抚。

然后他勾起嘴角笑了。

第十九章 孩子

路过密竹林，路过庄稼地，路过山坡上若隐若现的老旧房屋和荒凉土庙，山间清风细细，朗朗日照，他们不紧不慢地走了将近半个小时，终于从一条斜坡小路上去，进入村落。

今萧在前头指引，偶闻几声犬吠鸡鸣，一间一间白墙瓦房疏疏密密地错落在山脚下，青苔，杂草，老树，忽见不知谁家的鸭群摇摇晃晃迎面而来，狭路相逢，今萧随手拾起一根枯枝，将它们赶开。

没过多久，来到她外公外婆家落脚，一个四四方方的院落，一条大黄狗趴在门口打瞌睡，觉察有人经过，立刻起身吼叫，接着认出了今萧，兴奋地蹿到她腿边绕圈儿。

外公外婆闻声迎出来，拘谨又热情地笑着，连忙招呼两位客人。

走进院，一阵浓郁的香气萦绕弥漫，周措和安华打量四周，看到葡萄架旁有一个石砖砌成的小小花圃，种着几株玫瑰，饱满娇艳，周措便记起那次送她回学校，在她宿舍里也曾见过玫瑰。

寒暄过后，众人走入堂屋，今萧把背包放在旧沙发上，外婆拎着热水瓶沏茶，外公请他们落座。

今萧说：“前边有一家民宿，环境还不错，你们今晚可以住那儿，也可以住这儿，都随意。”

外婆闻言忙说：“住我们家里就好了，做什么要出去浪费钱？房间都收拾整齐了，很干净，不用住外面。”

周措说：“我们来得仓促，怕打扰你们。”

“不打扰，”外公说，“家里很久没来客人了，我们两个老头儿老太太就喜欢热闹，不怕打扰的。”

安华笑道：“那就住这里吧，我看挺好。”

老人家说：“乡下地方，不嫌弃就行。”

今萧领他们去东厢房，这里有一个独立的小堂屋，进去是一个房间，再往里还有一个套间，正好能住下两人。

床铺整洁干净，枕头被子都是新换上的，屋内摆设朴素，衣橱柜台和沙发还是九十年代的东西，瞧着十分怀旧。

安华扔下背包躺在床上，叹一声：“我怎么有些困了？”

周措看看手表：“要不休息一会儿？我也想睡个午觉。”

今萧说：“现在已经三点了，你们别睡太久。”她转身往外走，“我待会儿叫你们。”

“好。”

他们两人倒没有贪眠，半个钟头便精神饱满地起来，走出厢房，看见今萧和她外婆正在墙角水槽前，一边谈着家常，一边搓洗衣物。

安华打了个哈欠，说：“山里就是舒服，就这么待着，人都变懒了。”

今萧回过头，见他们出来，问：“睡得还好吗？”

“神清气爽。”安华笑道。

今萧拿干毛巾擦擦手：“出去走走吧。”

周措一边穿外套，一边看着她被冷水浸得通红的手，没有说话。

她回堂屋拿上外套，带他们外出闲逛。

刚离开院子，安华瞥见周措牵起今萧的手，握了一会儿，一并揣进口袋中。

他视若无睹，拿出手机，不时对着沿途的老宅子拍照，赞叹说：“看看这些瓦片和墙砖，真漂亮，这个村子其实很适合拍电影，荒村客栈什么的。”

今萧闻言蹙眉，抿了抿嘴，问：“你不害怕吗？”

“怕什么？”

她面色认真，道：“我和我弟弟小时候回来，晚上不敢出门，到处黑黢黢的，尤其那些废弃的房屋，非常吓人。”

安华挑眉一笑：“小孩子当然会怕，我都多大年纪了？要不然你讲个故事吓吓我？”

今萧当真沉默了一会儿：“故事没有，梦倒是听过，是我外婆告诉我的。”

周措皱眉打断：“你们真的要聊这个吗？”

安华哼笑：“洗耳恭听。”

今萧见他神气的样子，面不改色，淡淡地说道：“我外婆的祖母在她很小的时候过世了，有一次做梦，外婆梦见自己在老家的大屋里，忽然听见外头有人说话，她走到门边，看见祖母站在田坎边和人讲话，没讲两句就往家里走来了，她在梦里很清楚祖母已经过世，很害怕，想找个地方躲起来，找啊找，决定躲到门后去，她拉开门，看见祖母就站在门后。”说着停顿片刻，“然后就吓醒了。”

安华看看四周，然后指着今萧对周措说：“她怎么这么坏？你管不管？”

周措故意说：“我也很害怕。”

今萧低头笑了笑，安华自顾自往前走，不理会他们，周措垂眸看着她："你今天比平时放松很多。"

她笑意微敛，不置可否地"嗯"了一声。

三人沿着小路，穿过田野，茫茫山谷下，人烟稀少，房屋零散，他们不紧不慢地往山腰观音寺去。

途中偶遇一群采风的学生，背着画板，说说笑笑地从前边走来。

今萧三人自然而然站到枣树旁让路，众人擦肩，几个女孩子回头打量，还未走远，听见她们娇俏的声音远远传来："好帅呀……"

安华嘴角轻扬，待人离开，笑问周措："你觉得她们在说谁？"

周措不予理睬。

他转而问今萧："你觉得呢？"

今萧愣怔，不由得抬眸望向二人，这下周措也看过来，似乎饶有兴致，等待她的回答。

她抿了抿嘴，诚然道："周总。"

安华当即摇头苦笑，轻咳一声："你就不能讲讲客套话，说两个都帅吗？"

今萧面色如常："要听客套话，这个问题就没有必要问了。"

安华眯起眼睛来回打量他们二人，连连点头道："好，好……"

从观音寺下来，已近黄昏，天色沉郁，院落亮起灯笼，黑瓦森森，炊烟袅袅，今萧的外公特地去村口买回许多菜，又宰了一只鸡，满桌家常，招待贵客。

大黄狗趴在腿边，龇牙咧嘴地啃骨头吃。

席间开了一瓶白酒，度数不高，几杯下喉，身上暖了些，周措脱下外套放在板凳上，袖子挽上手肘，他转而看了看今萧，低声说："你别喝酒，伤口刚好。"

她点头："我不喝。"

这时看见外婆偷偷碰外公的胳膊，示意他不要贪杯，外公说："没事，今天高兴，我们家萧萧回来了。”

安华笑道：“老人家有福气，你们的外孙女很懂事，是个好孩子。”

外婆说：“这两年懂事多了，以前也不听话的，一点儿不让人省心。”

今萧立刻感觉有两道诧异的目光向她投来，似有询问之意，她不大自在，只解释说：“青春期，有些叛逆。”

周措闻言挑了挑眉。

月亮升起，院子一片幽暗，这顿饭从黄昏吃到晚上，两位老人已经离席，烧水洗漱，回房里休息，留他们三人在桌上继续聊天。

安华喝多了，略有些醉，忽而对周措笑说：“其实偶尔看见那些白头偕老的人，心里还是挺羡慕的，比如游小姐的外公外婆，住在山里，朝夕相对，也算神仙眷侣了吧。”

周措点了支烟，把打火机搁在桌沿，略笑说：“那得问问游小姐才知道。”

今萧握着一杯热水暖手，说：“神仙可以不吃饭，不挣钱，不为生计奔波，人可不行。”

周措笑着摇头：“好吧，不该问你，我忘了你这个人非常不懂情趣。”

安华耸耸肩，微微叹道：“算我一时感慨，过于理想化了，想想也对，就算是衣食无忧的夫妻也未必过得自如，更何况寻常人家。”

周措闻言愣了愣，又听他道：“比如我父亲，曾经四次步入婚姻，又四次逃离婚姻，选择的机会太多，反倒无法从一而终，当然我并不认为感情必须从一而终，因为人是会变的，这个东西自己根本无法掌控。”

周措手里转着杯子，想了想：“所以这就是你一直不结婚的原因？”

安华轻轻打了个酒嗝，摆摆手：“结婚或者不结婚只是一种生活方式，哪种方式过着舒服，我就过哪种日子，如果遇到合适的人，我也并不排斥婚姻。”

“倒是你和裴若，”他忽然谈及这个话题，“其实早年我就想劝你，感情走到尽头，双方可以理智放手固然最好，如果不幸闹得两败俱伤，也该尽快了断，千万不要拖延，也不要心软，否则只能让两个人继续不开心而已。”

周措面无表情，转着酒杯没说话。

安华直言不讳：“你跟琰琰那个孩子也没什么缘分，人和人之间有一种磁场，不投缘真的没办法。”他思索一阵，问，“你们是哪一年收养她的？”

周措抿着酒，淡淡地道：“前年。”

安华点头：“对了，就是前年，我记得你那会儿情绪很差，根本就不想收养小孩。”

周措没说话。

安华又道：“之前裴若折腾那么久，拉你做试管婴儿，你好像也很排斥，是因为不喜欢那种方式，还是压根儿不想要孩子？”

周措沉默半晌，吐出烟圈，面色清冷，道：“我觉得孩子是一个独立的个体，他应该只能是因为爱来到这个世上，而不是为了某些私心，比如传宗接代，比如养老，比如挽救婚姻，甚至排遣孤独。成年人不该把自己的希望寄托在孩子身上，你能给他生命，但这不是他自己的选择，谁能保证他就想来到世上经历生老病死呢？如果不是因为纯粹的爱，未免对一个生命太不公平。”

安华闻言静下来，拿筷子缓缓轻敲木桌，默然片刻：“这些话你跟她说过吗？”

周措按掉烟头：“她听不进去。”

安华歪着脑袋轻叹："裴若的个性外刚内柔，比较脆弱，难免陷在感情里走不出来，不过她现在有孩子，也有了工作，精力慢慢分散，总会想通的。"

说着停顿稍许，他笑道："你们这场失败的婚姻拖延太久，已经到了山穷水尽的地步，现在就是最好的时机，该考虑分开了。"

第二十章 拥抱

夜深人静，今萧在厨房烧水。

周措进来的时候看见她坐在灶台后面，一张小板凳，人对着灶膛，拿火钳子夹一把柴草进去，一洞红火朦胧，映照着她的脸，光与阴影之间，更显寂静。

他觉得自己可能永远不会忘记这个画面，昏沉破旧的老厨房，屋顶那么高，那么暗，房梁垂下一个电灯泡，微弱无力地点亮着灶台，两口大锅泛着薄薄白烟，屋外隐约传来火车寂寞的鸣笛，这一切如此陌生，与他原本的生活如此违和。

三十七岁的年纪，为一个女人，甚至不能称为女人，一个少女，为她跑到山里，饮粗茶，吃淡饭，住老屋，这种事情有生以来是第一次，以后应该也不会了。

周措默然走上前，微醉，头有些晕，身子侧靠着灶台，衣角一定被蹭黑了，不过没关系，他不介意。

今萧仰头看他，静了一会儿，说："这里洗澡不方便，我帮你们烧些热水，只能洗漱将就一下了。"

他不置可否，脑子有些犯晕，掏出香烟，却没找到打火机，今萧随手将火柴递过去，他没接，就那么看着她。

僵持片刻，她默然起身，划一根火柴，用手拢着，为他点烟。

周措吸了两口，微火明灭，他抬手揽住她的腰，把她往自己怀里拉近。

他低头看着，这样的距离，赏心悦目。

今萧很安静，眼帘低垂，无所谓拒绝或接受，也没有说话。

“害怕吗？”他哑声问。

今萧想了想，不解：“怕什么？”

周措夹着香烟的手搭在她肩头，垂眸细细看一会儿：“刚才在桌上说的那些话，吓到你了吗？”

她摇头。

“真是个傻孩子，”他莞尔，“怎么会不怕呢，再怎么表面镇定，你也不过二十出头而已，欠了我一大笔钱，又跟我这样的人纠缠不清，你心里害怕，我都知道。”

“别说了，”今萧抬头看他一眼，“别说了。”

周措微微叹气，收拢胳膊，把人拥进怀里：“好吧，不说了。”亲近的，无言的拥抱，持续很久，她刚才烤了火，身上很暖，头发干燥柔软，没有什么特殊的香味，他用下巴蹭了蹭，心中沉定，忽然感到困顿，想要就此拥她入眠。

今萧不知道自己的手该往哪里放，他身上有烟草和古龙水的香气，怀抱宽阔温厚，将她笼罩其中，这感觉很陌生，也很迷惑，倘若换个境遇，或许不费吹灰之力就让人溺在这温存里了。

“回去以后，可能会忙碌一段时间，”他说，“不过我会尽量抽空监督你的。”

“监督什么？”

他略笑："不让你去千秋，你就去做一些奇奇怪怪的工作，就不能安分地待在学校上课吗？"

"那个不算奇怪，"今萧说，"我同学曾经找过一份兼职，是去殡仪馆抬尸体，八百一天……不过后来发现是假的，没去成。"

周措简直哭笑不得，这时又听她说："我喜欢挣钱，心里踏实。"说完沉默了一会儿，又道，"如果你不喜欢，我就不去了。"

他心里幽幽地动了动，随后轻轻叹息，温言低语："没关系，我没有限制你个人意愿的意思，只是觉得你不用这么奔波辛苦而已。"

"不辛苦的。"今萧慢慢回答。

不提周措那五十万，她家还欠着亲戚的债，只要没还完，她就永远惶惶不安，无法放任自己休息。

"好吧，"周措抚摩她的后脑勺儿，"勤劳的姑娘，我喜欢你生命力旺盛的样子。"

今萧有些不自在，他轻轻松开，问："我可以洗漱睡觉了吗？真的好困。"

今萧"嗯"一声，转身忙去打水。

次日清晨，三人早起，简单吃些东西，这就准备离开了。外公外婆坚持一路相送，到村口，从背篓里拿出两双高帮的毛线棉鞋，表情略带羞赧，笑说："这是我们自己手工做的，平时也拿到集市上卖，这种样式可以裹住脚踝，冬天在家里穿着不怕冷，你们男孩子也要注意保暖。"

周措和安华显然愣了愣，接着立马双手接下，连连道谢。

今萧把外婆拉到一旁，说："我在枕头底下放了两千块钱，您待会儿回去记得收起来。"

外婆闻言拍打她胳膊："放钱干什么？我跟你外公在乡下又花

不了什么钱！”

今萧笑道：“已经放在那儿了。”

外婆忙从兜里掏出一把折叠规整的零散钞票，不管不顾塞给她：“快拿着，听话！”

一百多块，今萧捏在手中，趁外婆不注意的时候又偷偷放进她的背篓里，上了车，道：“改天回来看你们，注意身体，注意血压。”

“哎，哎。”

车子开动，她回头望去，两个老人家还站在原地看着她，今萧鼻子有点酸，猛地一下，喉咙堵住，她缓缓深吸几口气，把情绪稳住。

安华笑说：“我已经很多年没有听过人家叫我‘男孩子’了，刚才差点没反应过来，怪不好意思。”

周措没接话，回头看了看，问：“怎么了？舍不得吗？”

今萧老实点头：“有点儿。”

“随时可以回来的，”他说，“离忘江不算远，四个小时而已。”

安华扯扯嘴角：“什么叫‘四个小时而已’？又不是你开车，说得倒轻巧。”

周措忽而想到什么，继续问今萧：“你有驾照吗？”

“没有。”

“有空去考个驾照，以后自己开车更方便。”

安华听出话里的意思，颇有些意外，挑眉望向周措，那表情似有诧异，又有调侃。

今萧没听出来，只道：“等有时间再说吧。”

安华当下又急又笑：“你这个小姑娘真是……还等什么呢？是不是傻？”

今萧不解：“我怎么了？”

安华话到嘴边，不好挑明，一时张口结舌。

周措摇头一笑：“真是皇帝不急太监急。”

“好，算我多管闲事，”安华冷哼着，瞥一眼后视镜，忍不住咋舌，“怎么会有这么笨的人呢？简直了。”

今萧听不懂，不以为意，别开脸望向窗外。

回到忘江，正好中午，安华提议：“找个地方吃饭吧。”

今萧闻言直起背脊，说：“那我先回学校了。”

“你不和我们一起吗？”周措问。

她说：“我想回学校，下午约了同学去图书馆做题。”

周措默然片刻：“好吧，先送你去理工大。”

不多时，今萧下车，安华看着她的背影，轻笑着说：“这个小姑娘话不多，性子沉稳，但是挺好相处的。”

周措收回目光，开窗点了支烟，说：“麻烦你先送我去公司吧。”

安华问：“你也不跟我吃饭吗？”

“我回公司吃。”

“可是今天周末。”

“我加班。”

安华耸耸肩：“好吧。”说着略微停顿，又道，“我准备下午带你们家琰琰出去玩，前两天答应她了。”

“攀岩馆吗？”周措捏捏眉心，说，“我帮你联系阿琴，裴若应该不在家。”

安华目视前方：“嗯，好啊。”

送完周措，时间尚早，安华接阿琴和周琰出去吃饭，三人其乐融融，慢吞吞吃了两个小时，然后动身去室内攀岩馆活动筋骨。

裴若到的时候，正看见周琰挂在墙上，安华在下面为她拉安全绳。

“安叔叔，我爬不上去了。”

“坚持一下，实在腿软就下来，没关系的。”

周琰看见裴若来了，咬牙继续往上爬，没想到居然登顶了。

裴若松一口气，待她下来，夸赞一番，接着望向安华，说："你居然把她挂在那么高的地方，是想吓死我吗？"

"什么叫我把她'挂'在那儿？"安华挑眉，"注意你的措辞，裴小姐。"

她道："你下次带我女儿出来最好事先通知我一声，如果早知道是攀岩我绝对不会同意的。"

"好吧，"安华拿毛巾擦汗，笑道，"那就不要攀岩了，下次我带她去蹦极，或者高空跳伞，她肯定会喜欢的。"

裴若狠狠瞪他。

两人到休息区喝咖啡，阿琴留在场馆里陪周琰玩。

"听说你最近很忙，"安华挑眉，"你们店铺装修，难道你还要去监工吗？"

"听说？听谁说？"

安华失笑："还能有谁？明知故问。"

裴若撇撇嘴："我最近报了一个培训班，学西餐。"

"什么？"安华难以置信，"难道你想自己做主厨？不会吧？"

裴若摇头道："我可没那个能耐，只是对烹饪很感兴趣，正巧准备开店，学一些专业技能也好，省得以后被骗。"

安华拧着眉头要笑不笑，纠结半晌，说："如果你真想学东西，可以到我们酒店餐厅来试试，我给你开后门，让你熟悉一下流程，比你去培训班强多了。"

裴若愣怔，想了想："你要我给你打杂？"

安华勾起嘴角："换个词，做学徒。你们店里装修至少需要几个月吧？我建议你这段时间可以重温一下管理课程，报一个学习班，早上上课，下午到我们酒店见习，几个月学到的东西足够应付一家独立餐厅了。”

裴若闻言有点心动，迟疑着，一时不语。

“慢慢考虑，不着急，”安华说，“我保证不会剥削你。”

裴若轻哼一声，瞥他一眼，忽而想到什么，问：“周措这两天跟你在一起吗？”

安华微愣：“哦，对。”他说，“去山里转了转。”

“你们还挺悠闲嘛。”

安华看着她，想说点什么，但似乎不到时候，摇摇头，决定暂且放一放，以后再说。

第二十一章 晚安

小仲做完第四次植皮手术以后，伤口面积已不到百分之六，并且持续降低减少，身上的针管、尿管、鼻胃管都逐渐拔掉了，心电图和吗啡装置等仪器也都撤走，今萧和母亲以为最难的日子已经熬过去，以后就是数着天数做复健，就等出院了。

她们都没有想到，复健是一个漫长又折磨人的炼狱过程，一切才刚刚开始而已。

烧伤创面愈合后，小仲很快穿上压力衣，并在复健师的帮助下迅速进入局部肌肉的收缩锻炼。他已经在床上躺了太久，四肢已经开始萎缩，那天试着坐起来，让双腿放下床沿，结果没过一会儿就充血肿胀，四肢变成深紫色，并起了大大小小的水疱，异常吓人。

烧伤瘢痕又紧又硬，缺乏弹性，需要进行主动或被动的按摩和牵拉使肌肉和关节恢复活动，这个过程非常痛苦，仿佛把皮肉生生撕裂，而且效果缓慢，早上做完，不到下午皮又变紧了。

除了疼痛、皮肤破损、干裂出血以外，还伴随着伤口结痂带来的发痒，大面积发痒，不能抓挠，只能靠拍打和冰敷缓解，这使他情绪变得异常暴躁，心烦易怒。

周五今萧过去，到医院，母亲提醒，让她尽量不要在他面前走动，他耐心极差，轻易就会发脾气，毫无缘由。

今萧默然走进病房，看见小仲半躺在床上，浅色病号服，露出来的地方穿着黑色压力衣，他脑袋上的纱布已经拆掉，头上长出头发，左脸也露出来，接近下巴那小块地方红润浮肿，凹凸不平，护士为他戴上压力面罩，只露出眼耳口鼻，他淡淡扫过来，那样子还稍微有点吓人。

今萧上前，观察他的状况，然后坐到一旁，温言询问："今晚的复健课程做完了吗？"

游仲不搭理她，低头拍打自己的手臂和大腿，应该是皮肉又发痒了，今萧伸手帮他一起拍，忽然不知道哪里弄疼了，他异常不满地"啧"一声，说："你要是觉得不耐烦就别动我，不用劳驾你。"

今萧略收回手："对不起，我向你道歉，别生气。"

他别开眼，不予理睬，过了一会儿，忽而语气嘲讽地问："听说你上周回老家了，好玩吗？"

今萧微愣，道："不是玩，是带两个客人去旅游。"

"那不就是玩吗？"游仲嗤笑，"我说呢，谁会不厌其烦地往医院跑呢，就算只是每周一次，你都已经觉得够了吧？"

今萧屏息沉默，决定安静待着，闭口不言。

谁知游仲又烦躁起来："你不想搭理我就别在这儿杵着了，摆脸色给谁看？"

今萧暗自深吸一口气，终于明白母亲先前的担忧是怎么回事了。

第二天到医院时，正好撞见他换药，今萧第一次真真切切地目睹他的伤处，四肢与腰侧，一块一块不规则的深紫与暗红，黑斑、浮肿、充血，有的地方透明，有的地方起皱，有的地方像生肉，有的地方像烤熟的肉，拼凑在一起……

今萧攥紧手指，整个心脏猛地揪住了。

游仲打量她的反应，冷声问："你在想什么？是不是觉得很恶心，很想吐？"

今萧没有回答，游仲见她眼眶湿润，鼻尖泛红，心里也不大舒服，别开了脸。

"你今天看见小仲的腿和腰了吗？"游母问。

今萧"嗯"一声。

游母忍不住哽咽抽泣："我好好的儿子，漂漂亮亮的儿子，为什么会变成这样？他没有害过人，也没有做过坏事，为什么让他遭受这些？没道理啊，这说不过去啊……"

今萧揽住母亲，狠狠叹了几口气，稳住情绪，安慰道："会好的，以后会好的，再过些日子他就能出院回家了。"

母亲摇头，泪流不止："回什么家？没有家了，房子、存款，都没有了，外面还欠着一大笔债，萧萧，我真的觉得好累，为什么你爸爸走得那么早，为什么他不在天上保佑我们？"

今萧知道她终于绷不住了，这么长时间的殚精竭虑、提心吊胆，总会绷不住的，这样也好，发泄完，至少心里不会堵得慌了。

…………

晚上，照例是住宾馆，母亲这两日也和她待在一处，并不回二叔二婶家。夜里洗漱完，母女俩躺在床上说话，一言一句，闲杂琐碎，声音浮荡在简陋的空间里，让人困顿疲惫。

母亲很累，不多时沉沉入梦，今萧看看时间，不到十点，她想翻翻书再睡，奈何房间里只有墙上一盏锃亮的白炽灯，光线晃眼，她怕打扰母亲休息，也就关灯歇下了。

手机在这时忽然响了一声，是短信提示，她从枕头底下拿出来，点开收件箱，看见了周措的名字。

那天，他说会忙碌一段时间，果然这一整个星期没有再见到他，也没有通话，仿佛失去联系。

所以此刻她愣了愣，点开信息，看到他问："在干什么？"

今萧屏住呼吸，在被窝里轻轻翻身，背对母亲，打字回复："准备睡了。"

发送完，她想了想，点开设置，把手机调成静音状态。

"这么早？"

"嗯。"

没过一会儿，屏幕亮起，他又问："你在南华？"

"对。"

"几时回来？"

"明天晚上。"

不多久，他回复："我来接你，好不好？"

今萧看着这句话，尤其后面三个字，以及那个问号，心突突跳动，手指磨蹭手机边缘，一时不知该回什么。

这时短信又进来，没有纠结上一个问题，他随意道："你不用聊天软件吗？现在很少有人发短信了。"

这个比较容易回答，她道："有下载，但不常用。"

因为很少与人闲聊，讲事情都直接打电话。

今萧发完，思忖片刻，认真问："我老土了吗？"

他回："我也一样，有微信，但至今不知道怎么发朋友圈。"

她说："那我还是比你强点儿。"

一会儿过后，他回："好了，早点睡吧，明天见。"

今萧缓缓呼出一口气，正要把手机塞回枕头底下，这时短信又传进来。

"晚安。"他说。

今萧愣了愣，随后便也道："晚安。"

这次等了一两分钟，没再反应，她终于安心睡去。

…………

次日傍晚，见到周措，是在医院门口。

彼时夕阳西沉，暮色深浓，他倚在车边等她，穿一身休闲装，高大清俊，今萧远远看见，想起那次母亲以为他只有三十出头，这么一看还真就像三十出头，保养太好，特别具有欺骗性。

走近了，周措将她揽入怀中，抱了数秒，然后松开，随手接过她手中的旅行包，打开车门，问："你吃过晚饭了吗？"

"吃过了，你呢？"

"我还不饿。"

今萧略有诧异："要不找个地方先吃点儿吧。"

"不用，"周措把包放进后车厢，然后虚扶她的背，低头在她耳边说，"上车吧，回到忘江我还有事找你帮忙。"

"什么？"

"待会儿你就知道了。"他笑道。

第二十二章 做饭

黄昏落下，天色深郁，不知怎么滴滴答答下起雨来，雨势不大，短促又密集地砸在玻璃窗上，发出沉闷叩击的声响，雨刮器一下一下，好似钟摆，令人昏昏欲睡。

于是，没过多久，今萧就在周措身旁睡着了。

她不是有意的。

周措转头看去，端详片刻，没有叫醒的意图，也没有做什么，只是默然地，继续在雨里开着车，长路漫漫，没人说话聊天，他也并不觉得枯燥无趣。

今萧醒来时，雨已经歇了，车子停在商场顶楼停车场，漆黑天幕下，远处高楼耸立，霓虹闪烁，车厢里暖气开得很足，她身上有些发热，朦胧中睁开眼，听见身旁传来男人清浅的笑声，接着一只手掌放到她的头顶，缓慢抚摩：“醒了？睡得好吗？”

今萧有些抱歉：“不知道为什么，上车就困了。”

“下去走走吧。”他提议。

今萧点头，推门下车，地上湿漉漉的，寒风扑来，她缩了缩肩，将外套裹紧。

“这是什么地方？”

“商场，”周措把车钥匙放进兜里，伸出胳膊轻揽她的腰，“陪我买些东西。”

他们乘电梯下楼，来到超市，推了一辆购物车，今萧走在他身旁，感到有些别扭，不禁问：“你要买什么？”

“食材，”周措想了想，“你会做饭吧？”

“会。”

“那就好，”他说，“一会儿买完回去，劳烦你下厨，随便做两道家常菜，我现在有点饿了。”

今萧闻言默然半晌：“回哪儿？”

周措低头看她：“我的公寓。”

今萧没有说话，慢慢走着，来到蔬果区，问：“你想吃什么？”

“随意，清淡些就行。”

她选了一把生菜，一盒豆腐，些许菌类，接着逛到生肉区，买新鲜猪肉，又买了一条鲫鱼。

“葱、姜、蒜有吗？”她问。

周措摇头。

过了一会儿，她又问：“调味品呢？盐、生抽、料酒、醋？”

周措还是摇头。

今萧便来到食品区的货架前，依样选购。

“应该差不多了。”她看着购物车说。

周措轻咳一声：“可能还需要米和食用油。”

这下她当真有些诧异：“连米和油也没有吗？你家厨房是空的？”

周措笑道：“我不会做饭，也不常去那里住。”

今萧想起什么，忙问："锅碗呢？天然气呢？"

他说："厨具是齐全的，别担心，不至于那样。"

今萧松一口气，想了想，忽然觉得有些好笑，略皱眉，道："我怎么觉得，你有点像我弟弟。"

"什么？"周措错愕，挑眉望着她。

"我弟弟，小仲。"

周措要笑不笑地审视片刻，提醒她："我今年三十七岁，比你大一轮还多，你说我像谁？"

"不是年龄的关系。"今萧说着，一时倒讲不清是怎样的感觉，她自己也不晓得刚才为什么没头没脑地说了那么一句话，当下无端困惑起来。

周措饶有兴致地瞅她半晌，见她无言以对，抬手碰了碰她的脸："好吧，小姐姐，"他说，"我们该排队埋单了。"

两人从超市出来，返回停车场，把采购的物品放进后备厢，然后他载她穿过数条长街，驶入一个住宅区，下车，提着购物袋上六楼，他说："这里离我公司很近，有时加班太晚，我会直接过来休息。"

今萧有些不自在，低头没有说话。

走出电梯，开门进屋，灯亮了，美式装潢的家居，简单内敛，色调沉着，房屋面积不大，两间卧室，一间小书房，有敞亮的阳台和开放式厨房，干净整洁，一目了然。

"刚才忘记买拖鞋了，"周措从柜子里拿出一双男士的给她，"将就一回，下次再买。"

说着，他依次开灯，引她入内，把调味品放在料理台上，他一边脱外套，一边问："是先休息一下，还是现在就做？"

今萧愣了愣："做什么？"

"做饭，"周措把暖气打开，"我可以帮忙，任你吩咐。"

她闻言打量四周，脱下外套，挽起袖子，说：“那就淘米洗菜吧。”

周措随她一同走到水池前，把购物袋里的食材一样一样拿出来，今萧两手拢住长发，束在头顶扎了一个髻，接着开始择生菜，浸泡，冲洗，然后放在篮中，搁置一旁。

周措在旁边看着她，乌黑的头发，清瘦的侧脸，白皙的脖子，就这么近在眼前，像画中人一样的沉默。

他贴近她的后背，稍稍俯身，用手臂搂住了她的腰。

今萧缓缓深吸一口气，身体不由自主僵硬起来。

“刚才是不是乱想了？”周措轻蹭她的鬓发，放低声音，“你以为要做什么？”

今萧摇头：“我只是没有听清楚。”

“是吗？”他略笑了下，“那是我想多了。”

今萧不语，低头清理鱼腹内残留的黑膜与血丝，目不斜视，有条不紊的模样，可惜手却有些笨拙，一不留神，鱼儿掉入池中，溅起星点水花。

他仍抱着她，似在欣赏她无措的样子，没有松开的意思。

“你，”今萧开口，“你去煮饭吧。”

周措笑了，闭上眼：“稍等一下。”他收紧胳膊，脸颊贴着她的耳朵，“我现在心跳很快，再缓一会儿就好。”

隔着毛衣，他胸膛起伏，温柔熨帖着她的后背，每一次呼吸都像一次无心之失，撩拨着敏感的神经，不给人留一丝躲避的空间。

其实，已经不想吃饭了，他心里这么想着，喉结微动，同时感觉到身体的变化，是一种陌生的情动，仿佛每一寸都在留恋着她，不想放开，只想深入。

但是啊，怀中人如此僵硬，兴许气氛还不到时候，他愿意再等一等。

于是，周措松开手，依言煮饭去。

一个小时后，实木餐桌前，两人相邻而坐，周措盛汤，鲫鱼豆腐汤，熬成奶白色，香气浓郁，另外还有一碟松茸炒肉，一碟青菜，不多不少，正适合两个人进餐。

“平时在宿舍做饭吗？”他打破沉默。

今萧点头：“有时间都自己做。”

周措笑看着她，一边夹菜一边问：“你从小就这样吗？不让大人操心，早熟懂事。”

今萧说：“这两年成长比较快，十来岁的时候也不太懂事的。”

“嗯？”周措想起上次在她外公外婆家听她提过，“青春期叛逆？”

今萧点头：“我中学时成绩很一般，高三的时候早恋，被我爸爸发现，没收了手机，更不准我跟那个男生见面，那段时间和家里闹得很僵，反叛的个性被激出来，越不让我做什么就越要去做，结果导致成绩一落千丈，后来高考落榜了。”

周措很是诧异：“真的？”他难以想象，“所以你现在读自考？”

今萧抿了一口汤，说：“那是之后的事，高考成绩出来那天我和爸爸又大吵了一架，他动手打了我一巴掌，我气不过，离家出走了。”

周措问：“去哪儿？”

“这儿，忘江。”今萧语气很淡，“那时不知天高地厚，不想待在县城，以为自己有大好青春，前途无量，所以跑到忘江，找了一份工作，宾馆前台，心想自己挣钱养活自己，就不用受家里人的气了。”

“傻姑娘。”周措笑她。

“不是傻，应该是蠢，”她说，“在外面待惯了，过年也不愿意回去，后来我妈给我打电话，说爸爸查出了肝癌，已经是晚期。

我刚开始不相信，过了一个月才回家，当时看见我爸爸瘦得脱了相，都快认不出来了。”

周措静静地看着她。

“回去的第二天，妈妈带我到医院做肝功能检查，怕我遗传了慢性肝炎，她已经忘了我小时候接种过疫苗。后来在家吃饭，发现爸爸不和我们一起吃，他自己的碗筷也不和大家的摆在一处，怕传染给我们。”今萧缓缓吸气，闭了闭眼，“你知道那种感觉吗，他嫌弃自己，害怕连累家人，可是他都快要死了。”

周措轻轻叹息：“乙肝病毒没那么容易传染，除了遗传以外，也就是输血和性传播，日常接触没什么问题。”

今萧说：“那时有亲戚来家里探望，吃饭的时候战战兢兢，不大敢动筷子，我想爸爸都看在眼里，所以很在意这个。”

“吃饭而已，至于吗？”

她道：“毕竟有传染性，人会害怕，可以理解，如果皮肤破损，与乙肝患者的体液接触，是有可能被传染的，但日常生活里也仅限于亲密接触而已……”

周措看着她：“亲密接触，比如呢？”他靠近，伸手扶住她的后脑勺儿，“像这样吗？”

话音落下，他倾身含住了她的嘴唇。

今萧愣怔，抬手按在他胸口，下意识往外推了推，他松开些许，垂眸看她，似乎一笑，接着又吻了下去。

今萧屏住呼吸，手指紧抓他的衣裳，过了一会儿，憋不住，启唇喘息着，他乘虚而入，舌尖探了进去。

很早以前就想对她做的这件事，此刻终于如愿了，他感觉非常舒服，非常满足。

周措在她嘴里尝到了鲜浓的鱼汤味道，撤离的时候，看见她唇瓣湿润，整张脸烫得绯红，薄薄的呼吸喷洒在他脸上，他登时还想继续，她却别开头，眉尖微微蹙起来。

好吧，他妥协，只碰碰她的嘴角，又亲亲她的脸颊，然后慢慢松开手，回归原位，依旧是衣冠整洁，斯文有礼的模样。

今萧木在那里，过了一会儿，平复呼吸，默然拿起调羹，低头喝汤。

第二十三章 初恋

周措也沉默了一下，夹菜，吃饭，饮汤，然后若无其事地开口说："刚才说到哪儿了？"他目光温和，淡淡地掠过她的脸，"你继续。"

这一刻，今萧不知为什么，心里冷静得有些诡异，之前骇然惊起的彷徨无措与暗潮汹涌都在他进退自如的姿态里一点一点消磨，每次与他相处，都有这种感觉，就像一个透明的玻璃杯，被掺进满满温热的柔情水，眼看它冷却，然后倒掉，又变回一个空的杯子，可是杯中残留水痕，与最初那个什么也没有的玻璃杯还是一样的吗？她不知道。

但她不能落入一个游刃有余的调情手段里，不能被忽远忽近地撩拨掌控，是的，他在按照自己的意愿操控一切，是应对女人的天赋，抑或熟能生巧，总之，今萧用了一个不算聪明的办法抵挡这一切，她命令自己去想Ailsa，只要想起Ailsa，想起那天在度假酒店的宴会厅，她哀伤地靠在周措肩头，说"如果从来不认识你，该有多好"，如此，她的心就沉下去，不再受暗涌惊扰。

"我不记得了。"今萧回答他的话，不再放任自己倾诉往事。

周措淡淡地凝视她，脸色温和依旧，并不介怀。

他今夜胃口很好，吃过饭，点一支烟，坐在椅子上静静看着她。今萧眼帘低垂，没有回应他的目光，只是默然开始收拾碗筷。

“放着吧，”周措说，“一会儿我自己来。”

“没事，”她说，“我动作很快，你休息吧。”

周措笑了，握住她的手腕：“我又不是叫你来做保姆的，这么勤快干什么？”说着他按熄香烟，起身倒掉剩菜，把碗碟收进厨房，放入水池旁的洗碗机里，然后拧了一张抹布，擦拭餐桌，接着返回厨房洗手，动作不紧不慢，但并不是她想象中什么也不会的样子。

“去客厅坐坐？”他擦干手，来到桌前，弯腰将她从椅子上抱起来。

“我自己走。”今萧忙说。

周措低头看她：“可是，你得习惯我抱你。”他稍稍贴近，“还有亲你。”

今萧肩膀微缩，睫毛不安颤动，他又是一笑，抱她走到客厅沙发坐下，左手仍旧揽着她的腰，右手去拿遥控器，电视打开，有了杂音，但愿气氛能够稍微缓解。

“你那场早恋，后来怎么结束的？”他问。

今萧想从他腿上下来，可是不敢乱动，于是就那么僵硬地坐着，然后僵硬地说：“自然而然就结束了。”

“为什么？”

“人生轨迹不同，分开是迟早的事。”

周措看着她：“你们是同学？”

今萧摇头：“邻居。”

他笑问：“青梅竹马？”

“没有，算不上，”她说，“我父母都是乡下出来的，在县城没有房产，早年一直租房住，到我十三岁那年才存够积蓄买了一套房，那时才跟他认识的。”

周措打量她的神色，又问：“会难过吗，分开的时候？”

“不难过，”她语气很淡，脸上也没什么表情，“他比我年长几岁，当时已经开始工作，接触的人和事都在推动他往更高的阶层走，他说我们之间的差距会越来越大，我觉得他说得很对，心情没太大起伏，聊过一次，就那么分开了。”

“听上去很理性，”周措说，“倒不像年轻人之间的恋爱。”

今萧没有接话。

“后来呢？”他继续问。

今萧抿了抿嘴，默然片刻：“后来爸爸去世，我在家闷了两个月，有一天终于想通了，告诉妈妈，我想继续上学，”她眼波微动，“大约是那个时候才开始努力生活，不想得过且过，我在理工大念书，比高中时要勤奋很多，但偶尔也有些后悔，如果当时复读，不知道能不能考进一个比较好的学校，毕竟将来要找工作，自考的文凭没那么硬气。”

周措不以为意：“比起文凭这块敲门砖，工作的能力和态度才是决定前程的根本因素，我们公司有一位老员工，大专毕业，从最基层的前台做起，后来进入销售部门做助理，去年升了部门主管，她跟我说过一句话，起点低不代表她比别人差，关键是不能偷懒，并且坚信自己可以被人赏识，就算不能，背后下的那些苦功也会变成肥料，滋养她变得强壮。我觉得，你也不是偷懒的人，不会比任何人差。”

他说着，垂眸看着她的手，握住，轻轻揉捏：“不过，多读书总没坏处，你不用急着进入职场，以后可以继续读研，或者出国深造，女孩子保留一些书卷气，很天真，很可爱。”

今萧忽然抬眸直视他，用一种不加掩饰的端详，一动不动地看着他。

不知是懊恼自己莫名向他袒露心事，还是真的心中疑惑，她难得不经大脑地开口，问：“你是不是对Ailsa也说过这种话？”

音落，周措顿住，抬头与她对视。

也许是倏忽间，也许过了很久，今萧反应过来，仓促避开他的目光：“对不起。”她说着，抽出手，自觉从他腿上下来，坐到沙发边，心脏开始沉沉跳动。

电视里正在播放综艺节目，莫名其妙的游戏，莫名其妙的笑点，聒噪又无趣，今萧盯着屏幕看了一会儿，直到周措拿起遥控器，把音量调到最小。

然后他又拿起香烟和打火机，点了一支烟，略过刚才的话题，语气依旧平和，似乎并没有介意她的冒犯，说：“你觉得这套房子怎么样？”

今萧不明所以，闻言四下看了看：“很漂亮，很舒适。”

他点头：“附近交通也很便利，距离理工大学不算远，”他说，“不如，你搬过来住？”

今萧手指抓着衣袖，一时没有说话。

周措吐出烟雾：“只是缺少一些日用品，你先看看，列个清单，改天我们再去一趟超市，一样一样添置回来。”

今萧心里忽然很乱，她回头看他，似乎还笑了一下，问：“我是第几个？”

“什么？”

“我是第几个被你带回来的？”她轻轻说。

周措眉宇微蹙，沉默了一会儿，道：“第二个。”

今萧“嗯”一声。

他倾身从茶几上拿过烟灰缸，弹掉长长一截灰烬，说：“除了你，家政公司的阿姨每周过来打扫两次，严格地说，也不算是我‘带’

回来的。”

今萧垂眸不语，心里知道得罪了他，但并不后悔。

周措打量她的侧脸，心里也明白几分，说：“你不想搬过来？”

她思索片刻，道：“我住在学校很方便，而且也住惯了。”

他点头：“好吧，随你。”

接着两人都没了言语，就此沉默着，气氛变得有些凉，今萧感到些许煎熬，觉得这沉默等同于逐客令，他应该不太想见到自己，于是愈加坐不住，起身道：“我先回去了，周总。”

打完招呼，她自觉往玄关处走，换鞋的时候看见周措跟了过来，脸色很淡，说：“我送你。”

“不用……”

“你的行李还在我车上。”他打断她的话，自顾穿上外套，没有多言。

今萧见他这样，也没再推拒。

两人下楼上车，驶往学校方向，一路无话。

送完人，已是夜间十点半，周措开车穿梭在街道上，途经一个红绿灯，停下等候，他打开车窗抽烟，顺便拨了一个电话回去。

“喂？”那边传来阿琴的声音。

“裴若在家吗？”他问。

“太太还没有回来。”

他看了看表，也没说什么，挂掉了手机。

不多时，回到公寓，电视开着，厨房的灯也还亮着，他忽然有些烦闷，脱掉衣服进浴室洗澡，出来的时候听见单调的手机铃声，是裴若打了过来。

“喂？”

“你找我？”她问。

周措“嗯”一声：“我今晚不回去了，住在公司这边。”

裴若没说话，他道：“你最近怎么样，在安华那儿工作能应付过来吗？”

“我又不是给他打工，他又不发我薪水，有什么应付不应付的。”裴若说，“难道他还敢真的使唤我吗？”

周措笑了下：“那就好。”停顿稍许，又问，“你的餐厅装修得怎么样了？”

裴若轻笑一声：“你这是在关心我吗？”

周措不语，她道：“最快三月完工，我想，四月份应该可以开业。”

“那就是年后了。”

“对，”她随口应着，又怪道，“有什么事吗？”

周措想了一会儿：“没事，”默然片刻，“过完这个年再说吧。”

话音落下，他的心猛地跳了跳，有一种混乱的情绪抽丝剥茧般涌了上来，那感觉像是愧疚，强烈的愧疚，混杂着细细的惶恐，以及拨开云雾之后的释然。

以前从未有过这种感觉，他与裴若在乌云底下待得太久，久到让他以为这辈子会永远待在阴影里走不出来，所以他疲倦了，麻木了，当他背叛婚姻的时候，心里没有任何波动，反正这辈子就这样罢了，反正怎样都不会好过。

可是当他做好准备，决定结束这一切的时候，所有情绪都跑了出来，就在刚才，他发现与裴若纠缠十数年的爱恨情仇全都不见了，她不再是他的妻子，而是一个朋友，无冤无仇的朋友，他害怕伤害她，可是终将伤害她。

那一天到来的时候会怎样？一定是鲜血淋漓吧？

他长长叹出一口气，忽然觉得累极了。

那就平静地过完这个年，然后了断一切吧。

第二十四章 养女

心中有了明确的打算以后，心态似乎也全然不同以往了，第二天晚上，周措回到家，有一种说不出的感觉迎面袭来，眼前的一切都没变，装潢、家具、摆设，都是他从前熟悉的，可现在走进门，他觉得自己像是一个客人，一个终将要离开的客人。

于是，看什么都顺眼起来，他甚至想做点儿什么，在最后的两三个月，好好地弥补些什么。

这心思让他觉得自己虚伪透顶。

裴若不在，阿琴收拾好厨房，请假回去了，家中一时剩下他与周琰，一个在客厅，一个在卧室，没有交集。

周措想了想，起身去开冰箱，拿出水果，洗净，装盘，端到周琰的房间，搁在书桌上，然后坐在旁边督促她写作业。

约莫九点的时候作业写完，看了会儿电视，周措瞧着时间，提醒她该睡觉了，小姑娘便乖乖去洗澡了。

电视上播放着体育节目，周措盘腿坐在沙发上，胳膊搭着扶手，不时敲打笔记本，查阅邮件。

卧室门开了，周琰走出来，他一时没有留意，直到她捂着额头走到他跟前，哼哧哼哧地抽搭哽咽，他忙拉住她的胳膊，低头细看："怎么回事？"

"洗澡的时候不小心摔倒，撞到头了。"兴许是太痛，她说着说着就哭起来。

"让我看看。"周措挪开她的手，见那额角青紫一块，鼓出一个包，有拇指大小，他忙问，"有没有头晕？想不想吐？"

周琰哭着摇头。

他让她坐着别动，然后起身去厨房拿来一些冰块，按压在伤处冷敷，接着打电话给阿琴，询问家用急救包在哪儿，找到之后用化瘀的膏药给周琰涂抹那个包，这会儿她也不大疼了，傻呆呆地看着他。

周措叹气，手轻拍她的头顶："去睡吧，如果不舒服要立刻告诉我，知道吗？"

周琰点头，由他牵着，回到卧室，乖乖躺进被窝睡了。

不多时，裴若回来，周措把刚才的意外如实告诉她，她闻言脸色一变，忙进屋看了看孩子，然后皱着眉头出来，问："阿琴呢？"

"请假回去了。"

"又请假，"裴若顿时烦闷，"她是不是不想干了？"

周措说："她家里长辈生病，又没有兄弟姐妹，体谅一下吧。"

裴若撇撇嘴，脱掉大衣，怒火自然而然转移到他身上："你是大人，怎么也不看着孩子？浴室地板那么滑，你怎么能让她自己洗澡呢？脑门儿都撞青了，得有多疼？阿琴不在，你就帮琰琰洗一次澡有那么困难吗？"

周措愣了愣："我怎么能帮她洗澡？"

"你是她爸爸，为什么不能？她才多大？"

"她已经不小了，"周措眉宇微蹙，语气显得有些严厉，"一两岁倒没什么，八九岁已经是大孩子了，即便生父也该避讳一下，更何况我不是。”

裴若脸色微变，心里堵着一口气，想要发泄，但又找不到反驳他的话，于是瞪了他两眼，转身回房去。

没过一会儿，周措也回房，走进浴室，见裴若躺在浴缸里泡澡，他拿了牙刷，准备去外面洗漱，转头又见她似乎在打瞌睡，忍不住叫了一声，提醒说：“你别睡着了，挺危险的。”

裴若迷迷糊糊睁开眼，带着些许疲惫与混沌，喊他：“阿措。”

他没来由地心下一跳，莫名涌上一丝酸涩，紧接着深深叹一口气，再次提醒：“回床上再睡吧。”说完便走了出去。

自从生活忙碌起来，裴若不再像从前那样晚睡，通常回到家，洗完澡，困意袭来，倒头就能入眠，今晚也一样，但她非要强撑着，等周措也上了床，在微暗的灯光下凝视他的脸，喃喃道：“你最近好像瘦了。”

周措低头看她：“你也瘦了，学东西累吗？”

她点头：“但也很充实，安华他们餐厅的主厨是个美国人，工作的时候非常严格，嗓门儿特别大，我被他吼过几次，差点儿吵起来，不过能学到东西是真的，而且工作之余他非常随和，开朗健谈，还很会赞美女性，嘴特别甜。”

周措“嗯”一声：“充实就好。”

裴若看他一会儿：“对了，我有个大学同学，岳晴，你还记得吗？今天晚上我跟她还有方慧妮一起吃饭，听说她怀孕了，特别意外，前几年她被诊断卵巢早衰，去过好多医院，早就放弃生儿育女的想法了，谁知最近竟然毫无预兆地怀上了，她自己都吓一大跳，你说是不是很神奇？”

周措闻言顿住：“是吗？”

裴若点头："嗯，她说也许正是因为不抱希望，心里没了负担，身体又调养好了，所以无心插柳，反倒怀上了。"

周措没有接话。

裴若咬咬唇，伸手揽住他的腰，小声道："阿措，我觉得自己最近情绪啊各方面都挺好的，不如我们也试试吧，万一呢？"

他说："你已经有琰琰了。"

"那有什么关系？我一样爱她。"说着，温热的嘴唇落在他的颈窝处，一路吻至耳边，吻至脸颊，裴若爬到他身上，迫切又克制地微微磨蹭，她呼吸渐沉，倏忽情动，急促地去寻他的唇，不料他稍稍偏过头，那吻便落在了接近下巴的地方。

"有电话。"他拿起床头柜上的手机，垂眸看着，面无波澜。

"你非要现在接吗？"裴若的手抚摩他。

周措坐起身，掀开被子下床："老客户，我跟他聊两句。"说着已然接通来电，并按了免提，"喂，谭总。"

裴若听见手机那头传来男子的声音，周措往书房去了，她翻身仰躺，平复片刻，心里觉得有点郁闷，好不容易正视自己的生理需求，想等他回来继续，可是等着等着就这么睡着了。

第二天醒来，身旁空空如也，她抓抓头发，穿上拖鞋，走进厨房，见周措站在那里，正拿着杯子倒水喝。

她略想了想，不由得问："你昨晚在哪儿歇的？"

"书房，"他说，"太晚了，怕吵你休息。"

裴若闷闷地"哦"一声："你最近好像常常睡书房。"

周措似乎没有听见，说："琰琰该醒了，待会儿记得拿热毛巾给她敷一下。"

裴若沉默半晌，又淡淡地瞥他两眼，没搭腔，转身出去了。

第二十五章 电影院

接下来的日子，裴若有意无意观察了几天，周措通常比她晚睡，次日清晨又很早起床，她不大确定昨夜这个人是否与自己同床共枕，偶有一次半夜醒来，身旁没人，她走出卧室，看见客厅电视开着，周措趴在沙发上睡着了，也不知是什么意思，她心里不太舒服，第二天随口询问两句，却又被他若无其事地应付过去。

臭男人，为什么总能轻易吊着她，让她一颗心七上八下的。

裴若想，上一次过夫妻生活是什么时候呢？好像已经很久很久了。她想要他，尤其最近这些天，她明显感觉到自己的变化，好似寒冬里沉睡凋零的花草，终于等来早春的暖阳和润雨，一点一点复苏，生机明媚，容光焕发。

想把每天经历的事情与他分享，好的坏的，都那么新鲜有趣。

若还差点儿什么，大概就是情趣的满足了。这很重要。她见过那种女人，被丈夫疼爱着，整个人温柔得像水中明月，不只是外表的美丽，她们看待所有人和事都那么宽容友善，心肠柔软，裴若很羡慕，她希望得到周措的疼爱，希望自己也变成那种可爱的女人。

如果暂时找不回爱情，找回亲密的感觉也是好的。方慧妮对她说，女人为什么要忽视和克制自己的需求呢，老公是用来干吗的？你不用，留着给别人用吗？

想到这里，她心头又不大舒服了，纵使周措从青年时就不是沉迷肉体欢愉的男人，但他到底也不是和尚，回家不碰老婆，估计在外面已经被喂饱了吧。

裴若强迫自己打住，不能继续联想下去了。

周措见她这两日情绪时好时坏，心里明白几分，思索着，周六这晚主动订了电影票，带她和琰琰出去吃饭。临近圣诞节，商场大厅摆放着巨大缤纷的圣诞树，驯鹿与雪橇悬挂在半空，商铺橱窗布置了契合节日的装饰，琳琅满目，气氛浓烈。

影院在三楼，休息厅的沙发已经坐满了人，售票处排着长队，周措在自助取票机前取票，身旁一群结伴的年轻人正在讨论下午的六级考试，他无意间听着，忽然想起什么，念头一闪而过，就此打住，拿好票，回身往柜台走。

裴若买了些坚果小吃，这会儿等着爆米花，低头问周琰："你想喝什么？"

"可乐。"

"可乐啊，"裴若迟疑，"喝果汁好不好，可乐不太健康。"

周措掏出皮夹，这时听见隔壁正在埋单的女孩儿笑着喊道："萧萧，快来帮忙拿一下。"

周措下意识顺着她招手的方向看了看，没想这一眼竟然看到了游今萧。

他微微愣住。

大半个月没有联络，天知道怎么会在这样的场合碰面，他带着妻女，以"有妇之夫"的面貌出现在她面前，怎么看都有一种被扒光了的感觉，心里很不对劲儿。

四目相对，今萧显然也僵了片刻，错愕间不知是否应该礼貌地打个招呼，然而目光掠过他身旁的一大一小，心里轰然炸开，顿时警醒——这个男人抱过她，吻过她，他们关系不纯，她怎么还能若无其事地上去打招呼？

今萧瞬间被羞耻感淹没，原来是这种滋味啊——愧疚，难堪，见不得光，无地自容。

她别开脸，走到同学身旁，默然拿起两桶爆米花，听见同学询问："电影票在你那儿吗？"

"没，"她回过神，说，"在班长那儿放着。"

"老公，"这时一个轻柔的声音传来，"你喝什么呀？果汁还是矿泉水？"

今萧被那声音惊了一下。

"随便。"周措低头看表，"走吧，该进场了。"

说着话，一家三口捧着零食和饮料，并肩离开。他买的位置比较靠前，坐下没一会儿，竟见那群学生也走了进来，该死的，竟然是看同一场电影，而且就坐在他后排。

"好多年没和你进电影院了，"裴若转头看他，轻声说，"感觉好奇怪。"

"是吗？"他有些心不在焉。

身后传来年轻男女的谈笑声，这个要零食，那个要换位，嬉嬉闹闹，真是青春无限。唯独没听见游今萧的声音。不知她此刻在干什么，在想什么。

周措胸膛缓缓起伏，胳膊搭着扶手，身体微微倾斜，脚下空间太小，伸展不开，这令他有些烦闷。

没过一会儿，灯光暗下，观众自觉安静，专心盯着屏幕。

动画电影，周措不大看得进去，影片放映过半，他发现自己一直处于游离状态，故事讲了些什么，他压根儿没有半点印象。

不知何时，裴若把头靠在他肩上，手探过来，放入他掌中。

周措面无表情，过了一会儿，淡淡地道：“我去下洗手间。”

裴若看他一眼：“快点儿回来。”

“嗯。”他默然起身，在昏暗中穿过一张张座椅，下阶梯，走出放映厅。

倒没去洗手间，他有些头晕，想抽烟，口袋里没有，他找地方买了一盒，然后走到电梯附近的长桌前落座。

桌子抵着偌大的玻璃窗，城市夜景一览无余，他抽完两支烟，这时手机震动，裴若发来两个问号，他没回，把手机盖在桌上，继续点烟。

过了一会儿，他重新拿起，翻找联系人，游今萧，点进去，敲了两个字：“出来。”

短信发送完，等待许久，对方没有回复。

周措眉宇微蹙，心沉沉跳动，索性直接拨了电话过去，然而竟无人接听。

他不知在那儿坐了多久，大约电影结束，一群人拥了出来，玻璃窗上倒映着清晰的人影，他看见游今萧和两个女孩子说着话，乘电梯下楼了。

接着裴若走过来，问：“在这儿干吗呢？”

他收回目光：“里面有点闷，出来透透气。”

“可惜了，后面你都没看。”

他不置可否，离开座位，牵起周琰的小手：“走吧，该回去了。”

三人下楼，上了车，裴若陪琰琰在后座讨论刚才的电影，他脱下外套，把暖气打开，手搭着方向盘，抬眸看了看出口方向，不巧又撞见那群孩子正说说笑笑地站在路边，等待计程车。

周措不由得望向今萧，她今天梳了两条细长的辫子，学生气更浓了些，天气很冷，她双手揣在外套口袋里，静静站在同学身旁，目光垂落，看着地上的影子，没有参与交谈。

车子缓缓驶向出口，经过她跟前，然后离开。

快到海棠湾的时候，周措接到安华的来电，邀他去家中喝酒，裴若在后面听见，悠悠嘀咕说：“都这么晚了，还要出去吗？”

周措道：“最近太忙，好些天没见安华了。”

“他有什么好见的。”

话音刚落，电话那头问：“裴若在说我坏话吗？”

周措笑了：“你那什么耳朵，这也能听见。”

“她不让你出来吗，跟我喝酒也不放心？”

“不是，”周措说，“我一会儿过去。”

裴若撇撇嘴，望向窗外，脸色寡淡。不多时，车子开到海棠湾停下，她问：“你什么时候回来？”

周措从后视镜里看她，思索片刻：“不知道，你先睡吧，不用等我。”

裴若闷闷地“哦”一声，拿上包，牵着孩子下车。周措目送她们走进大门，直到两个身影越来越远，消失在林荫小道间，看不见了，他才掉转车头，往安华家驶去。

晚上十点半，两人一边看德甲联赛，一边喝了不少酒，安华见他单手支额，醉意渐浓，便说：“我看你今晚就在这儿睡吧，给裴若打电话说一声。”

周措略微摇头，低声道：“打给小刘，叫他来接。”

“今天周六，你让人家好好休息行不行？”

他抬手看表：“快十一点了。”

“你急着回家？”

他没有回答，犹自沉默了一会儿，说：“晚上带裴若和琰琰看电影，碰到今萧了。”

安华闻言挑眉：“然后呢？”

周措轻按额角：“给她发短信不回，打电话不接，不知道什么意思。”

安华拧着眉头似笑非笑地打量他：“你该不会是想去找她吧？现在？”

周措不语，伸手拿起手机：“已经很晚了，学校可能不太好进。”

话音未落，手机从他手中跌到地上，“吧嗒”一声，安华摇摇头，帮忙捡起：“你真的醉了。”接着忍不住调侃，“有那么喜欢吗？大半夜跑去见她。”

周措头脑昏沉，胳膊撑不住，索性靠在扶手上，身体懒散地动了动，随口道：“是挺喜欢的。”

“什么？”安华笑起来，瞅他几眼，忽而笑问，“你们上床了？”

“没有。”

这下倒令人诧异，安华思忖半晌，又说：“或许上过以后你就没那么喜欢了。”

周措闻言睁开眼，默然打量许久，不知想到什么，弯起嘴角，轻轻笑了。

安华不解：“怎么？”

“没怎么。”

安华见他伸手拿手机，忍不住道：“真要去啊？”

“嗯。”

安华笑不出来了，打量他半晌，最后无可奈何地轻叹：“行了，我送你吧。”

周措已然喝醉，人高马大的，扶下楼，颇费了一番力气。安华开他的车，把人塞进后座，关好门，他坐上驾驶位，忽然觉得这事儿十分荒唐，回头看了看，不知怎么，心里感同身受般激荡起来，好像回到二十出头，年少轻狂，每件事都可以惊天动地，为漂亮姑娘，为兄弟义气，这感觉太过久违，真令人怀念。

“哥们儿我真够意思。”他点头称赞自己，迫不及待地发动车子，载着喝醉的好友，在这萧索寒夜里，送他去见想念的姑娘。

第二十六章 亲吻

周措睡着了。

车子开到理工大，安华与门卫交涉一番，做好登记，询问教师公寓的大概方向，缓缓驶了进去。

“喂，我说，”他试图叫醒周措，“你的小女朋友住在哪个区哪号楼？黑灯瞎火的，让我怎么找？”

后面没有回音，安华轻轻叹气，伸手翻找他的外套口袋，拿出手机，本想给游今萧打个电话，让她出来接人，谁知周措的手机居然没电了。

安华心里暗叫不好，难不成今晚的计划要泡汤吗？

他正打算想办法把周措弄醒，这时却见前方一群学生轧着马路，十来个人，说说笑笑，他瞧那其中一个女孩子很是眼熟，把车开上前，仔细看了几眼，确认无误，按下车窗，唤道：“游今萧。”

对方闻声转过头，微微愣怔。

“还记得我吗？”

她周围的同学也望过来，驻足打量，今萧很快回过神，面不改色，礼貌又客气地同他打招呼："安先生，您怎么会在这儿？"

安华心想这姑娘还真稳得住，不但没有慌乱无措，反倒一副镇定自如的样子，可笑，她凭什么若无其事，凭什么明哲保身？

想到这里，安华动了点儿刁难的心思，故意道："你男朋友喝醉了，我帮你把他送过来。"

今萧不说话了。

身旁的女生却笑道："萧萧，藏得够深啊，什么时候交的男朋友，怎么不带给我们看看？"

虽是调侃，气氛却已然变得微妙，十来双眼睛盯着她和这辆可疑的名车，其中隐晦，不言而喻。

安华得逞，笑着催促："上车吧。"

今萧一时没动，倒是边上的同学碰碰她的胳膊："去啊，不用管我们。"

她见司机一副看戏的表情，默然片刻，向同伴道别："那我先走了。"

"嗯嗯，走吧。"

她上了车，回过头，淡淡打量后座熟睡的男人，没说话，默然系好安全带。

安华见她反应冷淡，不由得轻哼一声："怎么了？"他半开玩笑地说，"突然来找你，你不高兴？"

"没有。"她回道，"只是有点意外。"

"是吗？"他说，"我还以为你会觉得惊喜呢。"

今萧没有接话，安华感觉像被泼了冷水，顿时有些替周措不值，抬眸瞥向后视镜，心想还好他睡着了。

车里很静，开到岔口，安华问："往哪儿走？"

"右边。"今萧忽然意识到什么，问，"周总今晚要在我这里留宿吗？”

“不然呢？”

今萧屏息顿住，一时不解，认真询问：“为什么不送他回家？”

安华脸色微沉，转过头来，语气冷淡：“你很不待见他吗，游小姐？”

今萧愣了愣，正欲开口，被他打断：“还是说我们家阿措脾气太好，把你惯坏了？”安华目视前方，“有些事情挑明了不太好听，我觉得你是个懂事的姑娘，应该不需要别人特意提醒的，对吗？”

今萧一颗心飘浮在半空，随后沉落，落在一个准确的地方，她告诫自己，别忘了这个位置，好好待着，别再恍惚了。

不多时，抵达公寓楼下，安华又变得随和起来，摇头笑说：“这人醉成这样，你扛不动的，我扶他上去，你帮忙拿下他的手机和外套。”

今萧照做，下车走在前面带路，按密码锁进入楼道，上三楼，开门入内，谁知室友正端着泡面从厨房出来，撞了个正着。对方见她带回两个陌生男子，很是讶异，略笑了笑，匆忙回屋去了。

安华满不在意：“如果你早早搬出去，就不会有今天的麻烦。”

今萧没说话，拿钥匙进到自己的房间，打开灯，周措被放在床上，他先前下车的时候已然被吵醒，脚步虚浮，搭着安华的肩，勉强上了三楼，再走不动，倒在床铺上便翻身睡了。

安华随意打量四周，不知想到什么，莫名觉得有趣，笑了笑，对今萧说：“人放在这儿，你看着办吧，我先走了。”

今萧送他到门口，关了客厅的灯，默然回到卧室，见那人占了她唯一的枕头和大半个床，心下叹气，绕到床尾，帮他脱了鞋，然后去浴室接来一盆热水，跪在床上用毛巾给他擦了擦脸，接着盖上被子，熄灯，自顾自拿睡衣去卫生间洗澡。

夜深人静，约莫凌晨四点，周措醒了一回，浑浑噩噩，不知身在何处，床铺很小，不太舒适，往左翻身，膝盖撞到墙壁，他略微蹙眉，睁开眼，昏暗中觉得这房间有几分眼熟，心下渐渐了然，撑起身，摸索开关，“吧嗒”一下，灯亮了。

今萧背对他，紧贴着床沿，睡姿非常老实。

周措静默片刻，倾身靠近，居高临下地凝视她。

不知因为浅眠还是警惕，她骤然醒来，翻身平躺，与他对视。

“周总。”

下意识的称谓，在当下显得十分不合时宜，但又正因不合时宜而变成一种异样的情趣。男女在床上，叫什么，向来尤为紧要。

周措似乎笑了笑，看着她，一手撑在上方，一手往下，去解皮带。

今萧垂下眼帘，盯着他手里的动作，呼吸滞住，身体逐渐僵硬。

他却非常享受此刻的气氛，目光一动不动地落在她脸上，慢条斯理，细细观赏着身下人的表情，颇为玩味。

“又在乱想什么？”他哑声开口，忽而停下动作，问，“你盯着哪儿看呢？”

今萧的心猛地一跳，回过神，立刻别开视线，神色紧绷，耳根子迅速烫起来。

周措失笑，抽出皮带，扔在一旁，倒没有继续脱下去，只是摘下手表，搁在了床头柜上。

“放心吧，”他语气温和，“我现在头很晕，没什么侵略性和攻击力。”

说着，他伸手关了灯，昏沉沉倒入床铺，把枕头往旁边推了推：“你睡上来。”

今萧闻言，脑袋慢慢挪到枕头上，被窝里，他的手握住了她的腰：“再过来一点。”

她随之翻身，与他相对而卧。

“为什么不回短信，也不接电话？”他轻声问。

“手机静音，没有听见。”

“是吗？”周措不置可否，幽暗中凝视着她的眉目，这么近，香香的，他喉结微动，很想做点儿什么，可惜头脑昏沉，角度受限，不易操作。

“你困了没？”

“嗯。”

“我也很困。”他说。

今萧淡淡地道：“那就睡吧。”

他也淡淡地回道：“就这么睡了吗？”

今萧沉默了一会儿：“你想干什么？”

他略笑：“我有心无力。”停顿片刻，他说，“或者可以麻烦你代劳一下？”

今萧问：“你想让我干什么？”

周措不语。

她说：“和你接吻吗？”

他心重重一跳，呼吸停滞，看着她的双眼瞬间比夜还深。

今萧明白了，微微起身，埋头亲吻他的唇，浅尝即止，她退开，周措平躺，手掌游离在她的后腰，轻缓磨蹭。

“是不是我让你做什么，你都会去做？”

她说是。

“听上去很色情。”他笑了笑，嗓音非常哑，“再来一次好吗？”

今萧低头靠近，快要碰到的时候被他捏住了下巴，然后听见要求：“别想敷衍我，慢慢来，三分钟，法式的那种。”

“……”

其实三分钟有多久呢，又不会拿着钟表计时，难道傻愣愣地在心里数数吗？

今萧不知道三分钟有多久，也不知道法式是哪种，她所理解的，应该就是唇舌交缠吧。

她照做了。

心脏好像要蹦出来，静谧的房间，一秒一秒，时间过得好慢好慢，每个动作仿佛被放大了数倍，让人清清楚楚感受着，触碰着，浑身发麻，完全没办法忽视。当她觉得够了，喘着气，烫着脸，把舌头从他嘴里抽离的时候，脑袋又被按了下去，他含着她的唇，闷声说：“别走。”

还不够啊，根本不够。

于是，继续纠缠，继续深入，今萧听见吞咽的声音，是他或是她，反正揉在了一起，脑子无法思考，身体好似融化。

原来情欲是这样的——这么缭乱，这么激烈。

可是，分明只是接吻而已。只是隔着衣裳纠缠在被窝里，抱着，接吻而已。

两人终于分开，胸膛起伏，喘息不止。

长久没有言语，周措的手掌覆上她的脸颊，好似安抚，好似温存。

今萧闭上眼，想要翻身逃避，这时听见他说：“睡吧，”声音很轻，“睡在我身上，别乱跑了。”

于是她便不再动了。她的位置在这里，她要做的只是听他的话，这就够了。

第二十七章 过去

微微天明的时候，周措再次转醒，床上只有他一人，今萧不见踪影。他撩开被子，隐约中听见门外传来细微的脚步声，穿梭在走廊间，开门或关门，以及陌生女孩儿的说话声，断断续续，在这冬日寒冷的清晨，陌生又琐碎。

今萧进来了，手里端着热水壶，放到书桌旁，插上电，她一边挽袖子，一边看着床上的周措，见他醒来，对视数秒，说："我在做早饭，很快就好了。"

他默然坐起身，背靠着墙，双手轻轻搓了搓脸，嗓子有些痛，哑声说："我想洗漱一下。"

今萧说："我的室友都起来了，你出去不太方便，我帮你拿进来吧。"

她已经给他准备好新的牙刷，但没有多余的杯子，只能用她的，毛巾也用她的，今萧进进出出，一会儿倒漱口水，一会儿接洗脸水，颇有种伺候大少爷的感觉。

周措盘腿坐在床边，洗漱完，手里被塞了一杯醒酒的汤汁，也不知是什么，酸酸甜甜的，她交代他喝完，接着又把门带上，出去了。

周措捏捏眉心，身上有点凉，他把外套搭在肩头，拿起手机，发现没电了，于是打量四周，见床头柜上放着今萧的充电器，他试着连接数据线，可惜接口不对，没法用，好在不是什么要紧的事，也就作罢。

不多时，今萧端着番茄鸡蛋面进来，先搁在一旁，把折叠的懒人桌铺开，摆好，碗筷递给他，让他在床上用餐，自己坐在书桌前吃。

周措不太舒服，没什么胃口，面条吃一半便不再动了，今萧也不怎么饿，三两口填饱肚子，收拾碗筷，拿去厨房清洗干净，再回到房间的时候看见周措又躺进了被窝，精神不太好。

今萧静静打量他，问："你是不是感冒了？"刚才吃饭，断断续续听见他咳嗽，兴许是昨晚有些着凉。

"吃点儿消炎药吧，"她坐在床边，伸手探他的额头，"还好没有发烧。"

周措定定地看着她，握住她的手，拉到唇边碰了碰："陪我再睡会儿。"

今萧垂下眼帘："我先帮你拿药，别拖严重了。"

他笑道："好。"

她这里空间虽小，但生活用品齐全，日常药物都备着，两片感冒药吃下去，人愈加懒散起来。

天色若明若暗，未见熹光，疏疏密密地下起小雨，空气又萧寒了几分。今萧上床，半靠在床头，打开笔记本电脑，准备消磨时间。

周措头脑昏沉，但一时睡不着，挨在她身旁，见桌面有一个视频文件，好像是部电影，他细看名字："Manchester by the Sea，"他问，"你看过了吗？"

今萧愣怔，回过神："还没，下载了好些天，一直没有时间。"

“现在呢，”周措伸手去点视频，“今天很闲，而且外面下雨，这种天气非常适合待在房间看电影，你觉得呢？”

今萧能有什么异议呢。两人并肩靠在床头，她屈膝缩着双腿，他的手在被窝里碰到她的脚：“怎么这么凉？”说着便握住，揉捏两下，再往上，钻进睡裤，一路摸到膝盖，所感所触皆是冰冷。

今萧僵住：“一会儿就暖了。”

“是吗？”周措垂眸看着她，稍稍起身，轻吻她的颈窝、脸颊，然后含住了她的唇，“这儿也是凉的。”

今萧屏住呼吸，拳头抵在他胸前，微微别开脸：“不是要看电影吗？”

“嗯，”他掐住她的下巴，“很快，我保证。”

今萧紧闭双眼，任由他的舌尖探进来，撩拨着，含弄着，最后吮了一会儿，抽离而去，额头重重抵着她，喘息片刻，回到原位，一本正经盯着屏幕，观赏电影。

窗外雨水不绝，屋内幽幽凉凉，周措把她搂在怀里，默然地，右手与她十指相扣，一分一秒流淌缓慢，让人觉得心里很静。

片子拍得尤为克制，演到男主角去停尸间看哥哥的遗体，依旧寡言冷静，不见波澜。

周措看着，淡淡开口：“我父亲去世的时候，我也差不多这样，脑子很空，没法做出反应，觉得这一切来得太突然，不像是真的。”

今萧思忖片刻：“你父亲是突然病逝的？”

“嗯，”周措声线清冷，带着些微鼻音，说，“脑中风，走得很快，那时我在美国。”

他稍微停顿了一下：“我太太，裴若，一直想要孩子，先前去香港做试管，没有成功，后来又去美国，整个过程非常辛苦，我在那边陪她，记得是采卵手术过后，移植那天，阿玉打来电话，说爸爸进医院了，情况很不乐观，我赶回来，没有见到最后一面。”

今萧说：“生老病死，谁也没法控制。”

他道：“其实我和父亲关系不算亲近，甚至一度非常糟糕，当年他一心希望我读博，然后留校任教，但我没有听他的话，反而跑去商圈追逐名利，让他非常不满。为这件事情我们发生过许多争执，直到他去世前几年才慢慢好转，如果我早知道相处时间那么短，一定不会跟他置气的。”

今萧垂眸，轻声说：“我也是。”

闻言，他吻了吻她的头发，若有若无地捏着她的手，平声道：“我父母都已经离世了，我也没有兄弟姐妹，从这点来说，你比我幸运一些。”

今萧沉默了一会儿，说：“你有妻子，还有女儿，只要你愿意，其实可以过得很幸福。”

周措略微顿住，一时没有接话，今萧望向别处，心里空荡荡的，什么想法也没有。

半晌过后，他说：“我和裴若，以前曾经幸福过，她很单纯，心无城府，虽然看起来有些任性，但其实内心十分脆弱，是个非常缺乏安全感的人。”

“那两年我工作繁忙，常常应酬到半夜三更回家，在外面逢场作戏多了，有时会在私人时间收到一些异性的电话和短信，裴若极其不满，闹过几次，渐渐地，我们之间好像没有信任这回事了。”

周措陷入平静的回忆：“那天我和客户在外面吃饭，女客户，认识很多年，也算是朋友，她快结婚了，来给我送请帖，顺便聊了一会儿，那时我不知道裴若一直在外面看着我们。”

说着，稍许停顿，他缓缓叹气：“她在我手机里设置了定位，随时可能跑来检查，你知道，这让人非常窒息。那天从餐厅出来，我看见她坐在车里瞪着我们，一副捉奸的表情，当时我心里厌烦至极，没有理会她，直接揽着朋友上车离开了。”

今萧听到这里，仰头看他。

“那一次，我们差点离婚。”周措说，“很残忍的是，那些天她检查出卵巢早衰，很难受孕，她心里难过，我也非常内疚，如果早知道的话，不会那样刺激她，但定位跟踪这件事我真的难以消化。”

今萧张了张嘴，却不知该讲什么。

周措道：“后来那几年，过得非常糟糕，从美国回来以后，我明确告诉她，不会再去做试管，我们大吵了一架，吵完以后我突然发现自己对她什么感觉都没有了，无论她哭还是笑，我心里毫无波澜，就是从那时起，我开始找别的女人，发泄情绪，逃避一切。”

话至于此，他猛地顿住，下意识攥紧了拳头，心想原来是这样，原来他和裴若走到这种地步，经历了那么多不堪，而他选择逃避的方式又何其残忍，不仅伤害裴若，更把这段婚姻推向绝路。说到底，都是他太过自私。

今萧缓缓深吸一口气：“别说了。”

周措静默半晌，忽然偏过头，用力吻住她，撬开牙关，唇齿相依，辗转厮磨。

“今萧，”他吻她的额头和眼睛，“留在我身边，好好跟着我，很快，一切都会变好的。”

她不答话，克制着呼吸，手指紧紧攥住他的衣服，任由他亲近。

“听到没有？”周措轻咬她的嘴角。

她蹙眉“嗯”了一声。

“弄疼了？”周措垂眸凝视着她，用嘴唇蹭了蹭，见她不语，一路蹭到脖子，把脸埋入颈窝，闻着香气，抱着酥软的身体，昏昏沉沉，不一会儿，又睡了过去。

第二十八章 房子

如此惬意的周末，有人在软玉温香里安睡，有人伴着雨声醒来，起床放音乐，磨咖啡，然后悠闲地坐在窗前吃早餐。

其实忘江冬日多雨，并不稀奇，但他今天尤其想起一个女人，想起大约十几年前，第一次见面，是陪周措去机场接她。那天下着小雨，她穿一件长长的风衣，拖着行李箱，远远地，从航站楼里出来，脸上挂着拒人千里的小高傲，因她那时风华正盛，光芒夺目，并不大瞧得上人。

走近了，看见周措，那目空一切的眼睛迅速变得流光溢彩，凝着一层浓情蜜意，低头一笑，瞬间生动无比。

当时他在旁边，被一击而中。

后来混熟了，有一次去KTV消遣，周措微醉，靠在沙发里懒散地不肯动，他和她男女对唱，《其实你心里有没有我》，一首情歌，女声音调太高，她拧着细眉，因投入而脸颊涨红，身体微微摇摆。两人唱得合拍，默契地勾肩搭背，故作腻歪，逗周措生气。

那人要笑不笑地睨着他们，随手抓起打火机砸了过来，然后她就放开他，迫不及待地走向周措，扑进他怀中，娇笑不迭。

安华无法忽视那一刻的失落，重重的失落，令他时至今日想起，仍旧心中黯然，堵得有点难受。

如果早几年相识，裴若应该是他的女人，如果情敌不是周措，管她已婚未婚，他早就下手抢人了。

想到这里，他摇头轻笑，觉得自己有点可耻。

正在这时，手机震动，他看着来电，嘴角扬起："早上好，裴小姐。"

那头传来熟悉的冷哼，他脑海中浮现出她傲慢的表情，眉毛轻挑，目无下尘，这令他愈加愉悦起来。

裴若直接问："周措人呢？"

他随口答道："睡着呢，昨晚喝多了。"

"是吗？"那边嗤一声，"喝多了，怎么手机也一直打不通？"

安华想了想："没电了吧。"

"这么巧，"裴若半真半假地说，"那麻烦你现在把他叫醒，我有事找他。"

安华笑出声："原来是查岗啊，这样吧，你不如直接过来，接他回去，人家现在睡得正熟，我怎么敢扰人清梦呢。"

裴若果真道："那行，我现在就过去。"

"赶紧吧，"安华说，"我这儿还藏了个女人，就等你来捉奸呢。"

裴若听他不正经，狠狠"呸"了一声。

"我说真的，"安华慢悠悠地调侃，"你这么紧张他，万一他哪天跟别人跑了，你该怎么办？是不是像电视里演的，要生要死，哭着求他别走？"

裴若立刻反驳："谁紧张他了？谁要死要活了？"

安华但笑不语。

裴若又忙说："夫妻之间关心对方是应该的，像你这种没有伴侣的孤家寡人，不管去哪儿、干什么，都没人在乎，岂不是很可怜？”

“夫妻有什么了不起，夫妻原本不也是陌生人吗？”安华毫不客气地直言，“说句实在的，裴若，我觉得同床异梦的两个人比孤家寡人更可怜，人在一个境遇里待久了，想法难免局限，有时候不妨跳出来，用旁观者的立场去看事情，说不定另有所得呢。”

裴若闻言沉默了一会儿：“你什么意思？”

他心中犹豫片刻：“只是作为朋友给你一些忠告。”

“我需要吗？”

“不需要吗？”安华垂眸看着手里的咖啡，淡淡地问，“承认自己过得不幸福有那么困难吗？”

裴若屏住呼吸，冷声问：“周措跟你说什么了？”

“还说你不紧张他，这么嘴硬干吗呢？”安华道，“有的事情不用说，旁人看在眼里，清楚得很。”

裴若哼道：“你还挺喜欢自以为是揣摩别人。”

安华默然片刻，攥了攥手：“其实你老公不在我家，他昨晚没在这里留宿。”

裴若冷笑：“你一会儿说他在，一会儿说不在，耍着我玩呢？”

“你现在可以过来，或者我去找你，我们好好聊聊。”

“聊什么？”

“聊你老公，”安华有点儿心惊肉跳，但语气依然平淡，“你不想知道他昨晚去哪儿了吗？”

裴若忍耐半晌，一字一顿地回答：“不想！”她声音极冷，“你也不是什么好东西，我懒得跟你废话，再见！”

自欺欺人、恐惧逃避，意料之中的反应，安华看着被挂掉的手机，心里闪过一个破釜沉舟的念头，想把她抓到学校，让她亲眼看看周措现在和谁在一起，在干些什么。

真刺激不是吗？

可是啊，终究按捺下这股冲动，他只给小刘打了电话，叫他过来把周措的车开走。

“你们周先生在理工大，手机没电了，你在教师公寓楼下等一等，他今天应该要用车。”

小刘说：“我有游小姐的号码，可以和她说一声。”

“嗯，随你。”

小刘犹豫片刻：“万一周太太问起，我……”

安华说：“你就一问三不知好了，别多嘴。”

“好的，我明白。”

不多时，小刘到安华处拿了车，开到理工大学，周措和今萧下楼，双双坐上后座，接着让他去千秋俱乐部。

到了地方，周措放他回去继续过周末，说不用跟着了。

小刘离开，周措揽着今萧走进大堂，没想竟意外碰见罗姐带着美拉和 Ailsa 几人，浓妆艳抹，光鲜亮丽地坐在沙发上，也不知在干什么，对方见到他，忙笑着上前打招呼：“哎呀，周总，好久不见了！”

他略点了点头，沙发上的漂亮女孩们纷纷打量过来，美拉自然惊喜，踩着高跟鞋来到今萧身旁，碰碰她的胳膊，又看看周措，眼神很是意味深长。

今萧问：“你中午在这儿干吗呢？”

“有应酬，在这儿等客户。”

这时罗姐亲热地寒暄道：“露露啊，最近好吗？大家都很挂念你呢。”

今萧正要答话，周措望过去：“你叫她什么？”

“嗯？”罗姐一时没反应过来。

周措脸色冷淡："这位是游小姐，你叫错了吧？"

众人怔住，今萧也僵了下："周总，"她说，"美拉和罗姐是我的朋友。"

他垂眸看她，目光渐深。

Ailsa在一旁冷眼打量，忽而开口："游小姐，我想和你聊两句，可以吗？"

周措淡淡扫过去："抱歉，我们赶时间吃饭，下次有空再聊吧。"

说完他拉着她的手往电梯方向走，今萧回头，见美拉冲她笑："没事没事，去吧，我们晚上打电话。"

进了电梯，两人沉默下来，今萧看着镜子，轻声问："你很介意我以前的职业吗？"

"不介意，"他说，"但我觉得你没有必要再跟这些人接触。"

"为什么？"

周措神情严肃："虽然我不介意，但坦白说，这不是什么光彩的事情，今萧，你总要走回正轨的，我不希望你以后被世俗眼光诟病，那样会很累。"

她闻言没有接话，周措垂眸打量半晌，低声叹息："抱歉，是我没想周全，以后不会再带你来这里吃饭。"

到了六楼餐厅，进入包房，他熟练地点好菜，待服务生离开，问道："你什么时候实习？下学期还上课吗？"

今萧答："正常上课。"

他点点头："上次和你说的事情，你考虑过了没？"

她不解，目光疑惑地看着他。

周措提醒道："是想继续读书还是工作？"

原来是这茬，今萧回过神："想工作。"

他垂眸点点头，拿出香烟点上："或者你可以来我们公司试试，我帮你走后门怎么样？”

她闻言微愣，接着莫名莞尔：“你是觉得凭我的学历，靠自己没法进一家好的公司吗？”

他迟疑了一会儿：“老实说，会走很多弯路。”所以啊，他笑了笑，“给我当助理，我来带你，保证倾囊相授，而且绝不给你脸色看。”

今萧低眸笑起来，露出细白的牙齿，一双眼睛黑白分明，他望着她：“我说真的，你考虑一下。”

她认真思索：“毕业以后再说吧。”

周措随意挑眉，她也看向他，忽而神色微动，伸手抽走了他的香烟：“你不是感冒了吗？为什么还要抽烟？”

说着她直接把烟按熄在烟灰缸里，那样子颇有几分不容置喙的架势，他微怔，接着失笑，抬起她的下巴，凑过去吻了两下：“好吧，不抽了。”

正当此时，手机响起，今萧看看来电，起身走到落地窗前接电话。

周措在旁边听了一会儿，待她回到座位，鲥鱼已经上了，他为她夹菜，问：“你弟弟要出院了？”

今萧“嗯”了一声。

“有什么打算吗？”

她用湿毛巾擦了擦手，思忖道：“前几天我妈妈回去申请了廉租房，材料交上去，审核需要几个月，我想这几个月在忘江租一套房，但她觉得这边租金太贵，而且小仲现在也知道家里的房子卖掉了，总觉得自己拖累了大家，情绪很不好，执意要回外公外婆家，这两天我和妈妈正在纠结这件事，还没定下来。”

周措略微蹙眉：“为什么不早告诉我？”

她被问住了，接着又听他说：“其实这件事情很好解决，我父母的房子一直没人住，空着也浪费，你们搬进去就是，何必还要租房呢？”

今萧抬眸：“那怎么行？”

“怎么不行？”他看着她，“你弟弟几时出院？”

她没吭声。

“月底吗？”他刚才听见了，“月底我让小刘去接，就这么定了，好吗？”

“可是我觉得……”话音未落，今萧的嘴唇被堵住了。

周措重重吻她，然后退开稍许：“可是什么？”他眼帘低垂，目光那么深，“你知不知道，总是被拒绝，很伤自尊的。”

今萧屏住呼吸，睫毛微颤，没有看他。

“我会下地狱吗？”

“什么？”

今萧抬起头：“我会下地狱的。”

周措明白过来她的意思，心里被重重一击。

“要下地狱也该是我。”他说，“我会给裴若一个交代，千刀万剐，与你无关。”

第二十九章 表白

游仲觉得，自己的人生大概已经废了。哦，不是大概，他现在与废人并没有什么差别。

从意外发生到现在，每一天每一刻都在痛，疼痛像呼吸一样变成自然而然的事情。偶有不痛的时候，譬如麻醉换药，可以得到数小时的喘息，可是麻醉过去以后只会陷入更大的折磨，犹如电击，犹如撕裂，连绵不绝摧残着他的身体和意志，不知何时才能到头。

躺在床上三个多月，失去自主能力，失去尊严，尤其当护工帮他排便，用手指抠排泄物的时候，真不知道这样活着是为什么。当然，在那个当下，他并没有精力去分心思考羞耻这回事，疼痛让人无暇顾及任何事，包括尊严。

他知道自己变得很糟糕，不仅身体千疮百孔，他的心也时刻飘摇欲碎。最坏的脾气总是留给最亲近的人。他变得沉默寡言，喜怒无常，一旦开口，字句都是偏激与尖刻。

曾经不止一次想到死亡。这世上有一些身患重症的人，最后不是被病魔夺走生命，而是因为受不了疾病折磨，自己解脱了自己。比如上个月，就在这家医院，听说住院部一个患皮肤癌的哥们儿，半夜砸碎了碗，用碎片割自己的颈动脉，之后也不知抢救过来没有。

游仲很羡慕，真的，在最难熬的时候，他何尝不想解脱，只要可以结束疼痛，死有什么可怕呢？但他比那哥们儿还要惨，他起不来，动不了，连死都变成一种奢侈。

可是当情况稍微好一点儿的时候，他又不想死了。

这些反反复复的矛盾和纠结他没有告诉任何人，他拒绝与任何人沟通交流。

许多想不通的问题，不知如何排解，有一次上网，搜到一则新闻，讲一个和他年岁相当的少年，不幸遭遇车祸，高位截肢，因家境贫寒，学校为他发动了捐款，手术成功后，记者跑去采访，少年先是感谢学校及爱心人士给予的帮助，接着又说这场灾难让自己重新审视了生命的意义，将来会变成更好的人，回报社会云云。

游仲冷笑着没看完，把手机扔在一旁。

假的吧，他想，要么就是那人脑子有病，截肢截傻了。

灾难除了让你家财散尽，饱尝折磨以外，还能有什么意义？感动中国吗？

他不知道是自己心态扭曲，还是新闻里的人扭曲了。他问母亲，为什么偏偏是他，在最好的青春年华，还没来得及尽情拥抱世界，就被世界抛弃了。

这个问题很为难，也许母亲比他更加不能释怀，但他就这么任性地问了。

母亲答不出来。她当然答不出来。于是他又去问姐姐。

可是没想到今萧竟然让他接受这个现实，她让他接受现实，她居然能说出这样的话。

游仲怒极：“我凭什么要接受？我做错了什么，凭什么遭受这些？”

今萧残忍地告诉他：“已经这样了，谁也帮不了你，如果不接受，难道你去死吗？”

好的，终于找到发泄的理由了，他扬手把水杯砸到她身上，然后命令她滚蛋。

谁都可以置身事外，谁都可以轻描淡写，可是妈妈不行，姐姐也不行，她们是亲人，理应陪他一起痛苦，并且承受他的怨恨。

游仲常常这样蛮不讲理地怨恨着，恨完以后，又在她们小心翼翼的体恤里自责着，反复煎熬，没有答案。

那天出院，有车子来接，母亲说，姐姐的朋友在忘江有一套闲置的房子，可以让他们暂时落脚，等廉租房批下来，再回采河县去。

他不知道姐姐何时交上这样慷慨的朋友，她从未提过，他也没有心情追根问底，当一个人沉浸在自己的灾难里，自然无暇顾及其他。

情况看上去正在好转，至少他们一家人还有容身的地方，不至于无处可去。然而自从搬进这里，母亲总是坐立不安，她觉得别人的房子住着不踏实，心里非常惶恐。游仲不解，询问她这房子究竟从何而来，又问：“姐姐有男朋友了吗？”

母亲支吾回答：“算是吧。”

游仲听不懂，心想或许是今萧的追求者，还不算男朋友，反正以她的条件，不会没有人追，况且她一向靠谱，这房子总不可能是偷来的，更不可能有人突然上门赶他们出去吧？

生活已经糟糕成这样，大约也该触底反弹了。

小仲出院以后，今萧随他和母亲住进了周措提供的住所，地方很大，宽敞明亮，当天就有新的复健师上门，继续跟进小仲的复健课程，晚上又来了一个看护，帮他洗澡、水疗、涂抹药物、推拿按摩，事无巨细，由周措安排妥当，似乎一切都在朝一个好的方向发展。

但今萧心里很乱，她和母亲一样不能踏实，不是自己的东西，得到越多，越觉得惶恐难安。

不想承认，她或许有些后悔，也有些害怕了。跟一个有妇之夫纠缠不清，她当然害怕。尤其每次和他相处、亲近的时候，脑海里总会浮现出裴若的脸，她喘不过气，满心的羞愧与可耻折磨着神经，甚至让她夜不能寐。

现在好了，家人也被牵扯进来，事情至此，仿佛怀抱一颗定时炸弹，随时可能爆炸。

如果预感是对的，她将很快为此付出代价。

事实上，有强烈预感的不止今萧一人。

那天和安华通完电话，裴若心里七上八下，好似突然砸下一个警钟，长鸣不绝，令人慌张无措，不知危险在何处，更不知如何关掉这铃响。

从来没有这种感觉，因为安华从来没有跟她说过那种话。

更要命的是，从那天起，周措借口年底工作繁忙，便没有回家住了。他在公司附近有一套寓所，她是知道的，但像这样持续大半个月分居两处的情况从未有过，他在暗示什么，又或在准备什么？

裴若感到恐惧，想起上次和他通话，听他问起店铺的事情，欲言又止，最后只说过完年以后再谈，他在等什么？打算跟她谈什么？

裴若一面觉得自己像等待死刑宣判的囚徒，一面又觉得像在做梦，她想不通这个道理，即便在两人关系最恶劣的时候也没有分开，现在一切都在好转，他到底哪里不满意了，鬼迷心窍吗？

如此纠结了大半个月，终于按捺不住，她主动去找安华，想要问个清楚。

两人约在咖啡馆见面，他早早等在那里，见她来，依旧是往常那副调侃的模样，笑道："裴大小姐，听说你最近不仅迟到早退，而且还无故旷工，是不想干了吗？”

裴若心想，上天真不公平，为什么有人可以永远这么没心没肺，仿佛天塌下来也照样不当回事儿。

“你喝什么？”安华不看她，“热的洛神花茶好吗？”

裴若随意点了点头，态度敷衍，她不知道对面的男人此刻有多紧张。

安华手心在出汗，他突然体会到周措拖延至今的心情，那种不知如何开口的复杂情绪汹涌碰撞，本能地让人想要退缩，避免伤害。

如果他只是普通朋友，如果他没有私心，一切都还好说。

裴若放下包，脱下外套，脸色很淡。他为她点了饮品，之后也静下来，等待她开口，或者一直这样沉默下去。

玻璃窗外华灯初上，繁华商业街人烟稠密，裴若望着过往人群，眼神有点儿呆，有点儿憔悴，当服务生把热饮端来，她本能地说了声谢谢，笑容牵强，真叫人心疼。

元旦刚过，各家商铺张灯结彩，活动不断，街上有卡通人偶在发传单，有小丑在吹气球，还有街头艺人抱着吉他动情弹唱，熙熙攘攘，络绎不绝。

“你看她们，年轻真好。”

安华听见裴若这样说，随着她的视线望向窗外，只见几个结伴的青春少女，大冷天，光着两条长腿，蹦蹦跳跳，笑得人畜无害。

他心想，就不怕得关节炎吗？

这时又听裴若说：“男人永远喜欢二十来岁的小姑娘吧？”

“不是啊，”他下意识应了一句，然后停顿片刻，“我就喜欢年龄相当的。”

裴若回过头，淡淡地看了他一眼，点头道：“对，我记得你交过的女朋友都很成熟。”

安华悠悠地“嗯”了一声。

“其实你挺让人羡慕的，”裴若说，“自由自在，不受约束，既可以享受爱情，又不用承担婚姻的责任，我想很多男人都很羡慕你这种生活。”

安华垂眸思索：“大多数人还是向往有一个安定的家庭。”

裴若心不在焉：“你是少数人。”

他默然稍许：“但事实上，我也羡慕过别人的婚姻。”

“真的假的？”

“嗯，”安华暗自攥了攥拳，然后松开，“很多年前，参加朋友的婚礼，看见新娘子穿着婚纱，又哭又笑，漂亮极了，就那一回，我埋怨自己，为什么新郎不是我。”

裴若回过神，问：“谁啊，我认识吗？”

“认识，”他点头，喝了口咖啡，然后淡淡地说，“就是你啊，裴若。”

她莫名看着他，一时没听明白：“什么？”

他也看着她：“你不知道那天我有多难过。如果不是周措，我绝不会眼睁睁地看着你嫁给别人的，裴若。”

她闷不吭声沉默了半晌，眼睛瞪大，脑子一片空白，最后嘴唇动了动，憋出一句：“你有病吧？神经病……”

裴若别开脸，仓促地端起杯子，没想到晃晃荡荡洒了出来，该死的，她心里愈加烦躁，手忙脚乱地起身躲开，谁知动作太急，又把椅子碰倒了。

真是糟糕的一天，她为什么要来这里出洋相，为什么要来这里听一些莫名其妙的话？裴若郁闷至极，这时见安华抽出纸巾，收拾桌上的狼藉，然后缓缓地，轻轻地叹了一声气。

那叹息一直萦绕脑海，好似疲惫又好似无奈，久久无法挥去。

第三十章 好聚好散

裴若的心绪被对面这个人扰乱了，如果他的眼神不是那么深，或许她根本不会当真，也不会不知所措。

“至于吗，吓成这样？”

安华叫来服务生，擦拭餐桌，扶好椅子，重新换一杯花茶，然后只能轻轻笑着，随意道：“我只是想给年轻时候的遗憾一个交代而已，你知道，二十来岁，没什么审美，会看上你大概是因为没见过世面吧。”

裴若轻轻撇嘴，心里明白他在给彼此找台阶，于是也就不去多想，只说：“我今天不是来听你捉弄我的。”

安华点头：“你想听什么，我知无不言。”

这下她又不吭声了。

安华很淡地一笑：“阿措这几年在外面的事情，我想你心里多多少少都有数，一直这么忍着，不怕憋出内伤吗？”

裴若紧紧握着杯子，脸上浮现出一种自欺欺人的倔强：“一夜情嘛，我知道，这些年我们婚姻有问题，他身边诱惑很多，男人嘛，回家就行。”

安华轻哼一声：“你是没骨气还是真那么看得开？不觉得没尊严吗？”

裴若被刺了一下：“你知道现在的出轨率有多高吗？是，有的人会选择离婚，但也有大部分人会睁一只眼闭一只眼，等那一页翻过去，继续携手到老。我觉得用骨气和尊严处理感情问题是非常幼稚的，我已经过了爱恨分明的年纪，没有力气再去追求那种理想化的生活，或许你底线高，但你不是我，没有体会过我的心路历程，所以麻烦别用你的底线批判我。”

安华沉默了一会儿，看着她：“所以你在等这一页翻过去？”

“不然呢？”裴若冷下脸，“有的错误和伤害已经发生，难道我能让时光倒流吗？我知道你想说什么，一段感情长了毒瘤，切掉它或许是最好的办法……但我不敢，我怕痛死。”

安华放缓呼吸：“可如果周措想切断了呢？”

裴若闻言默然很久，摇摇头：“我不明白他在想什么，也不知道自己做了什么，让他觉得难以忍受了。”

安华不忍再说下去，挪开目光，安静下来。

裴若淡淡地问：“他有别的女人吗？”

安华没吭声。

裴若笑了：“谁啊，说来听听呗。”

安华看着她：“一个小姑娘，俱乐部认识的，之前在夜场陪酒。”

裴若冷嗤：“你是说，他为了一个坐台小姐要跟我离婚？你当他几岁了？他以前没玩过女人吗？”

安华道：“那女孩子挺惨的，她弟弟重度烧伤在医院躺着，家里卖了房子，她出来陪酒挣钱，周措大概动了恻隐之心，帮她负担了一笔治疗费……”

多感人的故事啊，裴若厉声打断：“怎么现在的第三者都那么情有可原、理所当然了？”她冷笑，“你的意思是，周措怜香惜玉，帮忙帮出感情了？”

“有没有感情另说，”安华直言道，“你老公也不是傻子，虽然在风月场所出手大方，但也只是有限度的大方而已，他不会没完没了地砸钱找乐子。你知道你那个同学方慧妮，她家老郑就在外面包了个小明星，每个月十来万打到账上，平时名表名包宠着，养情妇就是这样。”

他停顿片刻：“周措没这种乐趣，他给那姑娘几十万，我已经觉得很新奇了，后来还打算送车送房……你知道吗，那姑娘弟弟出院，现在一家人住在你公公婆婆那套房子里，这代表什么，还需要我说吗？”

裴若攥着自己的手指，心脏狠狠抽动，她花了很大力气才开口：“几十万算个屁，你知道他给我买商铺花了几百万吗？这能代表什么？一个落魄的女孩子，可以激起大部分男人的保护欲，但是等困境过了，新鲜感没了，还能剩下什么？能比得过我跟他十几年的羁绊吗？周措他……他一时迷惑了，但总会迷途知返的，这条路只有我能陪他走到最后。”

安华沉默半晌，平静地说：“他跟那个女孩儿会怎样，是另一码事，但即便没有第三者，你们的感情也早就消磨殆尽了不是吗？”

裴若皱眉，烦躁地道：“什么叫消磨殆尽了？如果没有感情，他早就跟我离婚了，何必等到现在？”

安华垂眸搅动勺子，缓缓深吸一口气：“你自己也说了，十几年的羁绊，要切断谈何容易，何况你那时……身体不好，后来去做试管，受了那么多苦，他开不了口吧。”

裴若右手发颤：“呵，现在就能开口了？”

安华看着她，不答反问："你觉得他还爱你吗？"

裴若猛地吓一跳，张张嘴，正要说话，被他打断："你不愿舍弃这段婚姻，不就因为心里还有他吗？可是他呢？"

安华摇摇头："你不是小孩子了，裴若，到了这个地步，想点儿实际的吧，现在还谈感情，已经来不及了。"他又说，"我知道这很难，离婚对于你来说会是巨大的挫折，好像整个人都被否定了……但我希望你勇敢一点，不要害怕，我会在你身边，一直都在，不要怕。"

裴若仿佛喘不过气，手抖得厉害，浑身都在发颤。

她扔下安华，独自跑回家中，浑浑噩噩，倒上床铺，睁着双眼，整个人僵直地躺在那儿，阿琴和琰琰来叫她，她什么也听不见。

就这么盯着天花板，一整夜，她好像醒着，又好像一直飘浮在梦中，浮浮荡荡，找不到方向。

心里不由自主地想起许多往事，画面大多不太好看，比如她歇斯底里，口不择言，又比如周措冷漠相对，转身离开。真难受啊，她试图在其中翻找一些愉悦的回忆，可是记忆仿佛出现了误差，竟然什么快乐也没有，她难以接受，只能去想最初的日子，可那已经太过遥远，远得好像是上辈子的事了。

清晨天亮，裴若头昏脑涨，坐起身，摸索手机，给周措打去电话。

"喂？"

那嗓音传来，低沉熟悉，一下将她坠落深渊的心拉上了岸。

裴若说："你回来一趟，我有事找你。"

"现在吗？"他说，"我现在要去公司。"

裴若深吸一口气，声音冷冽："如果你不回来，我会去你公司，到时候也许场面会很糟，你看着办吧。"

她掐掉通话，没过一会儿，周措打了过来，她直接关机，又过了一会儿，家里的座机响了，阿琴在客厅接起，应答几句，随后走进来告诉她：“周先生说他现在过来。”

裴若面无表情“嗯”一声：“你送琰琰去学校吧。”

“好的。”

阿琴和周琰出门，她走到梳妆台前，望着镜子里憔悴的脸，仿佛一夜间老了好几岁，想化妆，拿起口红，忽又觉得烦躁，随手扔掉了。

离开卧室，坐到客厅沙发，她木讷地盯着玄关处，不知过了多久，隐约听见脚步声，裴若的心脏随之狂跳不止，情绪有些难以自控。

周措进门，换了鞋，衣冠楚楚地出现在她面前。

裴若面无表情盯了他半晌，只觉得这个人怎么看都不对劲，无论怎么看都陌生了。

“周措，”她一字一顿，拼命按捺心中翻涌的浪潮，强迫自己开口，“我们离婚吧。”

他闻言不语，放下外套，坐在一旁的沙发上看着她。

裴若死死攥着拳头，颤声说：“这套房子、我的车子、商铺、琰琰，还有所有存款，都归我，你在外面金屋藏娇的地方我不碰，你的公司、股票投资，我不懂，也不碰，但离婚以后你必须负担孩子每个月的生活费，直到她大学毕业，我想这些要求不算过分，你能接受吧？”

周措沉默许久，手肘搭在膝头，十指交错，他想了想，拿出香烟点上，慢慢抽了一会儿，问：“你想好了吗？”

裴若抬眸看他。

他淡淡地说：“如果真的想好了，决定了，我们联系律师，先拟一份协议。”

裴若睁大双眼，毫无预兆地笑起来，目光凌厉：“原来你真打算离婚啊，心里盘算很久了吧？”她胸口起伏剧烈，声音像刀片飞舞，“你让我开店，让我去上课、学习，原来是在为离婚做铺垫呢？枉我还兴高采烈，以为我们之间的关系开始缓和了，原来是回光返照，你下了盘棋啊？”

周措没有回答，她愈加笑得发狠：“我有什么地方对不起你？到底有什么地方对不起你了？这么处心积虑地想摆脱我，是为了尽快跟你的小情人双宿双栖吗？”

他说：“与别人无关，是我的问题，你实在不用继续过这种日子……裴若，好聚好散吧。”

她望着他，随手抹了抹脸上的眼泪。

“周措，”她笑，“你就是个王八蛋。”

第三十一章 上门

裴若不知道自己是怎么晕倒的。

她不想那么激烈，不想把场面弄得那么难堪，大约是周措离开的时候，她实在按捺不住，扬手砸碎了烟灰缸，紧接着就被那股汹涌的情绪击溃了。

醒来的时候人躺在医院病房，周措守在一旁，看着她，面色疲惫，说："我给你妈打了电话，她一会儿就到。"

裴若一言不发，眼泪不知道为什么掉下来，她迎上他的视线，但他回避了。

"叫我妈来做什么？她又帮不了我。"

"你需要人照顾。"周措说，"我马上要出差，行程已经定好了，下午就走。"

裴若轻轻冷笑："这么巧，是出差还是约了女朋友？就这么半天也等不了吗？"

周措说："是出差。"

她声音沙哑："行，那你走吧，我又死不了。"

他缓缓叹气，别开目光：“等你妈妈到了我就走。”

“呵，”裴若忽然怒上心头，“都这个时候了还装什么体贴呢？你累不累啊周措？我现在真不想看见你，反正你应该早就不想见到我了，能痛快点儿吗？我最恨你这种假仁假义的样子，分明在背后把人伤得体无完肤，表面还要摆出一副隐忍的姿态，简直虚伪至极！”

周措面无表情，没有搭腔。

裴若又气又绝望：“你为什么不说话？为什么不跟我吵？这些天住在外面开心吗？”她突然想起那次在他手机上看见的名字，“你那个小情人叫游今萧是吧？你们还要脸吗？把快乐建立在我的痛苦上，你们还是人吗？”

周措冷不丁抬头望来：“谁告诉你的？”

“你在质问我？你有什么资格质问我？”裴若忽又冷笑，“放心，我不恨她，一点儿也不，我只是可怜她，以为自己找到了依靠，其实呢，也就能睡几次而已，你睡的女人还少吗？”

她扯扯嘴角：“我也可怜你，周措，如果你是个穷光蛋，她们或许真心图你这个人，但你条件摆在那儿，人家多少是冲着钱来的，你再也不可能得到纯粹的东西，你说你可不可怜？”

周措默然望了她一会儿，然后低头看表：“你休息吧，冷静几天我们再聊。”

裴若沉着脸见他拿起外套离开，没过多久，裴母风风火火赶到医院，进门就喊：“吓死我了，小若，周措说你昏倒了，怎么搞的，好端端怎么会昏倒？”

她无动于衷地半靠在床头，脸色尤为憔悴。

裴母四下张望：“你老公呢？怎么不在这儿守着你？”

裴若冷哼：“都要离婚了，还守什么？”

她母亲闻言愣住，表情万分诧异：“离婚？什么意思？突然间离什么婚？”

裴若只觉得累极了，没有力气同她解释，缩进被窝，闭上眼睛，一个字也不想说。

裴母询问半天不见回应，心里着急，但也只能干坐在旁边叹气。

晚些时候出院，回到家，裴若把自己关进卧室，谁也不理，倒头昏睡，裴母看着担心，立马给她哥哥打了个电话，第二天一大早裴亮过来，不由分说把裴若拉起床，强迫她吃了些东西，然后守在旁边等她开口。

阿琴带琰琰出门，家里剩下他们仨，裴若脸色惨淡地揉捏额头，断断续续把事情说了一遍，她哥哥听罢怒道：“现在的小三可真是越来越猖狂了，居然带着一家子登堂入室，把你当死人吗？”

裴母却问：“你怎么想的，真到离婚的地步了吗？或许过些日子他就淡了呢？”

裴若摇头：“他既然提出来，说明已经下定决心了。”

裴亮道：“我早就说你老公不是什么好人，装得那么斯文，一副高人一等的德行，其实背后不也那么脏吗？离就离，谁怕谁，早就该离了！”

裴若皱眉靠在床头，面无表情，也不知有没有听进去。

裴母思索道：“小若，既然这样，你得好好想想财产分割的事情，可别让自己吃亏了。”

“妈，”她心下烦躁，“我现在没有心情想这些，您让我喘一会儿行吗？”

“迫在眉睫的事情，哪有时间让你喘啊，”她母亲道，“现在的男人都精着呢，你这脑子怎么算得过他？再说你对他的资产了解多少，可别被随随便便打发了。”

裴若觉得筋疲力尽，叹道：“周措不至于那样。”

“谁又知道呢，”裴母道，“他是过错方，本来就该尽可能地补偿你，他让你伤心难过，你也得让他脱层皮才行，该拿的一步也不能让，明白吗？”

裴若一颗心越来越沉，这些话仿佛将她和周措分裂在对立两端，局面清晰到无法逃避，这让她感到喘不过气：“我现在很累，改天再说行吗？”

裴母无奈叹息，忽又想到什么，问：“那个安华不是周措的朋友吗？怎么会跟你讲那些呢？”

裴若皱眉不语，她母亲眨眨眼：“别是对你有意思吧？他还没结婚吗？我记得他家是开酒店的，那条件还不错啊……”

“妈，您烦不烦？！”

裴母张张嘴，轻咳两声：“我是为你着想，以后你肯定还要嫁人的，总不能自己过到老吧？”

裴亮也说：“就是，这种时候也就家里人真心为你着想了。”

“我知道，”她心烦意乱，“你们出去吧，我想睡会儿。”

二人无奈，起身离开卧室，带上房门，让她安静休息。

裴母对儿子说：“你在这儿也没用，吃完午饭就回去吧，我留下来陪她。”

裴亮说：“你看看小若，小时候多骄傲啊，现在呢，周措出轨，她就这么忍气吞声地受着，简直窝囊！”

“不然你让她怎么办？”裴母说，“你不窝囊，周措现在在北京，要不你去揍他一顿？”

裴亮冷哼：“躲得倒远，要是他今天在这儿，我肯定给小若出气。”

“你也就敢背后这么说说罢了，当着他的面你敢吗？我还不知道你？”

“有什么不敢，反正他们都要离婚了，难道还怕撕破脸吗？”

裴母道："一码归一码，人家前几年帮你那么多忙，你好意思闹吗？都几岁的人了，难道离婚以后就老死不相往来了？能体面就体面些吧。"

裴亮敷衍应对两句，心里却实在咽不下这口气，总觉得十来年低人一等，这次绝不能这么善罢甘休。

前日夜里，游母陪小仲做完康复训练，待他睡着，离开房间，见女儿静坐在客厅，望着电脑屏幕眉尖微锁，不知在想什么。

"怎么还不休息？"

今萧回过神，挪开笔记本："妈，"她斟酌片刻，"我们还是搬出去吧。"

游母一时没说话，抬手抚摸她的头发。

"就这两天，等我找到合适的房子就搬。"她抿了抿唇："住在这里半个月，每天都睡不着，我们这样算什么呢？"

游母叹气："我也睡不着……可是就这么走了，周先生会不会生气？"

今萧稍稍屏住呼吸，缓缓眨眼："别担心，我会和他说清楚。"

游母抓住她的手："你也别找房子了，忘江租金那么贵，我和小仲回乡下住就行。"

"可他的复健课程怎么办？"

游母锁眉："靠他自己吧，现在的情况已经比之前在医院的时候好很多了，能不麻烦别人就不麻烦吧。"

今萧莫名感到酸楚："妈，是我没出息，不能给你们提供好的生活……"

"不说傻话。"

今萧深吸一口气："我后天下午没课，收拾好东西，我送你们回去。”

“好。”

第二天午饭时，游母提起搬走的事，游仲询问缘由，她只说住在别人家中到底不方便，还是去外公外婆那儿好。

吃完饭，整理衣物，突然门铃响了。

游母前去开门，三个陌生男人出现在面前。

来人正是裴亮。他上下打量几眼，没说话，大摇大摆地走了进去。

“你干什么？”游母吓一跳，“你是谁？”

裴亮站在客厅转了转，对随行的人说：“以前来过两次，这里没怎么变嘛。”接着冲游母笑道，“你问我是谁，我还想问你是谁呢，这儿是你家吗？”

正在这时，游仲扶着墙壁走出卧室，问：“妈，怎么了？”

游母还未开口，裴亮高声道：“哟，还真把全家都搬来了，游今萧呢，她怎么不在？藏起来不敢见人吗？”

游仲皱眉：“你哪位？找我姐干什么？”

裴亮坐到沙发上，哼说：“不干什么，就想看看哪个女的那么不要脸，挖墙脚挖到我妹妹家门口了。”

游仲上前两步，厉声呵斥：“你嘴里不干不净地说什么？”

游母忙去拦他：“小仲，你别管，回房去，听话。”

裴亮嘲讽一笑：“不干不净？你也知道你姐姐不干净呢，一个坐台小姐，也不知陪过多少男人，又当小三破坏人家家庭，现在居然还理直气壮地住进来，你们这家人脸皮可真够厚的！”

“你闭嘴！”游母大喊，“谁准你在这儿胡说八道？！滚出去！”

“该滚的是你们吧？”裴亮眯起眼睛，“哎，我记得周措他爸爸脾气耿直，生平最看不惯伤风败俗的事情，他老人家要是知道自己的房子被用来养二奶，说不定会气得从棺材里蹦出来……那位小弟弟，冷静点儿，我看你身体不太好，万一出点儿什么事我可负不起责。”

“你到底想怎么样？”游母颤声问。

“现在给你们两个选择，”裴亮说，“第一，把游今萧叫回来，我带她去见见我妹，也不干什么，就是认个错，道个歉，应该的吧？放心，我们是文明人，保证不打小三。”

话音刚落，游母立刻摇头：“我女儿不在这里！你别想见她！”

“哦，那就第二个选择，收拾东西滚蛋吧，”他悠闲地看着时间，“给你们半个钟头，自觉点儿，别让我这两个兄弟帮忙。”

游母强忍着怒火和恐惧，道：“房子是周先生让我们住的，要走也该是他让我们走，你凭什么赶人？”

“就凭我妹妹是周措的老婆，而且他们还没离婚呢！”裴亮狠道，“你是不是以为我妹妹好欺负，不敢拿你们怎么样啊？”

游母颤着手慌忙掏出手机：“行，行，那我现在给周先生打个电话，只要他让我们走，我立马收拾行李离开。”

裴亮愣了一下：“你打什么电话？”

其实她没有周措的号码，但是有小刘的，一边拨，一边对裴亮说：“对了，你叫什么名字？不如让周先生直接和你聊吧？”

“谁要跟他聊？”裴亮立马上前夺过手机，匆忙挂断，然后抬手一下一下指她，“行啊，厉害啊，难怪教出那么贱的女儿，我就等着看你们这种人有什么好下场！”

…………

第三十二章 离开

今萧接到母亲电话时，正在教室里上课。母亲很少在这个时间段找她，事实上自从搬进那套宽敞的房子，一家三口朝夕相处，有护工和复健师帮忙，日子平顺无波，母亲还没有突然为了什么事情找过她。所以当她看见来电显示那一刻，心里有了某种预感，这预感早在很久以前就种下了因由，不算惊雷，只是沉沉涌动，于无声处天翻地覆起来。

回去的路上还算平静，等走入小区，上了电梯，她在镜子里猝不及防看见自己的脸，不知是否因为惊慌和担忧，连同嘴唇也发白了。她不再多看，脱下背包翻找钥匙，双手微微发颤，原来掌心早已渗出冷冷一层湿汗。

走出电梯，开门进屋，今萧一颗心堵在嗓子眼儿，她不敢想象刚才发生的场景，这一切本该由她自己承受，原本就是她犯下的错，惩罚却施加在了母亲和小仲身上，她从来没有像这一刻恨极了自己。

“萧萧……”母亲无措地立在客厅，脚边放着两个行李箱。

游仲脸色铁青地从卧室出来，将衣物一样一样扔进去，然后沉沉看她两眼，说：“收拾你的东西，我们马上走。”

今萧缓缓放下背包，与母亲对视片刻，哑声问：“你们没事吧？”

游母摇头。

游仲冷道：“动作快点儿，还不走，继续留在这里丢人吗？！”

今萧低下头，紧攥了攥手，说：“小仲，你先冷静一点。”

“我很冷静，昏头的是你。”他胸膛起伏不定，远远盯着她，“那个周先生，不管是谁，以后不许你跟他来往，不许你跟一个有妇之夫来往，听到没有？！”

“小仲，不可以这样跟姐姐说话，”母亲低声哽咽，“她做这些都是为了谁？”

“别说是为了我！”游仲骤然发怒，眼泪随之一颗一颗滚落，“我没有让她这样做，我没有让我姐去坐台，去给人家当情妇！”

他转而望向今萧：“你觉得自己很伟大吗？你问过我的意愿吗？你凭什么自作主张糟践自己？凭什么让我承受这么重的精神负担？谁准你这样做的？谁允许你这样做了？！”

“闭嘴，小仲！”母亲抓住他的胳膊，“你怎么能这样说？你这个孩子还有没有良心？姐姐为你出去赚钱，取自己的皮给你做手术，你以为只有自己在受罪吗？我们现在连家也没有了，外面欠了一大笔债，我们没资格谈尊严的，谁不想堂堂正正活着，谁不想端端正正做人啊？可是到了这种境地，尊严算什么？就算要我跪下来乞讨我也愿意！你说我们没有问过你的感受，但你知道我和姐姐看着你躺在隔离病房是什么感受吗？我们看见你被烧成那样……你知道我们什么感受吗？”

游仲双手紧紧握拳：“我宁愿死掉……我宁愿痛死……也不要当你们的负担……”

今萧眼眶泛红，上前轻轻抱住他：“小仲，我们是家人，你要记住，家人永远不会是负担，你不需要感到什么压力，你是我弟弟，我愿意为你做这些，而且我很高兴自己可以帮到你，我一点儿也不觉得辛苦，也不后悔。”

游仲咬唇，话语坚决：“回家，不住这里，我们回家！”

今萧沉默着叹息。

“我说回家！”

她应着：“好，回家。”

于是当即收拾东西，下午便乘车回采河县，然后再回到乡下老家。

长路奔波，游仲十分疲惫，晚上早早睡了，今萧给复健师和护工打去电话，请他们暂停工作，等周措出差回来以后再向他交代。

夜深时，与母亲同榻而眠，今天所有人都很累，心里也很乱，想到将来，想到前路，似乎一片茫然，但必须承认的是，此时此刻，她们躺在老家陈旧的房间，陈旧的床上，心里终于踏实了几分。

母亲询问她今后的打算，说：“你别回学校了，自己在家看书，等考试的时候再去，不然我真怕他们再找上门，到时候你一个人该怎么办？”

今萧轻轻摇头，本想说做错事总要付出代价，但顾及母亲的心情，只道：“我会处理好的，别担心，而且……周先生很快就回来了。”

游母闻言微怔：“你准备怎么跟他说？”

今萧不语。

“小仲那个样子，不能再受什么刺激了……”

“我知道，”今萧淡淡地打断，“他的康复训练也不能中断，明天我请复健师做一份详细的复健课程表，以后都要靠他自己了。”

如此闲谈着，夜深时渐渐睡去，次日清晨，今萧早起，乘车返回忘江，独自回到昨日搬离的那套房子。

她花一个上午的时间做家务，擦拭桌柜，扫地拖地，清洗床单被套，每一块瓷砖与每一块地板都经由她的手，不染纤尘。

虽然……

但是……

她心里承认，这个地方曾作为避风港，让他们一家人有了短暂的容身之所，其实谁不想住在精美舒适的大房子里，谁不想衣食无忧，安稳自在呢？可这些要靠自己获取，不能依赖他人赠予，更不能放任自己期待他人的赠予，那样不对，真的不行。

想通以后，莫名又有点难受。今萧埋头打扫书房，一整面墙的书柜，陈列繁杂，墙上装裱着几幅书法作品，看印章，应该是周措父亲所写。

橱柜里有几本相册，收藏家庭照片，今萧看见周措的成长轨迹，从幼小婴孩到清冷少年，再到成年后挺拔英俊的模样，他大她十六岁，当她刚出生时，他正在参加全国数学竞赛。十六岁的他不像现在那么圆融，白玉少年，在照片里呈现一种矜持和严肃的神情，似乎并不太喜欢拍照。

今萧笑了笑，放下抹布，抱着相册坐在地毯上，一边翻阅，一边在心里计算两条平行的时间线，觉得很有意思。

瞧，当她上小学一年级时，他已经本科毕业了，那天穿着学士服，脸上带着如沐春风的笑意，眉眼温和又迷人。那时他父母健在，与裴若相恋不久，感情甜蜜，且前途无量，最是意气风发的年纪，还未经受生活的淬炼，清瘦的面孔呈现一种干净和惬意。

而当他五年后结婚，今萧却依然是个小学生，还没有毕业。

想到这里，她摇摇头，不再继续翻阅，而是合上相册，放回原位，继续打扫卫生。

十六年，仿佛隔了千山万水，他们在最不恰当的时候相遇，短暂交集过后，还是得回到各自的轨迹，回到彼此熟悉的生活。

所以相遇又能怎么样呢？

…………

收拾完整个屋子，今萧已经汗流浃背，她坐在沙发上歇了一会儿，思索良久，拿出手机，给周措发去一条短信。

这不是容易的事情，她的手甚至有些发颤。

“周总，我和家人决定搬出去了，妈妈和小仲回老家，我回学校宿舍，钥匙放在物业那儿，阳台还晒着床单被套，你记得请阿姨来收。另外，那张银行卡我先还给你，剩下的钱以后再慢慢补，可能会需要很长时间，但我保证还清。”

她深吸一口气，继续打字道：“谢谢你这段时间对我家人的帮助，我不敢当面告别，所以把卡放在茶几上，就不亲手给你了。”

编辑好，仔细看过数遍，就这么发送出去。

今萧闭上眼，心跳得很重，时间变得极其难挨，她不想坐以待毙，起身拿上行李和外套，走到玄关处，换了鞋，这时手机铃响，不是来电，是短信提示。

也许他在忙，也许在谈正事，也许不想和她说话，所以传了短信过来。

今萧紧攥着手机，沉默了一会儿，点开信息，看见他的回复：“我明晚回来，见面再谈。”

是该见面谈的，可她为什么会如此想要逃避呢？

今萧感到有些透不过气，默然将手机放进背包，最后看了看这套房子，垂下眼帘，转身离开。

第三十三章 面谈

小仲的电话来得很勤，自她回到忘江以后，每隔几个钟头手机就会铃声大作，接着被询问人在哪里，在干什么，甚至要开视频通话确认一下。今萧感觉自己仿佛一个前科累累的罪人，是她把大家都弄得太紧张了。

下午她搬回教师公寓，照常上课，照常吃饭，照常看书自习，所有情绪上的脆弱和难过都被她留在那套房子里，生活还得继续。偶尔也会觉得自己有些铁石心肠，大概天性里没有痴缠的一面，对人情疏离，也很少自我怜悯。

这种性格不怎么可爱，但可以帮她解决很多问题，因为果断，所以只要下定了决心的事情就不会再浪费时间纠结。比如当初去千秋陪酒，比如接受周措的馈赠，比如离开周措。

于是第二天晚上，当两人见面的时候，今萧没有忐忑不安，没有失魂落魄，也没有惶恐害怕，而是一个人在运动场夜跑，锻炼身体。

他刚下飞机，略显疲态，路上听小刘提起前天接到游母的电话，那头似有男人的呵斥，但还未来得及说话就被挂断了。之后再回电，游母却只搪塞几句，并没有向他解释情况。周措听罢，沉下脸沉默了一会儿，打发了小刘，自己开车往理工大去。

可惜一直到了学校他也没想好要怎么面对今萧。他心里很矛盾，一直以来都很矛盾，想给她足够的尊重，让她自由舒服地成长，可常常又抑制不住想要掌控她，让她温顺听话地待在身旁，全心全意，依赖攀附。

但那样就不是她了。为什么让人如此为难呢？

周措想到这里，车子经过田径场，视线里撞入那个眼熟的身影，正绕着塑胶跑道匀速迈步。天气很冷，她穿得单薄，毛巾搭在脖子上，马尾随着动作轻轻摆动。周措看了一会儿，推门下车，站在边上抽烟。

再抬眸时，却见她放缓脚步，摘下耳塞，一面擦汗，一面看着他，走了过来。

周措掐了烟，扔进路边的环保箱里，这时今萧已经走近了，站在几步远的地方："周总。"

他在路灯底下看她，不知为何心软似水，满满地填在胸腔里，她的目光像夜空的明月，银辉洒在身上，可月亮远在天边。

周措轻声叹气："别傻站着了，先上车。"

今萧一时没动。

"难道你想和我在这里拉扯吗？"他说着，犹自走向驾驶座，今萧低头沉默了一会儿，便也跟上了车。

"去我住的地方，"他说，"很快就到。"

她却说："还是去我宿舍吧，现在就我一个人住。"

"室友呢？"

她答："有一个放假回家了，另一个最近交了男朋友，已经搬了出去。"

周措淡淡地"嗯"一声，依言开到教师公寓楼下，停好车，随她上楼，进屋，走入房间。灯打开，她放下手机、钥匙、毛巾、耳机，本打算烧壶热水，转身却被他拉入了怀中。

“你还好吗？”

“我没事。”今萧轻轻推开他。

周措看她两眼，松了手，自顾坐到床沿。

“前天是不是一个叫裴亮的男人找你们麻烦？他做了什么？”

今萧默然片刻：“我不知道他叫什么。”

“动手了吗？”

她摇头。

周措沉沉呼吸着，目光一动不动：“发生这种事，为什么不马上告诉我？一家子老弱病残就任由别人欺负吗？”

今萧沉默了一会儿：“不是别人，那是你太太的哥哥，况且我也没有脸面告状。”

周措眉宇紧蹙：“这算什么？你第一天知道我有家室吗？”

她立在书桌前，手指抓了抓衣袖，面无表情。

他了然地点点头：“怕了？后悔了？”

今萧也看着他：“在这世上我只怕我妈妈和弟弟，尤其是小仲，只有在乎才会害怕。”

“当然，”周措思索她的话，“如果不在乎，你也不会和我有这么一段了。”

他又问：“所以呢？他知道你去千秋陪酒，还跟一个有妇之夫纠缠，受不了了是吗？”

今萧没有应答，周措冷笑：“或许你应该早些告诉他，在他疼痛难忍，急需进口药物和医生帮助的时候告诉他，我敢保证，他甚至会主动求你牺牲自己去救他，并且事后感激涕零。”

今萧缓缓吸气，不置可否：“这不重要。”

“那什么重要？”

她望着他，终于慢慢开口：“之前你说，我不是一个偷懒的人，我想你说错了。那个时候我确实走投无路，而且有些筋疲力尽，所以当你拿出那张卡，我很快就屈服妥协了，因为我觉得自己根本还不了这笔钱，于是我偷懒，选择一条捷径，跟你发展这种混乱的关系……其实哪有那么多逼不得已的借口呢，不过是自己软弱罢了，我讨厌软弱，也不想继续这样下去，那笔钱我能还的，十年二十年，一定能还完。”

本以为心无波澜，说到最后，喉咙还是有些酸堵起来，今萧深吸一口气，努力克制情绪。

周措盯她半晌，眉头越拧越紧：“谁耐烦等你十年二十年？想还钱，也得问问我同不同意吧？”

说着他起身走近，低头看她：“别把事情想得那么严重，区区五十万，我可不敢让你把青春搭进来还债。你不是在千秋待过吗，你见哪个男人找乐子不花钱的？猎艳游戏而已，这些日子也够了，你实在用不着这么痛苦，就当我做慈善了行吗？”

他脸色难看，气息起伏不平，一双眼睛仿佛被墨水浸染，深不见底，就这么看着她，与她对视。

静默过后，几乎同一时间，今萧靠进他怀中，他伸手将她抱住。

“对不起。”他这样说。

今萧摇头，自暴自弃地闭上眼：“周措，我永远感激你，在我最难的时候帮助我，那个时候，真的快撑不下去了，如果不是你，我都不知道自己会变成什么样……你那么好，一直照顾我的自尊心，为我规划未来，提供住所，你对我那么好，是我忘恩负义了……”

“别说了，今萧，别说了。”

她紧抓着他的衣裳：“所以，到此为止，原本就是错的开始，以后不能再继续了，我不想被罪恶感折磨，真的，就这样吧。”

说完这句，她轻轻推开他，脱离了这个怀抱。

周措心里很难受，眼看她就这么头也不回地走了，那些话仿佛锤子一字一句敲在心上，难得如此剖白，却是为了告别。

潮水翻涌又平息，平息又冷却，他从不知道自己有什么好，以前父亲骂他，裴若骂他，后来当然也有女人感激他，但大多是为了更多地索取，无论物质还是情感，女人总是在寻求依赖，他早已经习惯。可是游今萧，竟然为了告别。

这让他怎么放得下呢？

但事到如今，只能放下了。

为了那个“好”字，也为了她说的那句“我讨厌软弱”。

这就是他喜欢的人，她就是这样的人。

忘江这个地方算是把裴若伤透了，待不下去，这几天她带着琰琰随裴母前往 D 市，在哥哥嫂嫂家小住，调整心情。

谁知刚到两天，裴亮突然发生意外，在回家途中莫名被人暴打了一顿，全身几处骨折，伴随轻微脑震荡，半死不活地被救护车送进了医院。

裴若跟着母亲和嫂嫂立刻赶去，因为已经报警，派出所派了民警到医院做笔录，据裴亮说，他开车回家，正在某路口等红绿灯，这时有辆摩托车停在一旁，两个青年男子戴着头盔，手拿棍棒，突然敲碎了窗户，打开车门将他拖下来，持续痛打了好几分钟，最后一句话没说，扬长而去。

裴母气得咬牙切齿：“你到底得罪谁了？我叫你在外面做事小心些，你就是不听，现在好了吧？！”

裴亮又痛又晕，破口大骂：“肯定是周措！肯定是他干的！”

裴若闻言惊住，忙道：“好端端的他找人打你干什么？你是不是脑子被打蒙了？”

“我……”裴亮有口难言，“我不是帮你出气去了吗，他在外面养的那个小三，我去找过一次，就一次，什么也没干，就吼了两句……他凭什么这么报复我啊？！”

裴若见警察在，立刻冷下声音：“人还没抓到，你胡扯什么？说不定是你自己在外面结的仇呢，就你那做派得罪的人还少吗？”

裴亮怒火攻心，一时又呕吐起来，边吐边骂：“绝对是他！那个心狠手辣的王八蛋，还有没有王法了……”

裴若仍旧难以置信，回到家，忙向母亲解释：“周措人在忘江，怎么可能把手伸那么远？再说了，摊上官司对他能有什么好处，哥哥又没做什么，难道他疯了吗？”

裴母冷着脸道：“你还真当那些生意人都是奉公守法的好公民呢？反正他已经决定和你离婚了，什么事情干不出来？”

裴若死死咬了咬唇：“不可能，绝对不可能。”

她心乱如麻，当即给周措打电话，可是那边没接，直接挂断了，她再打，又挂断，反复数次，既没有关机，也不把她拉进黑名单，就这么折腾人。

裴若甚至能想象到他现在坐在办公椅上那副漫不经心的死样子，是打定主意要跟裴家撕破脸了吗？

“别问了，”裴母道，“不接电话，那肯定就是他的杰作了。”

裴若一颗心直往下沉，又听母亲叹气：“人家都做到这种地步了，你还不离婚，等着被扫地出门吗？”

裴若急得眼眶通红：“所以裴亮干吗去招惹他呀，谁让他跑去闹了呀！”

裴母摇头，懒得和她争论，收拾东西又往医院去了。

裴若头昏脑涨地窝在沙发里生闷气，一会儿过后尝试给周措办公室打电话，没想到竟然接通了。

“喂，你好。”

她噌地坐起身：“周措！你找人打我哥哥做什么？是不是你干的！”

那边一时没吭声，沉默了片刻，淡淡地说：“稍等一下。”他似乎正在与人谈事，交代几句，大约等人出去了，复又拿过话筒，“我在见客户，你刚才嚷什么？”

裴若深吸一口气：“你这个混蛋……我哥不就过去吵了几句吗，你的心肝宝贝是受伤了还是怎样，你居然让人把他打到骨折！”

周措不语，数秒之后怪道：“你在说什么？”

“别装了！除了你还会有谁！”

他稍微一想明白过来：“听说裴亮这几年得罪了不少人，看来是真的，我倒也想教训他，不过看在你的面子上没说什么，事已至此，你们还是尽快报案比较要紧。”

裴若被那平静的语气弄得突然没了言语，只一下一下重重地呼吸着，生闷气。

周措也默了一会儿，又问：“你什么时候回来？”

她知道他要谈离婚的事，心头倏地一凉，当即挂断了电话。

第三十四章 安华

没过几天，殴打裴亮的嫌疑犯被警方抓到，经过一番调查，发现起因是裴亮上个月无故开除了一个员工，并且拒绝支付赔偿金，对方气不过，雇了两个混混打了他一顿，以解心头之恨。倒真和周措无关。

裴若赶紧带着周琰回到忘江，原本是想出门散心，谁料竟然发生这种意外，裴亮家里乱了套，她也不好意思继续面对嫂嫂待在那儿，索性还是回自己家比较妥当。

接二连三的变故让人应接不暇，脑子浑浑噩噩，总觉得一切都不真实，像一场荒唐的梦魇，真希望快快清醒过来。

琰琰这几天随她去D市，钢琴有些荒废，晚上老师来上课，裴若在一旁看着，见那孩子眼眶泛红，懊恼为难，想来是真的不喜欢弹琴，她心一软，不忍强迫，只能请老师提早下课。

晚上睡在一起，裴若忽然问说：“琰琰，如果妈妈爸爸分开了，你会难过吗？”

周琰想了一会儿，闷闷地点了点头。

裴若搂住她，心中酸堵，又说："虽然爸爸经常不在家，但你还是很喜欢他的，对吗？"

周琰"嗯"一声，片刻后轻轻开口："我也喜欢安叔叔。"

裴若闻言愣住："安华？"

"嗯，安叔叔会讲笑话，还会陪我玩，我很喜欢跟他待在一起。"

裴若无言以对，心里说不出什么滋味，抿着嘴默然半晌，只拍拍她的小脑袋："好了，睡觉吧。"

次日傍晚，方慧妮约她吃饭，顺便聊聊彼此的近况。裴若的社交圈子不大，能掏心掏肺的也就大学几个室友，二十年的友谊，也许比一段婚姻延续的时间更加长久。

两人在西餐厅吃饭，裴若想起上次从安华口中听到老郑在外面包养女明星的事，心里犹豫着，想提醒一二，但又怕闹得他们夫妻失和，自己反成了罪人，于是只不着痕迹地问了两句。

谁知方慧妮倒爽快，对自家老公在外头那些勾当一清二楚，根本不放在心上。

"我和老郑，怎么说呢，感情还是有的，但已经和爱情、激情这种东西无关了。都说男人容易见异思迁，其实女人也一样，结婚第三年我摸他的手都已经没什么感觉了，就跟摸自己一样。"方慧妮说，"他玩他的，只要别闹到我面前，别让大家失了面子，我就当不知道，反正我们还是亲人，不管怎么样，这个家是不能散的。最重要的是，当我生病，或者出现什么状况时，他永远都会陪在我身边，这就够了。"

裴若闻言不敢苟同，愣怔说："你觉得这种日子过着舒服吗？"

"眼不见心不烦，乐得轻松，有什么不舒服？"方慧妮挑眉，"我对自己的生活一直都很知足，结婚十几年，没有经济压力，没有婆媳矛盾，虽然没生孩子，但那是老郑的问题，怪不了我，反正他弟弟的两个儿子一直是他在培养，也跟亲生的差不多，我觉得这种生活已经比大多数人过得舒服多了。”

裴若喃喃地道：“物质方面确实没什么烦恼……”

方慧妮笑瞥着她：“你可能低估了物质的作用，我认为普通人百分之九十以上的烦恼都是可以用钱解决的，举个例子，赵馨瑶还记得吧，当年死活不听劝，非要嫁给谭浩那个穷光蛋，还骂我现实、贪慕虚荣，结果呢？”

裴若想了想：“我记得他们刚结婚那两年挺恩爱的。”

方慧妮哼笑：“生完孩子就鸡飞狗跳了，舍不得吃，舍不得穿，不敢随便出门消费，连生病都可能动摇家庭经济命脉。保养品、化妆品都买最平价的那种，衣服只在网上淘，不打折的不买，超过五百的不看，去超市从来不逛进口水果那块儿，每天都在精打细算，每一笔支出都在心里反复掂量，平日那些喜宴寿宴能躲就躲，躲不过的就带上一家三口吃回来……”

说到这里，方慧妮实在觉得可笑，摇摇头：“这种生活你受得了吗？”

裴若愕然：“你是怎么知道的？”

“她跟我哭诉啊，”方慧妮耸耸肩，“每年同学聚会她都借故缺席，前俩月在街上碰见了，我们聊了很久，她和谭浩现在三天两头吵架，一个埋怨对方没本事，一个厌烦对方瞎闹腾，两人到现在还带着儿子租房住呢。”

裴若听得心下一阵唏嘘，想到当年在学校，都是家境相当的普通女孩儿，大家一起挤食堂，凑钱下馆子，衣服换着穿，那会儿大家都穷，对物质没什么概念，可走出校园以后，各自结婚，到现在，生存状况却是天壤之别了。

“所以啊，每个人都有不如意的地方，”方慧妮感叹，“多看看那些比你过得惨的人，虽然不地道，但认真想想，咱们这种条件，多少人羡慕还来不及呢。”

裴若沉默了好一会儿没说话，安静吃菜，然后告诉她：“我和周措要离婚了。”

“啊？”方慧妮愣住，望她半晌，眨眨眼，“都快四十岁的人了，离什么婚呢，又吵架了吧？”

裴若动动唇，本想细细地倾诉一番，但心里忽然冒出一阵疲惫，她垂下眼，也就不说了。

“别想太多，好好吃饭，吃完我带你去个地方，放松一下。”

两人在餐厅逗留许久，出来的时候天色已暗，华灯初上，方慧妮轻车熟路，带着裴若来到一家娱乐会所，要了个包房，然后让人拿酒。

裴若见她与这里的经理很熟的样子，便说：“你夜生活挺丰富嘛。”

她挑眉笑了笑。

那经理道：“两位大仙女，叫几个模特儿来活跃气氛吧，这么好的房间别浪费了呀。”

方慧妮头也没抬，看着酒水单，说：“行啊，你看着办。”

裴若听着有点别扭，当下不好多问，只默默地坐在一旁，看着包房少爷摆放果盘。不一会儿，进来四五个高大的年轻男子，打扮入时，仿佛从韩国包装回来，清清爽爽，自然而然打着招呼，热情地坐到她们身旁。

裴若僵直背脊，面色尴尬，有些不知所措。

包房里倒顿时热闹起来，唱歌喝酒摇骰子，欢声笑语，气氛暧昧。

“怎么了？”方慧妮凑近，“放松点，别那么紧张，他们男人在外面不也这么玩吗。”

裴若低头喝酒，没有搭腔。

方慧妮轻哼：“别傻了，难道你要为周措守身如玉？他可以随便寻欢作乐，你为什么不可以？自己开心最重要。再说了，女人也有生理需求，老公在外面吃饱了，回家晾着你，难道你就活该守活寡吗？”

裴若深吸一口气，缓缓摇头：“我就是要他亏欠我，一辈子心里愧疚。”

方慧妮盯了半晌，叹道：“真是个傻子。”说完也就不搭理她了。

裴若自顾自喝酒，头昏脑涨，又见好友靠在年轻男子怀里嬉闹，那画面简直不堪入目，她觉得丢脸极了，心下厌恶排斥，越发反胃，拿起包，说：“我去下洗手间。”

终于离开那乌烟瘴气的地方，踉踉跄跄，昏昏沉沉，裴若扶着墙壁走了几步，身后有人搀住她的胳膊，凑近说：“姐姐，你喝醉了，我送你回去吧。”

是刚才在里面同她喝酒的男人，竟然跟了出来，她立刻皱眉拒绝：“不用，不用。”

“你看你都走不动了，自己一个人多危险啊，”年轻男子暧昧哼笑，“没关系的，这次我不收费。”

“我说不用……”

正拉扯着，前头走来一人，朗声唤道：“裴若？”

她错愕地抬头，看见了安华。

“我就说好像是你，”他走到跟前打量，“怎么，这是你朋友？”

“不是，我不认识。”

安华盯着那人，对方耸耸肩，退开两步，折身离开了。

“你跟谁来的，喝成这样。”

“方慧妮……”

“她人呢？”

“在里面。”

安华说：“还进去吗？”

裴若连连摆手：“不不，我想回家了。”

安华嘲笑：“还以为你胆子多大呢。”他揽着她离开会所，走出金碧辉煌的大门，灯红酒绿，车水马龙，他在寒风里搂紧了怀中醉酒的女人，夜色潦草，寒风凛冽，这种偶遇，尤其适合偷情不是吗？

裴若被扶上车，很快睡着了。静谧封闭的空间，周遭萦绕着陌生男子的气息，一个温热的手掌抚摩她的脸颊，那种被怜惜的感觉令她有些心碎，喃喃唤了声：“阿措……”

安华默然看着她，收回手，发动车子，驶入喧嚣夜色。

到了地下车库，他把人抱出来，一路抱进电梯，上了楼，走进家中。

裴若皱眉睁开眼，疑惑地看着他，问：“这是哪儿？”

“我家。”

安华把她放在沙发上，打开暖气，然后见她歪着身子懵懵懂懂望着自己，说：“我要喝酒。”

安华“哦”一声，钻进厨房，两分钟后端了一杯热牛奶给她。裴若喝了两口就不碰了，瞅他两眼，怀疑地问：“你该不会跟踪我吧？不然怎么那么巧碰见了？”

“没有，”他一本正经地说，“我约了朋友喝酒。”

裴若闻言嗤笑：“你们这些男人，但凡有几个臭钱就往那种地方跑，左拥右抱，简直恬不知耻。”

安华笑了：“我可没有左拥右抱，倒是你，跟一个牛郎拉拉扯扯，是价钱没谈拢吗？”

裴若脸色微变，抓起抱枕随手砸了过去，安华放声大笑，接着就听见她怒道：“我要回家！”

他倒入沙发，随口说：“回啊，又没人拦着你。”

裴若气急败坏地起身，下一刻却被他握住了胳膊：“好了，别闹了。”

她头晕目眩，蜷缩在沙发一角，闭上眼睛不搭理人。过了许久，周遭静得出奇，她睁开眼，看见安华静静凝视着她，一动不动，目光尤为深邃。

不知怎么，她落进那双黑瞳里，注视半晌，他倾身靠近，想要吻她的唇，被她轻轻躲开了。

安华轻抚她的长发，喃喃说：“都快离婚了，还在想着他吗？”

裴若心下一揪，哑声说：“我恨他。”

“嗯。”

“有时真恨不得弄死他，恨不得他破产，摔到谷底，也许只有那样，我跟他才有可能重新开始……”

“别这么说，”安华碰碰她眼角的湿润，“世上男人那么多，何必只守着一个周措呢？你就看不到别人吗？”

裴若的心扑通扑通直跳，一股强烈的酸楚与脆弱几乎将她淹没：“安华。”

他扶着她的头，温柔地触碰她的唇，只一下，裴若却仓皇地别开脸：“不行的……不可以……”

眼泪掉下来，她声音哽咽：“我已经不年轻了，没有人喜欢我，久了你就会知道，我脾气那么差，缺点那么多……”

“我早就知道啊，”安华哑声轻笑，“可我就是喜欢你这样啊。”

裴若有点崩溃：“不行……”

他的吻不断落下来，温柔缠绵：“阿若，你这个小可怜，知道我有多喜欢你吗？十二年了，一个轮回过去，你该是我的了……”

裴若那颗千疮百孔的心仿佛融化一般，她落入这温言细语和耳鬓厮磨里，身体被唤醒，那种鲜活的感觉，被爱着的滋味，犹如毒品一样令人沉沦。

衣裳被一层层脱去，肌肤相亲，惊心动魄。

身体仿佛不是自己的了。

越来越热，口干舌燥，她在迷离之间忽然想起了周措，睁开眼，撑在上方的男人撞击着她，一下一下，将她心里的周措撞碎。

裴若难过地哽咽起来："阿措……"

嘴唇被堵住，轻咬，然后深吻。

她闭上眼，脑中什么也没有了。

只剩下情欲与混乱，在这潦草的夜，放任自己，被他人疼爱。

…………

第三十五章 决裂

依稀记得，昨夜睡在沙发上，醒来却在床上。

天已经亮了，裴若披头散发地坐起身，旁边没人，她打量四周，轻工业风格的卧室，处处透着现代化的冷感，不是她熟悉和喜欢的，陌生到没有安全感。

昨晚在客厅脱下的衣服被人放在窗边椅子上，她掀开蚕丝被下地，刚穿上内裤，正在套胸罩，忽闻两下叩门声，她皱眉回头，看见安华靠在门边，淡淡打量着她，说："你饿了没，我在做早餐。"

她面无表情："知道了。"

安华随意笑笑，回到厨房，把三明治和热牛奶端上餐桌，不多时看见裴若穿戴整齐地走出来，四下张望，问："我的包呢？"

"应该在车上。"

她径直往玄关走："麻烦你帮忙拿一下，我要回去了。"

安华无动于衷："先吃点东西，急什么呢？"

裴若见他如此，沉默了一会儿，不声不响走到餐桌前落座。

"脸色不太好，"安华睨着她，随口问，"很累吗？"

她神情寡淡，没有吭声。他又笑说：“琰琰放寒假了吧？反正闲着没事儿，下午带她去森林公园转转，孩子要多亲近大自然才好。”

裴若抬眸盯他：“你想干什么？”

安华略笑了笑：“你不觉得让琰琰改名叫安琰更好听吗？”

裴若握着杯子的手被烫了一下，她略微瑟缩，缓缓深吸一口气，郑重其事地看着他：“我认真说一次，昨晚我喝多了，脑子不清楚，你最好尽快忘掉，不要火上浇油，现在已经够乱的了。”

安华瞥她两眼：“当作什么也没发生？”

“嗯。”

他闻言轻笑，然后把脸凑到她面前，扯扯嘴角：“算你狠。”

裴若不自在地撇撇嘴，两人随意吃了点儿东西，之后一同下楼，他送她回家。

一路无话，到了海棠湾，裴若不做停留，推门就要走，安华伸手拉住她的胳膊：“你等一等，咱们聊聊。”

“没什么好聊的。”

他轻哼：“穿上衣服就不认人了是吧？”

裴若猛地回头瞪过去，瞪了好几秒：“你还想怎么样？需要我付钱吗？”

安华稍稍松开，往下抓住了她的手，无奈叹气：“冷静点儿，别那么紧张，我只是想提醒你，昨晚你喝醉了，但我没有，你可以随时找我负责。”

裴若头痛欲裂，抽回自己的手：“别来那套，大家都是成年人，一时意乱情迷而已，疯了才会认真吧，我可没心思奉陪。”

他细细盯她半晌：“好，现在没心思，等你离婚以后再聊也行。”

裴若冷笑：“你也知道我还没离婚呢？”

安华沉默了一会儿：“迟早的事，你别再拖延时间了，人家民政局也要放假过年的，早些处理完，明年过新日子不好吗？”

裴若屏住呼吸安静许久，忽然定定地望着他，说：“真奇怪，你不是周措的好朋友吗？睡了人家老婆，怎么还能这么若无其事理直气壮？不觉得羞耻愧疚吗？”

安华笑了：“你跟我谈羞耻？昨天晚上是谁叫得那么舒服？那会儿怎么不知道羞耻？”

裴若脸色一白，扬手要打他耳光，却被扣住了手腕，猛拽到他面前，近在咫尺的距离，听见他说：“我做事情从不后悔，你应该庆幸还有人这么待你。裴若，不要挥霍别人的喜欢，你在周措那里摔的跟头还没让你长记性吗？”

“注意你说话的语气，你有什么资格教训我？”裴若一下挣脱开，“喜欢算个屁，我再也不会相信这些鬼话，你留着糊弄小姑娘去吧。”她推门下车，大步走进小区，飞快消失在草木丛生的园林间。

裴若乘电梯上了楼，头昏脑涨地开门，一边换鞋，一边喊道：“阿琴？”

无人回应，这个时间阿琴应该出去买菜了，琰琰也不会自己待在家，肯定被阿琴一起带出门了。

裴若换好拖鞋，筋疲力尽地走进客厅，没想到看见沙发上坐着的人，霎时一惊，僵在了原地。

周措淡淡抬眸，望了过来。

裴若张张嘴：“你什么时候回来的？”

他并无言语，只是静静看着她，过了一会儿才开口，反问道：“你昨晚去哪儿了？”

“……”

周措面无波澜：“方慧妮给我打电话，说你喝醉了，人不知去了哪里，我打你手机怎么不接？”

“不知道，没注意吧。”

他点点头：“刚才我过来，在楼下看见你坐在安华车里，你们聊得很投入，也没怎么留意旁人，我就先上来了。你昨晚跟安华在一起？”

裴若垂头闷了半晌，忽而一笑，好似豁出去一般，随手把包扔到沙发上，挑眉看着周措：“对，我是和他在一起，一整晚都在一起，你最好的朋友，安华，你猜他跟我干了些什么？”

周措默然注视片刻，轻轻点头：“我想我明白了。”

裴若深吸一口气：“你别以为我没有你就不能活了，周措，天下男人那么多，我不是没人喜欢的！”

“我知道，”他说，“所以我们尽快把离婚手续办好，尽快解决所有问题吧。”

裴若冷笑：“你现在是不是很高兴？是不是很得意？看，我也出轨了，变得跟你一样，我没资格咒骂你了是吧？”

周措起身，慢慢走到她跟前，两手抄在口袋里，说：“你想骂就骂，我没什么高兴不高兴的，你高兴就好。”他顿了顿，缓缓垂下眼帘，有一种让人心碎的黯然，裴若几乎要怀疑他被伤到了。

“阿若，”他这样唤她，声音轻轻的，“这些日子我一直在想，过去那么多年是我误了你，如果那时能处理好我们之间的问题，不至于走到现在的地步。”

裴若看着他：“你后悔没有早点和我离婚是吧？”

周措说：“我后悔干了那么多混账事，一直逃避责任，一直伤害你……还有琰琰，我承认我没有真正接纳过她，那么乖的孩子，从福利院来到我们家，还是不能过得自在，都是我的错。”

裴若眼眶泛红，缓缓倒吸一口气，嗓子有些抖：“这又是哪招？低声下气能弥补什么？一句错了就想挣脱过去，周措你可真行。”

他默了一会儿，转身走到茶几前，把文件袋递给她。

“协议书你先看看，有其他条件都我们可以去律师楼慢慢商量，你觉得怎么样？”

裴若冷冷盯着他，胸口起伏，一把夺过，打开来，匆匆扫了几眼，顿住，不可置信地抬眸看他：“你什么意思？”不等回答，她又凛冽地笑起来，“为了离婚，你竟然做到这种地步，周措，你今年几岁啊？连家底都不要了，你以为你还是小伙子呢？失去金钱地位，那个女人还会搭理你吗？别逗了！”

“与别人无关，”他面色平静：“我只想把一切能给的东西补偿给你。”

裴若冷笑。

“阿若，”他看着她，突然问：“你还记得自己怎么考上理工大学的吗？”

裴若皱眉愣住。

“那时你说，高中三年如履薄冰，每次考试，如果年级排名稍微掉了一点，你都会气自己不够努力，下次一定要爬上去……大学四年，你年年拿奖学金，毕业的时候有好几家企业抛出橄榄枝，还记得吗？”

裴若说不出话，一动不动地瞪着他，心里重重跳了几跳。

“你也是理工大出来的，为我这样的男人荒废了十几年，值得吗？”

裴若仿佛被扼住了喉咙，呼吸停滞，浑身不是滋味。对，没错，一直以来她把周措看得那么重，重到已经放不下别的东西，譬如年少时的理想，那些热血沸腾的抱负，根本就像上辈子的泡影，早已幻灭。今日回头去看，她竟然让自己变成一个攀附爱情为生的可怜虫，好笑么？

“我希望你过得好，”周措垂眸看她，“不是做金丝雀的那种好，你明白的，对吗？”

裴若咬唇，一时无法回答。

周措拍拍她的肩，“我还有事，先走了。”

他进门的时候没换鞋，走到玄关处却停了一会儿，低头看着，摘下婚戒，轻轻搁在鞋柜上，微叹了一声气，然后径直离开。

下楼取了车，他开出海棠湾，给安华打了个电话。

那边很快接通，他说：“在哪儿？一起吃早餐吧。”

安华稍顿片刻，说：“我已经吃过了。”

周措没吭声，如此静默稍许，安华妥协：“好吧，你在哪儿，我现在过去。”

周措想了想：“公司附近的星巴克，在那儿见吧。”

“行。”

挂了电话，不多时，周措抵达目的地，正值上班时间，车来人往，远远地，看见安华从车上下来，随人群穿过马路，往咖啡店走。周措也下车，待他走近，二话不说，狠狠一拳挥了过去。

安华趔趄几步，差点儿摔倒在地，刚回过神，衣领被抓住，又一拳头揍到他脸上。

路过的女孩儿发出惊叫，行人纷纷退避三舍，站在远处围观。

安华还在笑：“怎么着，再来几下？”

周措面无表情看着他：“什么时候开始的？”

“重要吗？你们都快离婚了。”

“换作别的男人，我祝福裴若，但不应该是你。”

安华苦笑：“抱歉，就是我。”

周措抬手点了点，不做多言：“你好自为之。”

安华忍了忍：“你以为我就好受吗？你知道我喜欢她多少年了

吗？要不是顾及你和我的友谊，我根本就不会等到今天！我对裴若是真的，对你也没半点儿掺假，作为朋友，这么多年，除了这件事，我没有任何地方对不住你，你自己好好想想！”

周措没搭理，自顾上车，扬长而去。

裴若永远不会忘记这天，一个寒风冷冽的清晨，有阳光，但很冷，她和周措到民政局办离婚手续。

她没想到这一刻真的到来时，自己竟会如此平静。

正排着队，突然听到女人的哭喊，以及男人的怒骂，仿佛平地一声雷，瞬间炸开了锅。原来有位太太临时变卦，不想离了，她丈夫拽着她的手，死死往协议书上按，非要她签字，场面闹得极其难看。工作人员赶紧上前调解，又拉又劝，一时喧闹不止。

裴若抬头望向周措，心突突直跳，暗暗警告自己，千万别像那傻女人似的，丑态百出，真没尊严，她可不会让周措瞧不起她。

这么想着，倒是平心静气地把手续办完了，结婚证被注销，得了两本离婚证，出来的时候周措似乎还抱了抱她，但她什么也感觉不到，脑子是蒙的，自顾上了车，也不知往哪儿开，一路狂飙，心跳快得仿佛要从喉咙里呕出来。

胸口有些闷，略打开窗，寒风窜入，浑身打了个冷颤，她想，原来失去婚姻是这种感觉，空落落的。

不自觉地停下车，沉默许久，拿出手机，给周措打了过去。

“喂？”

“喂，”她听见自己的声音很淡，“家里你的东西，我都打包好了，你什么时候拿走？”

周措说：“下午我让小刘去拿。”

裴若缓缓深吸一口气，身体往前，额头抵在方向盘，“周措。”

“嗯。”

她沉默许久：“过去几年真的太累了，我多蠢啊，守着名存实亡的婚姻不放手，总以为离开你会痛死，可我现在好好的，只是有些难受而已……十六年了，周措，我们在一起十六年。”

短暂的青春，最好时光，都与他共度。

那头周措听着，哑声叹气：“裴若，那也是我的十六年。”

她看见自己掉下眼泪：“就这样吧，我不爱你了。”

终于，一切都结束了。

第三十六章 回到正轨

雨水断断续续，落在整个冬天，山中清寂，夜雨更显寥落。

除夕守岁，端把凳子坐在堂屋门前，屋檐下孤灯一只，院落幽暗潮湿，夜里很冷，杯中热茶冒着烟气，今萧用暖过的手掌搓了搓膝盖，寒风扑面，但她不想回房。

雨渐渐停了，大黄狗也困了，趴在她腿边打瞌睡。屋内隐约传来电视声响，正在播放春节联欢晚会，母亲、小仲与外公外婆在一室打扑克牌。人间最清冷时，却过着最热闹的节日，你说世人有多可爱呢？

似乎没坐多久，远近有鞭炮声响，三三两两，此起彼伏，已过了十二点，母亲出来唤她睡觉。

打着手电筒，闩上堂屋的门，这夜静极了，今萧住的房间正是那次收拾给周措住的，床头两盏昏暗小灯，床铺干净整洁，刚泡过脚，躺进被窝里也不觉得冷。

心里想着一些事情，辗转中无法入眠，她拿出手机，其实也无事可做，信箱里有几封同学群发的新年祝福，还有一条问候短信，只能从字里行间猜测是美拉发来的，没有备注名，因为前些日子小仲清理她的手机，把一些联系人删掉了，还有从前那些来往的短信也统统没有了。

但，心里都记得的。每句话，每个场景，甚至当时的心情，她都记得一清二楚。分明这一路走来并不是什么轻松愉悦的事，但那些回忆却填满心底孤独的角落，私密又温存，好像余生也可以凭着这些，不虚此行。

就这么渐渐睡去，次日清晨早起，今萧吃了几个大汤圆，换上雨靴，随母亲和外婆去寺庙烧香。

走在田埂间，路过那棵枯瘦的枣树，难免又想起周措来。想起他在山雾里宽阔的背影，那只相握过的手，还有他浅笑的声音，心沉下去，然后轻轻叹出一口气。

外婆和母亲一前一后，她跟在最末，走到山腰，经过几位长辈的坟头，昨天祭拜过，崭新的黄纸和鞭炮碎片散落在周围，下过雨，又被行人踩进泥土里。母亲说了句什么，今萧没有听清，大约是想起了父亲，但他的坟不在这里。

山路泥泞，并不好走，歇过一阵，她们站在一大片枇杷树前驻足，望着远处的大河与山峦，相顾无言。

没过一会儿，阴天又下起雨来，好在她们已经抵达观音寺，买了香烛，在殿前礼拜，插入香炉，然后走进大殿，一尊一尊拜过去，没过多久也就完事儿了。

外婆与寺中的出家人相熟，寒暄着，点了一家五口的莲花灯，祈祷平安，接着又请了几本经书，准备拿回家抄写。

雨还没停，佛堂里光线昏暗，佛龛两侧灯烛摇曳，伴着淅淅雨声，似乎更凉了几分。

母亲和外婆在那头说话，今萧独自转了一圈儿，想起上次与周措来这里，地方不大，没一会儿就逛完了。他没有宗教信仰，也不像现在的许多生意人，戴佛珠、盘菩提，一副高深莫测的模样，他不信那些。

今萧告诉他，在父亲离世前那段时间，她倒是跟着外婆一起抄过《药师经》，过程艰难，曾几度无法进行下去，崩溃痛哭。外婆说这是在消业障，让她坚持，但后来抄完，父亲还是没能留住。

当时周措问她："你相信这世上有神明吗？"

她有敬畏心，不想造次，但仍旧老实告诉他说："宗教是一种精神寄托，因为人类弱小，需要一个强大的支柱，所以给自己创造了神明。信仰就像心理暗示，经文劝人自律向善，你收到暗示，久而久之心态发生改变，柔和了，宽容了，这就是它的作用和能量。"

周措想了想，说："我不相信释迦牟尼会希望自己灭度以后被人塑成金像，被神化，摆在佛堂里，受世人磕头参拜。宗教的东西对我来说就跟哲学、心理学是一样的，没有必要神化崇拜它。"他又说，"你抄写经文会难受，大概是因为里面的内容没有人间烟火气，太过超脱，让你觉得自己在轮回里太过渺小，抽离出熟悉的世俗生活，所以才会恐惧害怕。"

今萧心里赞同他的话，但也还是愿意相信菩萨，愿意敬畏神明。

而此时此刻回忆起来，又生出更多复杂难言的滋味了。

雨势渐弱，母亲和外婆还在那头说着话，今萧默默找到僧人，在红纸上写下周措的名字，另为他供奉了一盏平安灯。

今年他三十八岁，愿往后的每一年他都能安稳健康，岁岁长乐。

下山的路比上山难走，母亲不慎摔了一跤，跌坐在湿草里，模样滑稽，自己也哈哈乐起来。

初一到初五都在走亲戚拜年，初六，今萧回县城参加初中同学聚会，班主任来了，语文老师和英语老师也来了，一张大圆桌，挤挤挨挨，谈及共同经历的往事，众人捧腹大笑，当年那些老老实实的孩子现在也敢搭着老师的肩膀拼酒了。

坐在今萧身旁的小陆，正是她初三最后一个学期的同桌，话很少，比年少时更严肃了许多。因他父亲早年意外烧伤过，今萧同他聊了几句，得知他父亲至今仍然受后遗症影响，疤痕挛缩，关节功能障碍，以及因汗腺受损而忽冷忽热，这些症状将会伴随终生。

今萧心里倒吸一口气，宽慰自己说，小仲接受了良好的治疗，情况应该比他父亲要好很多。

正在这时，小陆背过身去接了个电话，兴许是女友打来的，他放软声音，温言细语，与刚才那副不近人情的冷淡模样相比简直像是换了个人。

大家都变了，再也不是学生时代无忧无虑的大孩子了，背后经历的那些，不为人知，再相聚时，不谈悲伤，只说高兴。

吃完饭，又去 KTV 唱歌，许久没见的同学相互留了电话，虽然大家都知道不会联系，但还是热情地交换了联络方式，并相约下次聚会再见。

其实下次是什么时候，到时将会怎样一副光景，谁又知道呢？

过完年，今萧回到学校，继续过着半工半读的日子。四月份考完最后两门科目，接下来就是论文答辩和找工作的事了。

家里申请的廉租房已经批下，那天母亲去摇号分房，分到一套将近五十平方米的住宅，一室一厅一厨卫，租金每月一块一每平方米（建筑面积），租赁补贴每月九元，算上物业费一年还不到一千！母亲高兴得直夸政府好，政策好，总算有家住了。

今萧回去帮忙布置新屋，陪母亲辗转各个市场，挑选价格合适的桌椅、沙发、床铺、热水器、燃气灶、电视、衣柜、窗帘……一样一样添置，一样一样往家里搬，卧室留给小仲，客厅放了一张木质的上下床，以后今萧回来也有地方可以睡。

狭小的空间逐渐填满，眼看着它变成家的样子，母亲笑得合不拢嘴："虽然地方小点儿，但咱们总算又有家啦！"接着说，"这里收拾完，我就去商场找份工作，等小仲考上大学，再过几年就能娶媳妇了！"

今萧说："我马上就上班了，您还出去找什么工作呢？"

母亲说："我才四十来岁，这么年轻，干吗不工作？我就喜欢忙碌有规律的生活，你不要瞎指挥我。"

"可我不想您这么辛苦。"

"不辛苦，"母亲笑道，"乖乖，你刚开始上班，那点儿钱养活不了一家子的。"

她又说："现在终于回到正轨了，咱们宁可穷点儿也别走弯路，妈妈就想看你踏踏实实的，朝九晚五，做个普通人。以前是没办法，以后可不能再去那种纸醉金迷的地方，你自己也得调整心态，知道吗？"

"嗯。"今萧点头，"您放心，我知道。"

第三十七章 新岗位

不得不说，招聘会是个不断碰壁的过程，某些企业明里暗里只收取 985 和 211 的高校毕业生，而某些用人单位甚至明言不接受自考学历，尽管那也是他们读了三年，一门一门考出来并得到国家认可的文凭。

简历投出去，大多在筛选过程中被刷掉了，虽然今萧早已做好心理准备，但难免也苦恼起来。班级群最近很热闹，不少同学都在抱怨遭遇学历歧视，连班长也说，三年考了一堆证，英语六级、计算机二级、会计从业资格，好像都没什么用。虽然是理工大学出来的，但他们自考生和统招的应届毕业生完全不是一码事儿。

班导在群里安抚，提醒他们选择就业方向最好与专业对口，这样才能体现优势，另外也要放低身段，甘于从基层做起，在中低层岗位上抢得先机，切忌好高骛远。

其实他们学国贸的就业范围很广，但这个专业早就烂大街了，并没什么优势可言，今萧选择把简历投广一些，业务、单证、操作、采购、跟单、报关报检、货代，以及与专业不对口的会计和行政她也愿意尝试。

终于在四月底，她面试通过，进入一家科技公司实习。

小型私企，规模不大，地点在工业区，有自己的组装厂，生产液晶显示屏。

今萧应聘的职位是业务助理，实习期月薪两千出头，双休包住，转正后底薪三千五加提成，有五险一金，有交通补助和饭补，以及年底双薪。

这些都是面试时沟通好的，入职以后公司却安排她去车间实习，美其名曰熟悉产品和流程。

今萧先搬进宿舍，一个单间，几张上下床，有两位室友，财务部的小秦和市场部的小许，比她早来几个月，小许说自己实习期也在车间待过，真怀疑这公司是不是为了节约成本刻意压榨。

今萧倒没说什么，与母亲通了电话，打算先做着，总不能挑挑拣拣，一上来就跳槽吧？

于是就这么在无尘车间干了一个多月，每天穿着隔离服在流水线上做组装，周末休一天，偶尔加班到夜里十点，身体上的疲倦倒是其次，周遭接触的人群却时常令她感到压抑。

例如那些未成年工，中学没读完出来讨生活，甚至还有挺着大肚子的女孩儿，才十七八岁，前两天回家待产去了。今萧看着心里有点难过，但人家身在其中不以为意，于是又觉得这难过显得有点多余。

这晚接到美拉的电话，闲聊叙旧，今萧问她怎么没上班，美拉骂道：“别提了，刚才遇到咸猪手，恶心死我了，这不就退台走人了吗？唉，有时真不想干这行了。”接着又问，“你呢，最近怎么样？”

今萧把这边的情况简单描述一番，说自己在车间做工人。美拉听完愣了片刻，随即高声惊呼：“你脑子进水啦？累死累活一个月才两千多？在千秋不就一两晚的小费吗？你干吗不回来？是不是脑子坏掉啦？”

今萧乐道：“你刚才不是还说不想干了吗？”

“我……”美拉张口结舌，“我说的是两码事好不好？你这么年轻漂亮，跑到鸟不生蛋的工业区待着，不觉得浪费青春吗？”

今萧继续笑道：“我又不会永远待在这里。”

对方似乎不知该怎么劝，暗自无语，接着忽然问了句：“周总知道吗？”

今萧倒是一愣，默然片刻，淡淡地告诉她：“我们早就分开了。”

美拉闻言稍有愣怔，试图询问细节，但被她婉转拒绝，错开了话题，两人继续闲扯几句，也就结束了通话。

虽说今萧不怕吃苦，但也不愿一直耗在没有技术含量的工作上，于是这几日就想去找人事部的副总谈一谈，看看能不能提前调出来，去业务部任职。

谁料副总倒先来找她，说合作伙伴看到她的简历，正好那边缺个人，让她再去面试一下。

所谓的合作伙伴，也就是一家贸易公司，主要业务是连接供应商与买家，赚取上下游差价。该贸易商的办公地点就在厂里，两家公司部分资源共享，调个实习生过去也不算什么事。

今萧稍作准备，次日去见老总，潘东浩，三十岁出头，生得高大英俊，为人还挺亲切。因为对方需要一个外贸员，于是要求她用英文做自我介绍，整个面试过程也用英语交流，时间不长，问答几句，之后只让她再多历练一段时间，跟着就没有下文了。

今萧又回到车间工作，一个星期后，副总把她调出来，补前台的缺。这段时间她从两个室友口中得知，这家厂子属于家族企业，管理层都是亲戚，人事复杂，而且分工不明，听说这几年前台换了十几个，有的做不到两个月就离职了。

今萧渐渐才明白分工不明是什么意思。小公司的前台身兼数职，不仅要在办公室打杂，还要干人事和行政的活儿，就连维修员工宿舍、安装空调之类的问题也交由她安排处理。

副总每天都要一份工作总结。

每个部门都能使唤她。

就这么一个多月过去，期间今萧回过两次学校，参加论文答辩，然后申请毕业。

彻底脱离校园，有些兴奋，也有些忐忑。母亲在县城的超市找到一份收银的工作，每天站立数个钟头，偶尔可以坐下休息片刻，脚后跟疼得发硬。但一段时间以后就适应了，她乐在其中，不时与女儿分享心得，加油打气，今萧每每与她通话都会振奋许多。

那天她正在联络厂家采购新的工衣防尘服，这时忽然走来一人，正是潘东浩，只见他打了个招呼，笑说："小游，你们副总答应了，只要找到新的前台就放你来我这儿，你愿意吗？"

其实潘东浩一直有意无意在观察她，一个刚毕业的学生，年纪不大，性子沉稳，做事手快，协调能力也不错。前台事务烦琐，她都能有条不紊地完成，看来并不是花瓶一个。

而今萧原本就想做销售，目前的工作她已经应对自如，早失去了挑战性，当然希望尽快接触业务，提高薪水。

奈何人事部副总挑三拣四，硬生生又拖了一个月才招到新的前台，今萧把工作交接妥当，收拾东西，搬去了潘东浩的地盘。

两个室友羡慕坏了，纷纷要她请客吃饭，说："你可算脱离这公司了，潘总那儿多清闲啊，人少，活儿少，他脾气又好，你真是走大运了！"

今萧自然请她俩吃饭，一行离开工业区，沿着她平日跑步的江边找到一家火锅店，一边吃着，一边听她们闲聊。

话题无非就是数落公司和领导，这是员工之间的共同乐趣。

小秦说：“我们财务部的出纳，张小姐，知道吧，惯会推工作，本来是她负责的事情，只要经了我的手，稍有差错，她就把责任全部推给我，装傻也是一流。”

小许说：“人家是老板娘的侄女，皇亲国戚惹不起的。”

小秦又说：“别的部门来支钱，那流程是一套一套的，她自己老公来，立马就给批了。哎，小游在前台的时候不也找她报销过吗，哪次不是拖了大半个月啊，对吧？”

今萧思索片刻，略笑了笑，说：“是啊。”

“这破公司到现在还没倒闭也算奇迹了。”

“留不住人才也不自己反省反省，谁愿意受这窝囊气啊。”

…………

今萧听着，觉得自己还挺幸运，潘东浩那儿人事精简，也没有什么裙带关系，至少相处起来十分轻松。

又过了几天，到发薪水的日子，原本要压半个月，因她已经调走，财务部把工资一并结清了。今萧仔细记账，给自己留下生活费，给家里寄了一部分，剩下的，加上前几个月攒的，全部转给了周措。

钱打过去，心情莫名愉悦起来。她不知道还钱可以这么快乐。

照这样下去，也许真的要还好多年了。

但就这么维持着一点点关联，好像变成一种目标和动力，她感觉也不错，知足了。

第三十八章 代酒

时值九月，天气炎热，今萧虽在新岗位上干劲十足，但由于国外市场趋于饱和，客源难找，而且小的订单很多供应商不愿意做，想要拿下业绩并不是容易的事。

好在潘东浩也不着急，他自己本来就是做业务出身的，之前在一家大型企业就职，年薪不菲，出来单干算是一场冒险，男人嘛，不能安于现状，总该放手搏一搏，失败了大不了回头上班，还有很多公司抢着要他呢。

今萧每每听他闲谈，或分享经验，或指教鼓励，心中都会感慨自己遇到了好老板，须得更加努力才行。

同样的，潘东浩在工作上也从不懈怠，每天都过得非常忙碌。这日中午出去应酬，将近傍晚的时候回来，一身酒气，今萧瞧他脸色不大好，没一会儿就听见办公室里翻江倒海，她敲门进去，看见潘东浩半跪在地上，抱着垃圾篓吐得天翻地覆。

今萧和同事吴健平忙把他送到医院，验血、挂水，听医生说他有严重胃病，以后绝不能再这么喝酒了。

吴建平叹道："应酬哪有不喝酒的，老板也不容易啊。"

今萧闻言不语，心中微微叹息。

又过了几天，公司接洽到本市一家新客户，是做医疗设备的，目前有多家贸易商正在争取这批采购订单，潘东浩参与其中，谈得不错，对方副总林坤带着两个经理过来看厂。

厂里由老板洪祥亲自接待，一行众人先去展厅转了转，接着又去参观无尘车间，出来时林坤没怎么表态，洪祥心里没底，又不好问什么，只能给潘东浩使眼色，先请他们去餐厅吃饭。

临走的时候，今萧没有想到潘东浩会把她也一起叫上。

吴建平打趣说："小游，你现在可是我们公司的门面，一群老爷们儿吃饭有什么意思，得有鲜花点缀才赏心悦目呢。"

今萧笑了笑，吴建平怪道："你竟然不紧张吗？我头一回应酬客人的时候手心全是汗，什么也不懂，就知道傻笑，别提有多局促了。"

潘东浩点头："嗯，我看小游比你拿得出手，现在的女孩子普遍比男孩儿大气，稳得住，还不怯场。"

今萧闻言只能客气两句，说："有你们在，我怕什么呢？"

其实当初她在千秋同各种老板喝过酒，也见过各种应酬的场面，这会儿自然没什么好胆怯的。

临近傍晚，众人来到餐厅，行至大堂，林坤忽然停下脚，指着休闲区方向笑道："看见几个老同学，我过去打声招呼，你们先上楼。"

闻言，大家随之望去，只见宾客云集，潘东浩和洪祥定睛一看，笑道："那不是周总吗？世界可真小。"

今萧跟在后头，并未留意，上楼时依稀听见林坤爽朗的笑骂："好啊你们，给彭老师祝寿竟然不通知我！"

走进包厢，洪祥坚持要等林坤到了再点菜。席间众人混熟了，聊起八卦，对方经理问："林副总的同学你们认识吗？"

洪祥道："周总是认识的，以前也做医疗设备，自己有公司，郊区还有厂房，规模不小，只是听说去年离婚，他把财产都留给了前妻，也真是闻所未闻。"

潘东浩道："可不么，苦心经营十几年，现在要从头开始，看着也挺唏嘘的。"

聊过一会儿，林坤进来，兴致勃勃地告诉他们，今天他大学老师过寿，负责组织聚会的班长把他漏掉了，没想竟在这里撞个正着。

这顿饭吃得很慢，不知何时有人敲门，说找林坤。

大约是那边的寿宴结束，要走了，同学来和他打声招呼。

"等一下，先不许走……"林坤忙追出去，连哄带骗拦下几位老友，非把他们请了过来，"咱们多久没见了，今天一定要好好聚一聚！"

今萧随席上众人起身，抬眸看去，竟在人堆里看见了周措。

她愣住，定定地看着他走近，简直难以置信。

林坤介绍大家认识，交际场上的客套话此起彼伏，随后招呼大家落座，周措在这时看过来，目光略微迟疑，兴许是从未见她穿职业套裙的样子，差点儿没认出来。

"游今萧？"

她屏住呼吸迎上那双眼睛，张了张嘴："……您好。"

林坤怪道："你们认识？"

今萧看见周措脸上扬起那种熟悉的客套："认识，我们是校友。"

林坤大手一拍："原来小游也是理工大的，可真巧了。"

洪祥眼珠子一转，忙说："小游很不错的，原本在我们公司就很独当一面，可惜后来被潘总挖走了，害我损失这么好的人才，现在想想都心痛啊。"

林坤面色得意："我母校出来的，当然是人才。"

周措倒没说话，自行落座。

今萧低头默默喝着汤，耳中听他们恣意谈笑，那声音远远近近，混乱地在脑海里碰撞，令人难以自持。

不知过了多久，已经喝得七荤八素的吴建平忽然碰了碰她的胳膊，低语道："你看着点儿潘总，当心他胃出血。"

今萧如梦初醒，转头看见潘东浩正在斟酒，怕他再进医院，下意识轻声说："我来吧。"

她端起自己的酒杯站起身："林总，我代潘总敬您一杯。"

旁边的人笑起来："看看人家小游，多会心疼老板啊。"

今萧解释："潘总胃不太好。"

众人愈加起哄："那不就是心疼了吗？不带这么秀恩爱的哈。"

今萧略微蹙眉，余光一转，发现周措面无波澜地看着她，目光很深。

她收回注意力，一口干了，之后又与旁人喝了几杯，坐下时潘东浩拍拍她的手，稍稍靠近说："悠着点儿，不用这么拼命。"

"没事。"

饭局结束，天色已暗，一行人转场到附近的夜总会消遣。

再熟悉不过的场景了。

今萧冷眼旁观着，回想起每次看他点小姐，那么熟练，那么自如，从前并无他想，此刻却心凉如水。

包房里莺莺燕燕，歌声旖旎，她面无表情地盯着屏幕，端正坐着，一动也不动。

潘东浩见她面色阴冷，心下疑惑，问："怎么了？是不是不舒服？"

她说："是有点不舒服。"

周围太吵，他没听清："什么？"

"没什么。"

余光里，那人似乎有了许多醉意，懒散靠着沙发，掏出香烟，身旁的女孩儿把打火机递了上去。

一首歌唱完，周遭静下，隔着两三个人，今萧听见周措问那女孩儿："你出台吗？"

你出台吗？

这话有点耳熟，语气依然是温柔的，略带一丝轻佻，性感迷人，但她实在听不下去了。

今萧拿上包："潘总，我去下洗手间。"

潘东浩转过头，发现她的脸色已经不是阴冷可以形容了，正想问什么，她却自顾起身，头也不回地离开了包房。

今萧没去洗手间，而是直接走出夜总会，拦一辆计程车，返回工业区。

一路浑浑噩噩，心里有个声音不断发出嘲笑，游今萧，你算什么呢，别自以为是了，人家从来就不缺女人，没有你照样过得有滋有味，别自作多情了，他好着呢，用不着你挂念，还替他供奉什么平安灯呢，太可笑了，真的太可笑了。

…………

回到宿舍，头昏脑涨，收拾衣服洗了个澡，出来接到潘东浩的来电，询问她的去向。今萧说自己不太舒服，先行离开，那边关怀两句，也不再多言。

时间尚早，往常这会儿她可能还要出去夜跑，但今晚十分疲惫，肚子咕咕叫，饿了，可是没有胃口，她倒头就睡。

辗转反侧，十一点，母亲打来电话，絮絮叨叨，说起游佳佳，二叔的女儿，上大学以后隔三岔五向家里要钱，二叔二婶也不知她在忘江干吗，想让今萧有空照看一二。

那头说着，她心不在焉听着，母亲觉得不对劲，问："你怎么了？"

她回过神，“哦”一声：“佳佳不是要出国留学吗？怎么又在忘江上大学了？”

母亲道：“你二叔一直不同意，她自己考试也没通过，这不就留在国内了吗。”

今萧敷衍两声：“知道了，有空我找她聊聊。”

说完挂了电话，她闭上眼，强迫自己入睡。

第三十九章 使性子

第二天还得上班。

今萧头重脚轻，一大早来到公司，看见吴建平无精打采地仰在椅子上，手边有几支空了的葡萄糖口服液。

“酒还没醒吗？”今萧倒了杯热水，说，“你可以请半天假，下午再来的。”

“没事，习惯了。”吴建平按压着额角，睁眼看了看她，问，“昨晚你怎么提前走了？”

“有点不舒服。”

“吐了吗？”

“没有。”

他笑：“好家伙，你酒量不错嘛，以后多跟潘总出去历练，很快就能独当一面了。”

今萧不置可否，默然回到自己桌前，打开电脑，这时潘东浩提着公文包进来，打了声招呼，然后说：“小游，你来我办公室一下。”

今萧闻言微愣，起身跟进去，原以为要挨训，没想潘东浩却是照顾员工的心情，以为她排斥夜总会的环境，于是自我反省说："那种地方确实不是女孩子去的，我没考虑周全，以后尽量不带你蹚浑水了。"

今萧说："没关系，正常的饭局我可以应付，公司有需要的话我都没问题的。"

潘东浩笑着点点头："行……对了，我准备从厂里搬出去，在商业街找一栋写字楼作为新的办公地点，大概十一月搬，到时候你也得出去租房住了，这几天有空四处看一看，早做打算。"

今萧应着："好的，我知道了。"

说到要租房，中午的时候今萧上网搜索，商业区附近的租金贵得离谱，又不太想合租，只能找稍远一些的地段。

于是周末那天约了中介看房，半日下来走了几处地方，几乎都没有合适中意的，要么环境不行，要么价格不行，好一些的距离又太远，上下班地铁人挤人，路上耗费太多时间，长久以往肯定降低生活质量，每天会过得很累。

好在还有一两个月的时间，可以慢慢挑选。

将近傍晚，今萧给堂妹游佳佳打去电话，约她出来吃饭，顺便聊聊近况。

但游佳佳似乎不太乐意，拒绝说："我已经和朋友约好了，下次吧。"

今萧直接问："你在学校还好吗？"

"挺好呀。"

今萧"嗯"一声："那有事给我打电话。"

"哦，好。"

游佳佳挂了手机，室友罗奚雯钩住她的胳膊催促："快走呀，他们都进去了。"

餐厅包房里，一张长桌，十来个男女，嬉嬉闹闹，请客的男生正在点菜。

罗奚雯把新买的包搁在椅子里，拉着游佳佳坐下，问："你刚才跟谁通话呀？是不是学生会追你那人？"

"不是，"她说，"我堂姐，找我吃饭。"

"堂姐？"罗奚雯道，"就是你之前说的，找你们家借了很多钱的那个穷亲戚？"

"嗯……"

桌上的人好奇地问："哪个穷亲戚啊？借什么钱？"

罗奚雯说："她堂弟，去年意外烧伤，那家人找佳佳的父母借了好几十万呢，"说着哼道，"害我们佳佳都没法出国念书了。"

"还有这种事？你爸妈也太善良了吧？"

游佳佳轻咳一声："其实也没多少钱，亲人嘛，能帮就帮，再说我自己也不想出国。"

这时点菜的人忽然望过来，问："哎，那个谁，你堂姐也姓游吧？她叫什么？是干什么的呀？"

桌上的人闻言调笑："哟，裴中宇，你都没见过呢，就这么惦记上人家姐姐了？"

裴中宇没搭理，皱眉盯着游佳佳："问你话呢，听没听见？"

"啊？"她一下紧张起来，不知自己哪里惹这位少爷生气了，"我堂姐……游今萧，怎么了吗？"

裴中宇思忖半晌，忽而咧嘴一笑："没怎么，就觉得这个姓氏挺少见的。"

"是少见……"

"你叫游佳佳是吧？"他把手中的菜单递给她，"今天你来点，看看想吃什么，别客气。"

罗奚雯轻哼道："这么殷勤，想追人家吗？"

“不追她难道追你？”裴中宇和人换了位子，一屁股坐到游佳佳身旁，胳膊搭在她的座椅上，身子倾斜靠近，说，“以后跟我们一起玩吧，人多热闹。”

游佳佳受宠若惊，欢喜又局促地点点头：“好呀。”

裴中宇上下打量几眼，眼中似有一丝莫名冷笑。

周三下午，潘东浩带今萧出门办事。

上车的时候才知道已经和林坤那边敲定了会面时间，要去他们公司面谈合同。今萧一路很少言语，进入中心街，路过一栋写字楼，潘东浩特意指给她看，说：“过两个月我们就要搬来这儿了，你觉得环境怎么样？”

今萧望向窗外，四下打量：“挺好的。”

“你找到房子了吗？”

“正在找。”

没过一会儿，车子停在一栋大厦前，今萧拿好文件随潘东浩上楼，在前台处说明来意后，被带入了一间会客室。

潘东浩知道他们同时在与多家贸易商接触，而每个贸易商背后都是一个供应商体系，他们可以慢慢对比硬件设施、工厂规模、产品价格及质量，最后挑选合适的合作。

拿下整个采购订单可能没戏，但液晶显示屏这一样配件的单子应该还有希望。林坤如约而至，进门先与潘东浩握手，然后亲切地喊今萧“小师妹”，看上去笑眯眯的，但谈起合约，态度仍有保留。

潘东浩并不气馁，公事聊完，时近傍晚，自然又有一场酒局，他让今萧直接下班，不用跟去挡酒。

从中心街到工业区很远，今萧坐地铁回去，中途换线时，她在大厅看见了周措。

也不知是怎么认出来的，隔着玻璃围栏，远远的，那人高高瘦瘦，背着一个简洁的黑色双肩包，背影仿佛二十来岁的青年，正在售票机处查看线路。

今萧心跳加速，望着他发愣。

买完票，过闸机刷卡，他不太会用，左手刷卡，等在右侧，扇门却在左侧打开，并很快合上，他愣了下，低头看卡，样子有些懵懂，接着自己也好笑起来，摇摇头，只能再去买票。

第二次过闸机时，倒看见了她。

四目相对，他略微莞尔，穿过人群不紧不慢走向她。今萧胸膛起伏，眼看他走近，笑说了句："好巧。"

是啊，好巧。

"刚下班吗？"周措问。

"嗯。"她点头。

地铁到了，人潮涌动，周措走在前面，今萧没说话，垂眸跟在他身后，没走两步，不知怎么一头撞到了他的背上。

"想什么呢？"他轻笑："失魂落魄的。"

"没什么。"

车厢里人满为患，两人抓着扶手并肩站在一处，她想到他刚才笨拙的样子，忍不住问："你确定没有上错线吗？知道待会儿在哪站下吗？"

周措低头看她，脸上的表情要笑不笑："我看起来像路痴吗？"

今萧认真皱眉："可是你的自理能力……"

"什么？"

她及时打住，张了张嘴，尴尬地清咳一声。

周措又被逗乐了，轻拍了下她的头，随意道："很久没见了，晚上一起吃饭吧。"

今萧略微思索："理工大附近有一家面馆，去那儿怎么样？"

他笑说好。

两人提早下车，走出地铁口，拦下一辆计程车，改道去大学城。

路上她的手机响了起来。

"喂，佳佳？"

不知那头说了什么，今萧拧起眉头，问："你现在在哪里？告诉我地址。"

没一会儿通话结束，周措打量她的脸色，问："怎么了？"

今萧迟疑："抱歉，我有点急事，不能陪你吃饭了。"

他说："没关系，你要去哪儿，让师傅先送你过去。"

她想了想，报上地址，其实也在大学城附近，约莫二十分钟车程，快要抵达目的地的时候手机又响了，对方打来催促。

今萧安抚说："我马上就到了，你在几号楼？我怎么找？……D栋903是吗？好，别着急，我已经在小区门口了。"

车子停下，她向周措道谢，接着推门下车，匆匆朝住宅区里走去。

周措默然半响，下车跟了进去。

第四十章 我离婚了

今萧不知道具体发生了什么事，佳佳在电话那头很是无措，声音发抖，只叫她赶紧过去。

她乘电梯上楼，按了铃，前来开门的是个年轻男子，嚼着口香糖，上下打量她，笑说：“哎哟，终于来了。”

今萧原以为这是佳佳朋友的住处，但看那人举止轻浮，心中警觉，当下就没进去，只站在门口说：“我找游佳佳。”

“她在里面。”

“麻烦叫她出来。”

那人嬉皮笑脸：“不好意思啊，姐姐，这会儿她可能出不来了。”

今萧眉尖微蹙，对方见她防备心重，索性往旁边撤开，做出大方的架势：“别害怕嘛，这样，门不关，你放心进来，不会吃了你的。”

这时里头传来佳佳的声音，似乎在喊她，今萧心下担忧，大步走进室内，到客厅，看见男男女女横七竖八地歪在沙发和地板上，满桌烟酒小吃，显然玩了个通宵，有几人到现在还没醒呢。

游佳佳僵直坐在一个男生身旁，那男的拍拍她的背，然后指了指：

“她就是你姐，游今萧？”

佳佳没敢吭声，边上一人笑道：“长得挺漂亮嘛。”

裴中宇冷嗤：“那是，人家靠脸吃饭的，你见哪个坐台小姐不漂亮？哪个小三不漂亮？”

“不会吧，坐台，还小三……看着挺斯文啊。”

今萧缓缓深吸一口气，面无波澜，只冷淡地道：“佳佳，你过来，跟我走。”

小姑娘垂着头，显然不敢。裴中宇抬腿把脚踩在矮桌边沿，慢悠悠轻哼：“刚来就走啊？急什么，聊聊呗。”

今萧不想多费口舌，上前两步，伸手去拉堂妹，谁知裴中宇比她动作快，一把扣住游佳佳的肩，将她按在胸前，嘴里发出冷笑：“干什么呀，偷了东西就想走，有那么便宜的事吗？”

今萧皱眉：“你说什么？”

“你妹妹是个小偷你知道吗？”裴中宇眯起眼睛，“原本我是好意请她来家里玩，大家一个学校的，昨晚都喝多了，我这人对朋友一向没什么防备，钱包就搁在桌上敞着，一觉睡醒你猜我看见什么？看见你妹妹正在偷偷摸摸拿钱呢。”

今萧脸色微变，当下不能置信，她望着佳佳，只见她双肩发颤，神色难堪，就那么僵硬地贴在男生胸前，一动也不敢动。

“真想不到你是这种人。”罗奚雯满脸鄙夷。

裴中宇笑着轻拍游佳佳的肩：“你要用钱可以直接跟我说啊，我对女孩子最大方了，何必做这种恶心的事呢？你说你以后在学校还怎么混？”

今萧听得心底发凉，理亏之下也只能强自镇定地辩护：“这位同学，我妹妹年纪小，也许喝了酒，一时脑子不清楚，拿错了钱包，我相信她不是故意的。她从小到大都没偷过东西，而且家里很宠她，生活费和零花钱从来不会少给，她不缺钱，更没有理由去偷，这里面一定有些误会……”

“你的意思是我污蔑她？”裴中宇推开游佳佳，厉声冷笑，“真不巧，我这客厅装了摄像头，过程全都录下来了，你妹妹清醒着呢。”

他说着敲了敲笔记本，然后推给她看：“翻钱包之前先确定我们睡着了没，这不叫偷叫什么？”

游佳佳白着脸躲到今萧身旁：“姐……我……”

今萧实在难以理解：“你到底在干什么？”

“我……”游佳佳眼眶泛红，颤抖道，“我在借贷平台借了钱，快到期了，怕还不上……”

“天哪，原来你那些衣服、包包、鞋子都是借钱买的呀？”罗奚雯一副惊呆的表情。

今萧闻言倒吸一口凉气，头脑还算清醒，当下只能把堂妹挡在身后，然后想了想，对那个男生说：“我代她向你道歉，拿了多少钱，我们加倍赔偿，希望你给她一次机会，别把事情闹大。”

裴中宇挑眉哼笑：“钱是小事，如果她不是你妹妹，我早就让她滚蛋了。”

今萧没说话。

裴中宇起身绕着她走了一圈儿，边走边打量：“各位，瞧瞧，就是这个女的破坏我小姑的家庭，据说之前在夜总会坐台，真不知道小姑父是怎么想的，也不嫌脏，居然还为了她抛弃我小姑，我早就想出这口恶气了。”

今萧一下明白过来：“你想干什么？”

裴中宇重新坐回沙发里，拿出手机对着她：“不干什么，这样，我拍个视频，你跪下向我小姑道歉，说你错了，请她原谅，真诚点儿，只要我满意了，游佳佳的事情就此作罢，怎么样？”

“姐……”

今萧屏住呼吸，脑中有片刻空白，在场所有人都看着她，屋里安静极了。

正当这时，恍惚听见一个熟悉的声音在叫她的名字，淡淡的，好似幻觉，她循声回头，看见周措从门外走进来，就那么径直来到她身旁，像一道刺眼的光芒，把阴霾全部驱散了。

“没事吧？”他问。

今萧张了张嘴：“周总。”

裴中宇没想到他会突然出现，愣住：“小姑父……”

周措抬眸望过去：“是你啊。”他语气随意，“你找游小姐有事吗？”

裴中宇不太敢正视他的目光，但也不想在众多朋友面前丢了面子，于是咬咬牙，说：“我小姑，还有我爸……”

“你小姑已经和我离婚了，”周措打断他的话，“如果你对我有什么不满，可以直接来找我，别欺负女人，你觉得呢？”

裴中宇撇撇嘴，仍旧不服：“小姑父，这姓游的两姐妹一个偷钱一个偷人，都不是什么好东西，你何必帮着她们，惹得自己一身脏？”

周措没搭理，回头对今萧说：“你们先出去。”

裴中宇起身：“不行，不许走，游佳佳偷东西，我这里摄像头都拍下来了，怎么能让她轻轻松松走掉了？”

周措点头：“那行，你报警吧。”

在座的闻言愣怔，游佳佳吓得抓住今萧的衣裳：“姐……”

裴中宇动了动唇：“好啊，报警……那她等着被学校开除吧。”

周措说：“这跟我没关系。”他扫向桌面，“不过，警察来了，或许有意外收获呢。”

听到这句话，众人脸色突变，口中暗骂着，立即收拾物品，手忙脚乱。

周措笑了笑："东西可以藏起来，但尿检是逃不掉的，还等什么，报警吧。"

满屋子静悄悄，没人吭声，周措转头看了今萧一眼，示意她先走。她思索片刻，带着佳佳离开，一路下楼，天阴阴的，走出小区大门，见计程车还等在路边，于是匆忙上了车，半晌没人开口说话，直到外面下起雨来。

游佳佳惊魂未定，这时又见堂姐拿着伞推门下去，她忙喊了声："姐，你干吗？"

今萧没有回话，自顾往小区走，远远地，还未到D栋，周措的身影出现在鹅卵石小路间，她忙上去，把伞遮在他头顶，他顺势搂住她的腰，两人并肩走了一段，今萧心跳剧烈，抬头看他，空着的那只手不由得轻轻抓住了他的衬衣。

两人回到车中，周措说："那段监控视频已经删除了，裴中宇不会把这件事宣扬出去，但人多口杂，以后还是小心些。"

游佳佳垂着脑袋掉眼泪，今萧语气严肃："你老实说，现在到底欠了多少钱？"

"……一万二，"小姑娘死死咬唇，"姐，你别告诉我爸妈……"

"不行，"今萧当即拒绝，"我担不了这个责任，也管不住你，这件事必须让你父母知道。"

"他们会骂死我的……姐，你帮帮我，就一万二，等我打工挣了钱就还给你……"

今萧叹气："我也欠着一大笔钱呢，真的帮不了你。"

周措闻言转头看了她一眼。

游佳佳小声道："是啊，你们家还欠我们五万块呢，就当还债不行吗……”

今萧说：“我和我妈一直在攒钱，每攒够一万就还给你爸妈，这跟你没关系。”

对话陷入僵局，气氛变得有些压抑。

“如果事情紧急的话，”周措说，“还是先帮她垫上吧。”

“不行，不能惯着她。”今萧严词拒绝，“你别管。”

周措轻咳一声：“好吧……现在去哪儿？”

今萧问游佳佳：“你想去哪儿？回宿舍吗？”

她连忙摇头：“我想回家。”

今萧叹气，知道她今天已经吓傻了，苛责无益，于是放软声音安慰说：“回去休息两天也好，事情总会过去的，别胡思乱想。”

出租车开到高铁站，送走游佳佳，今萧给二叔打了个电话，把今天发生的状况交代一番，彼时天色暗下，雨水不绝，她万般疲惫，重重按压太阳穴，眉头紧锁。

忽然想起什么，她对身旁的男人说：“今天真不好意思，麻烦你了。”

他“嗯”一声：“所以呢？”

今萧愣怔片刻，回过神来：“我请你吃饭。”

“好啊。”

两人还是去到那家面馆，临窗而坐，点了菜，今萧没胃口，只顾着喝酒，也不怎么说话。

周措就看着她。

这个人很快喝醉，神情恍惚，结账的时候却还记得要埋单，把钱包掏出来交给周措：“我请客，这里有钱……”

周措觉得好笑，穷光蛋请什么客呢？

付完钱，搂她出门，拦一辆车，将她塞进后座，一路开回他的公寓。

到地方，周措倾身把人抱下来，抱进电梯，上了楼，开门进入室内。

今萧被放在床上，当男人松开的时候，她又下意识抓住了他的衬衣。

“你干什么？”周措问。

今萧似醉非醉，近距离看着他，说：“你离婚了？”

周措笑起来，瘦削的下巴轮廓分明，眼角浮现性感的细纹，灯光下实在赏心悦目。

“是啊，我离婚了。”他说，“可是跟你有关系吗？”

第四十一章 想我吗

今萧不发一言，就那么看着他。

周措轻拍她的脸，转身走了。今萧下意识去拉他的手，奈何胳膊无力，落了个空。

跟你有关系吗？

怎么会没关系呢？今萧心想，他现在孑然一身，不再是过去的周总，也不再是别人的丈夫，清清白白，一个重新开始的男人，是可以与她有关的。

窗外持续细雨，隔着玻璃听不大清，屋内还是很静，今萧轻轻翻身，闻到枕头干净的香气，她心里确定着，这是他的卧室，他的床。

没过一会儿周措回来，坐到床沿，手肘撑在她身侧，形成一个虚抱的姿势，他拿着她的钱包，当面打开，从里头翻出一张拍立得照片。

“你从哪儿得来的？”他目光深邃，似笑非笑地问，“偷我照片干什么？”

今萧掉进那双黑瞳里，老老实实回答：“在你父母家，走的那天，从相册里拿的。”

周措看着她没说话。

今萧抬手抚摩他的脸，一寸一寸，极尽温柔，不是痴迷又是什么？

周措偏过头去亲吻她的手腕，口中发出喃喃低语：“想我吗？”

该死的，心快化了。

今萧喉咙吞咽，哑然“嗯”了一声。

他笑：“可你都不来找我，那么久了……”

话音未落，她抱住他的脖子，仰起身，含住了他微凉的唇。周措眼帘低垂，抵着她，按回床铺，用力厮磨。

两具身体纠缠在一处，紧紧贴合，他忍无可忍地抚摩她，手掌顺着那纤细的小腿一路往上，摸进及膝的套裙里。

今萧万般敏感，男人的手钻进裙底，刚碰到大腿，她浑身都紧绷起来。

紧绷又瑟缩，以及陌生又凶狠的难耐。

内裤被扯了出来。

他开始解她的上衣纽扣。

“轻点儿好吗？”周措在她耳边喘息，“舌头被你咬疼了。”

今萧道歉，下一刻又去吻他的脖子。

醉得厉害，她不知道衣服是怎么没了的，光着半身，裙子被推到腰间，凌乱裸露，被他观望。

怎么会这么坏呢，把人剥光，他自己却衣冠整洁，一丝不苟。

只是听见了皮带扣解开，以及拉链拉开的声音，然后他……

今萧记得整个过程，他的白色衬衣，隐约可见的锁骨，手臂紧绷的肌肉，手掌的温度，鬓角渗出的细汗，额头暴突的青筋……会发疯的，他会让人发疯。

“放松一点。”周措哑着嗓子，似乎在她耳边埋怨了一句什么，今萧浑身涨红，抓住他的手，与他十指紧扣。

后半夜，雨还在下，今萧睡过一觉，没有梦，很舒服，但这会儿又醒了。

一个温热的身体与她紧紧搂抱着，她微微挪动，一个轻吻就落在了眉心。

“你没睡吗？”她问。

周措“嗯”一声，嗓音那么低：“睡不着。”

“在想什么？”

他半晌没说话，松开她，伸手打开台灯，然后拿打火机点了支烟，夹在指间。

光线很暗，今萧看了一会儿，起身贴近他耳边，被子滑落，露出单薄清瘦的身体，她光着，他也没穿衣服。

“再来一次好吗？”她说，“刚才一直痛，只记得痛了。”

周措微愣，接着笑起来，捏捏她的下巴：“只有痛吗？”

今萧不答，爬到他身上，跨坐在腰间，淡淡地看着他。

周措眯起眼睛：“等我抽完这支，很快。”

“你不用动，”今萧抿了抿嘴，“我喜欢看你这样。”

很性感。

“但我不喜欢别人为你点烟。”

他轻吻她的手指：“我也不喜欢你为别人挡酒。”

两人眼神交错，默然靠近，浅浅接吻，然后分开。她双手撑在他的腹部，周措帮忙扶了扶，之后目光一直紧随着她，起起落落，上下跌宕。

一支烟抽完，他反客为主。

今萧把滚烫的脸颊埋在他颈窝里，万千情绪涌上来，声音支离破碎：“你是我的，”她说，“你是我的，对不对？”

“早就是你的了，”周措只觉得整个人整颗心都交给她了，“一直是你的，永远都是。”

今萧却想，不要永远，不要承诺，只要这一刻是真的，这就够了。

今萧难得晚起，清醒时周措仍在身旁，他已经洗漱过，清清爽爽地穿着居家服躺在边上，撑着脑袋凝视她。

“几点了？”

“九点半，”他说，“再睡会儿吧。”

她摇头：“今天没法上班了。”

“要不要我帮你打电话请假？”

她拒绝，说：“潘总听见可怎么好。”

“什么？”

今萧轻轻翻身，与他相对而卧：“我们老板认得你，还是稍微避嫌一下，不然我怕他以后不会真心用我了。”

周措闻言不置可否。

今萧一时也没说话，四下看了看：“这不是你以前住的公寓？”

周措“嗯”一声：“租的。”他撑起头，淡淡地说，“我现在也算一穷二白，比你好不到哪儿去。”

今萧闻言轻轻浅笑。

他点点她的鼻尖：“林坤的订单你们拿下了吗？”

“还没。”

周措笑：“他们公司一直有固定合作的供应商，这次采购配件是针对新研发的医疗设备，洪祥那家工厂规模太小了，估计他看不上。”

今萧闻言笑意收敛：“可我们还有很多别的合作厂家，都可以寄样给他们，虽然生产规模不大，但质量都有保证的。”

周措看着她："你现在要跟我谈公事吗？"

今萧眨眨眼："是你先谈的呀……"

他埋进被子中，不轻不重地揉捏她的身体："好吧，那我们聊点儿别的。"

今萧哭笑不得："别闹。"

正在这时，她听见自己手机在响，周措打住，下床去拿。

"是谁？"

"潘东浩。"周措站在矮榻前看了看她，自顾接通放在耳边，"喂，你好。"

今萧倒吸一口气，撑起半身直直盯着他。

"我是周措，"他嘴角莞尔，"今萧不太舒服，可能要请一天假……嗯，好的，谢谢。"

通话结束，他理直气壮地走过来，弯腰亲她的脸颊："生气了？"

"……"

"至少让他心里有个底，知道你不是单身，别有什么非分之想。"

今萧觉得是他自己想太多了。

"我想洗个澡。"

周措掀开薄被将她抱起，"浴室有干净的浴袍，大了些，先将就着穿吧。"

今萧慢慢洗漱完，出来的时候发现昨晚弄脏的床单被套已经换掉了，周措做了简单的早餐，吐司、火腿、煎蛋、咖啡，摆在桌上，今萧走过去，正要落座，他却拉她坐到自己腿上。

"你昨晚都没吃东西，光喝酒了。"

"嗯。"

这时手机又在响，今萧从浴袍兜里拿出来一看，是中介打来的，她接通应对几句，就着周措的手咬了一小块煎蛋，三言两语交涉完，挂了电话。

“你要租房子吗？”周措问。

今萧说：“公司准备搬家了，我也得搬出宿舍，虽然有房补，但以后每个月多一笔开销，想想还是不划算。”

周措说：“我能问问你现在薪水多少吗？”

“三千五，”她说，“我暂时还没有业绩提成。”

周措点头：“三千五，分成几份呢？还我的钱，还你二叔的钱，再加上房租，够用吗？”

今萧闻言轻轻一笑：“手里有多少钱，就做多少钱的打算，总够用的。当然，我和你的消费水平不在一个层面，你很难理解吧。”

他也笑了笑，“以前是理解不了。”又问，“你们公司给你交保险了吗？”

“交了。”

“公积金没交吧？”

“嗯，”今萧想起什么，问，“这个很重要吗？”

周措说：“如果你以后要贷款买房的话，挺重要的。”

今萧闻言愣怔，目光略微恍惚起来。

周措见她这样又笑了，下巴搁在她肩头：“琢磨什么呢，瞧你那傻样儿，一提钱就呆了。”

今萧有些恍惚，回头看他，脑中想起初见时他坐在灯红酒绿里纸醉金迷的模样，分明还是这个人，但感觉完全不一样了。

当然，放弃苦心经营十数年的资产，回到起点重新开始，如何面对落差，如何熬过心里那道坎，他一定费了很大的力气，最终变成现在的模样。

干干净净，俗世男女。

她很喜欢。

第四十二章 有我在，别怕

下午衣服晒干，浅蓝衬衫，及膝套裙，周措要给今萧换上。

“记得第一次在千秋见你，戴着鸭舌帽，还瞪了我一眼。”他说，“你知道吗，前几个月我在街上看见一个女孩儿，背影和你很像，盯着看了好久，被人家发现，还以为我是坏蛋。”

听到这话，今萧有些不可置信地打量他，之后垂眸想了想，只回应前半段句：“其实第一次见面不是那天，但你应该没印象了。”

周措不解，她却没有继续多说什么，只是脱下浴袍，站在他面前抱住了胳膊。

黑色胸罩，黑色内裤，长发散落在瘦削的肩头，白皮肤，小蛮腰，细长腿，这样清瘦的身体，胸部却发育得很好，加上那张出水清莲般的脸，真是赏心悦目极了。

周措坐在床沿沉默了一会儿：“你过来。”

今萧走过去，站在他双腿间，两手搭在他肩上，低头抿了抿嘴：“你别这样看我。”

周措搂住她的腰：“让我抱抱。”

她便又靠近了些，让他把脸埋进胸口，鼻息浅浅喷洒在皮肤上，亲昵又温存的感觉。

他的手掌在后背游离，忽然想起什么，他微微转过她的身体，看见背部有一块长方形的疤痕，与别的皮肤不大一样，红红的，颜色略深一些。

这就是她为小仲取皮的地方，周措轻抚片刻，低头亲了下去。

今萧微怔，随即笑了笑，一边拿起床边的衬衣，一边告诉他："早就愈合了，不疼的。"

周措没说话，看着她穿衣服，默然抬手，为她一颗一颗系上纽扣。

衣裳穿好，今萧吻他的额头："谢谢周先生。"

他笑："不客气，游小姐。"又说，"现在还早，我送你回宿舍，收拾好东西搬过来。"

今萧闻言微愣："现在就搬吗？"

"不然呢？"

她面露迟疑，慢慢套上牛仔裤，说："太快了，还是周末吧，让我准备一下。"

周措不动声色地沉默了一会儿，淡淡地望着她："你是故意让我难受，明知道我现在一刻也不想和你分开。"

今萧笑了笑，抱住他的脖子，手指游离在耳后抚摩："不要撒娇好吗？缓一缓，以后有很多时间，不急在这一两天的。"

周措嗓音变得很低："真狠心。"

她屏住呼吸，感到一种细微的情绪像连绵不绝的雨滴砸在心坎上，隐隐发着疼。当她发现那种情绪是不舍，立即从他身边退开一些，勉力克制。

还没分离就舍不得，这可不行。

"我们出去逛逛吧。"她提议。

周措默然盯她两眼，起身去换衣服。

两人出门，今萧穿上高跟鞋，这下只比他矮了半个头，正好可以让他轻松地揽住腰，十分自如。

下电梯时，手机响了，周措看看屏幕，略微迟疑后接起来：“喂，裴若。”

今萧略垂下头，静静待在一旁没有说话。

“我正想找时间和你聊聊裴中宇的事，”周措道，“那孩子虽然快二十岁了，但该管的还得管，不能让他随心所欲，想干什么就干什么，吃喝玩乐还在其次，有的绝不能沾的东西他也碰，这样下去迟早要出事，你得空去他公寓看看吧。”

通话结束，相互静了一会儿，周措开口问：“你想去哪儿？”

今萧说：“我想买一些盆栽，员工宿舍不方便，我之前养的玫瑰都留在学校没有带走，好可惜。”

周措“嗯”一声。

她又说：“刚才看了看你家阳台，啥也没有，地方大，适合养藤本，花期会很漂亮。”

周措又“嗯”一声。

她想了想，询问这位先生：“可以在阳台养盆栽吗？”

他说：“不可以。”

今萧微愣，转头看着他，周措也看着她，然后笑起来。

两人到花鸟市场闲逛，最后买了大苗的紫袍玉带和粉龙，加上土壤、肥料、枝剪、铲子，以及两个大盆，因为后备厢空间有限，于是先带这些回去。

周措以前没弄过这个，老实待在一旁，看她修剪根系，然后帮忙上盆，扶正植株，填入土壤，压实，浇水。

“等它长壮一些就能做牵引了，”今萧蹲在地上轻碰枝条，“养花也不容易，想让它长得好，还得花心思照顾才行，有点像养孩子。”

周措也蹲在一旁，闻言沉默了一会儿：“我想起一件事，挺重要的。”

“什么？”

他看着她：“昨天晚上，忘记做措施了。”

今萧语塞愣住。

“你介意吗，我是说万一怀孕的话。”他问。

“你呢？”

周措伸手抚摩花叶：“顺其自然，如果有了，就生下来。”

今萧沉默了一会儿：“顺其自然是好，但我觉得这样是不是进展快了点儿？”

“快吗？”

“嗯，”她拍拍手上的土，“热恋期，不适合做这种重要的决定，太冲动了。”

周措闻言不置可否，到晚上，还是出门买了几盒避孕套。

次日清晨，周措开车送她上班，谁知在工厂门口和潘东浩撞了个正着，今萧有些尴尬，抓着包低头往办公楼走。

没一会儿潘东浩进来，如往常一般笑着打招呼，然后问说：“我刚才看见周措送你来的。”

今萧应了一声，迟疑片刻，说：“潘总，我的私事和工作没有瓜葛，不管生活里发生什么，我都想在您这里好好上班，希望不会有所影响。”

潘东浩点头：“当然，我尊重员工的个人生活，你放心，这个没关系的。”

听他这样讲，今萧如释重负，暗暗松一口气。

晚上下班，周措打来电话，约她共进晚餐，谁知她却要和室友聚一聚：“她们知道我要搬出去，想一起吃顿饭。”

周措有点无可奈何："好吧，但你明天必须搬过来，下班我去接你。我的耐心快耗尽了，如果你还要拖延的话，我可能会对那两盆月季下毒手，看你着不着急。"

今萧被逗笑："别闹。"

晚上与同事吃过饭，回到宿舍，慢慢收拾东西，小许在浴室洗澡，小秦在阳台打电话，没过一会儿，今萧听见一阵不耐烦的声音，接着就看见小秦挂掉手机，脸色铁青地走了进来。

"怎么了？"

"没事，跟我妈吵了几句。"小秦坐到床边，随手捞过数据线，嘴里埋怨道，"烦死了，动不动就说要过来看我，也不知她过来干吗，又没地方住，成天没事找事。"

今萧随意笑道："妈妈可不就是这样？"

"特别烦她，"小秦不耐烦地发泄，"自己生活像一潭死水，就把我当成浮木，抓着我，什么都要管，说是关心我，但我心情不好她又帮不上忙，只会说些让人丧气的话，谁还愿意跟她聊啊，真是越讲越气。"

今萧想了想："你最近情绪不太好，有烦心事吗？"

小秦一股脑儿地倾诉："我自己也不知道，可能低潮期吧，总觉得工作没劲，再怎么努力也就混成这样了，大学毕业两年，存款不到两万，要是旅个游，买个大件的东西，很快就没了。这么一天一天混，虚度光阴，生活没有目标，找不到自己的价值，想想往后几十年也不会有太大的起伏，这种日子真的没劲。"

她说着眼眶竟然有点泛红："其实我刚毕业的时候挺上进的，心里憋着一股劲，等着在职场上施展拳脚，可惜新鲜感很快过去，越来越没热情，跟着就得过且过了。"

今萧说："给自己定一些小目标会好一点。"

小秦摇头，搓搓鼻子："我有个亲戚，跟我同年，家境一般，长得也一般，大学在国外念的，回国以后进外企工作，月薪是我的几倍，去年交了一个很优秀的男朋友，每到假期就全世界各地旅游，照片都发到朋友圈，特别扎眼，后来我就把她屏蔽了，倒不是有多羡慕，就是觉得大家起点差不多，但人家的父母会用心栽培她，甚至卖房子供她出国读书，而我爹妈只会教我认命，不要妄想太多……你不知道，我以前有个爱好，就是画画，从小就想考美院，可是我妈说学这个没用，将来不好找工作，而且文艺类的兴趣都很费钱，家里没那个经济条件，她让我别想一些有的没的……所以我现在特别恨她，践踏我的理想，按头让我认命当条咸鱼……很多时候都不想理她，她就会说，'我是你妈啊，辛苦把你养大'之类的，真是够了……"

今萧听得有些难过，想到自己何尝不是如此呢，滔滔大河里的一条小鱼而已。沉默了好一会儿，还是鼓励她说："你现在独立了，有时间可以把画画捡起来，业余时间学一学，你还年轻，说不定将来可以靠这个改行呢？做自己喜欢的工作就会有干劲了。"

小秦叹息："说到底是人懒了，一下班就想回宿舍躺着，看剧，刷手机，逛淘宝，所谓玩物丧志，一点儿没错。"

第二天傍晚，今萧带着行李搬进了周措的公寓，晚上两人靠在沙发看电影，她一直心不在焉，盯着电视屏幕出神。

"怎么了？"周措笑她，"呆呆的。"

今萧靠在他怀里，脑袋蹭了蹭："想起一个同事的话，有点感慨。"

"什么话？"

她思索半晌，轻轻开口："你知道吗，我常常觉得自己很渺小，小得像一粒浮沙，一颗尘埃，不管如何抱着热忱去生活，还是会显得薄弱，力不从心。最累的时候，会怀疑热忱有什么意义，想停下来，却发现不努力的人生只会更难。尤其小仲出事那段时间，就像掉进一条伸手不见五指的路，只能埋头往前跑，前方不一定有出口，但身后是不断逼近的深渊。我甚至不知道那条路有没有尽头，如果有，大概什么时候能让我喘一喘……你说人为什么会那么辛苦呢？”

周措心里微微发疼：“都过去了，不管以后发生什么，我都会和你一起承担。”

她笑笑：“但有的时候，我也觉得自己挺厉害的。”

周措缓缓深吸一口气，手臂牢牢环着她：“是啊，很厉害，所以我那么喜欢你。”

大地的浮沙，荒山的野草，初春的嫩芽，那么坚韧，谁不喜欢呢？

国庆假期前，家里打来电话，询问今萧什么时候买票回去。

她犹豫了一会儿，把周措的事情告诉母亲，说自己现在和他住在一起，国庆可能有别的安排。

游母闻言先是讶异，接着好像蒙了，竟不知该作何反应。今萧说：“小仲那儿你先跟他说一声，待会儿我再打电话给他。”

“要告诉小仲吗？”游母迟疑，“还是瞒着吧，好好的，怕他又闹得不高兴了。”

今萧声音平淡：“迟早会知道的，我已经把周措当作我们家的一员，希望你们尽早接受他。”

游母听那语气坚决，只好勉强应下，没过一会儿又打来，说：“小仲让你回家一趟。”

彼时今萧正跟周措在一起，两人准备去外面吃饭，她开的免提，听到母亲的话，转头看了身旁的男人一眼，见他点头，便说：“好，我带周措一起回去。”

他笑了笑，待她挂了电话，说：“我还没见过你弟弟，他现在还好吗，恢复得怎么样？”

“还在康复阶段，每天除了做枯燥的训练，就是看书复习，希望明年可以顺利回学校上课吧。”今萧说，“他是小孩子心性，这一年脾气也变坏很多，如果到时对你不礼貌，请你别见怪，我会教育他的。”

周措“嗯”一声：“我知道。”

“十一”那天清晨，两人前往采河县，路上游母来电，想知道他们中午打算在哪儿吃饭。

“要不还是下馆子吧，家里地方小，怎么好招待客人呢？”

今萧询问周措的意思，他说：“没关系，只要不打扰你们就好。”

于是今萧对母亲道：“就在家吃吧，估计小仲也不愿意出门的。”

游母忙应下：“那好，我现在出去买菜，钥匙放在消防栓里，如果你们先到了就自己进去，我怕小仲不给你们开门。”

不给开门？今萧微叹：“知道了，妈，您不要紧张，只是吃顿饭而已。”

“没紧张，不紧张……”

假期出行，路上很堵，到县里的时候已将近中午十二点，周措提着燕窝补品随今萧上楼，她母亲开门，满是局促地笑道：“回来了啊，饭菜都做好了，快进来坐！”

房屋面积很小，装修简洁，餐桌原本靠墙摆放，这会儿挪出些许，正好够四个人落座。

席间气氛尴尬，游仲面无表情，游母滔滔不绝地掩饰紧张，一边给今萧夹菜，一边斥道：“小仲你怎么回事，也不晓得打招呼叫人，真没礼貌。”

“叫什么？”游仲抬头瞥一眼，“周叔叔吗？”

“……”游母倒吸一口气，正要开口骂人，周措却笑了笑：“从年龄上来说，叫叔叔也没什么问题，就是辈分不太对，以后你可能会叫我姐夫。”

游仲冷笑一声，今萧岔开话题：“妈，周措订了一台按摩椅，大概后天送到家，您留意一下电话。”

游母睁大眼睛打量他们：“按摩椅？那怎么好意思，很贵的……”

游仲轻嗤：“姐，我们家那么小，哪有地方放啊，退了吧，消受不起。”

“你卧室电脑桌旁不就有地方吗？”

游仲狠狠瞪着她，忍了一会儿，脸色铁青道：“我真不明白你看上他什么了，好不容易摆脱那种见不得人的关系，现在又一头栽进去，他不就有几个钱吗，一个四十岁的老男人，离过婚，还时常出没夜总会，你到底图个什么？”

“更正一下，他还不到四十岁，”今萧面无表情，“你烧伤治疗的费用也是靠他那几个钱，忘了吗？”

游仲被戳到痛处，脸色愈加难看了。游母干咳一声：“吃饭吃饭，别讲那些有的没的，你姐姐是大人，她自己的事情自己会处理好的。”

“她是大人？我看她脑子根本就没发育成功！”游仲气急败坏，两眼怒视着周措，“你现在离婚了又怎么样？她做过你的情妇，世上没有不透风的墙，只要跟在你身边，一辈子都会被人骂小三，你想害死她吗？”

周措面色很淡，手里若有似无转着酒杯，说：“我承认和你姐姐遇见的时间不对，但也没有到死罪的地步，没那么严重。你姐姐和我在一起，至少没人敢当面骂她。”

游仲冷笑：“那是因为你没见过你小舅子上门骂人的场景，我可是历历在目，永不敢忘。”

周措说：“事情已经过去了，不会再有第二次，抱歉。”

游仲转而盯住今萧："这种男人你敢跟他在一起吗？他昨天可以婚内出轨，明天照样可以背叛你，别犯傻了，永远会有比你更年轻更漂亮的女人出现，你凭什么以为自己是最后一个？"

周措沉下脸，眼睛微微眯起，默不作声地放下了筷子。

今萧深吸一口气："小仲，我希望你尊重我，并且不要拿这种语气攻击周措，这是最后一次。我只是跟我喜欢的男人在一起，如果你不高兴，那就等想通以后再和我交流吧。"

这顿饭潦草吃完，每个人都不太愉快，今萧带周措先行离开，到楼下，她问他："生气了吗？"

"还好，"他看上去好像真的只是还好，"你弟弟很厉害，每句话都让我不知道怎么反驳。"

"其实他说的没错，"今萧眼帘低垂，"我们的开始很不光彩，其实你可以有别的更好的选择，我也一样。"

"怎么一样？"他抓起她的手放在唇边轻吻，"你怎么可能再找到比我更好的男人？没可能的，别想太多。"

今萧摇头一笑，随即听见他轻声叹息，心里明白，他并不是毫不介怀，也许罪恶感会跟随他一世，将来彼此之间会如何，谁又能担保呢？

入秋以后，周措即将过三十八岁生日，今萧心里打算着，想给他买个什么礼物。

这天星期五，傍晚下班，他有应酬，正好，她可以自己去商场逛逛。

"记得少喝酒，"今萧一边上电梯一边与周措通话，"晚上回来我会检查的。"

"尽量吧，"他在那头笑了笑，"你吃饭没，到家了吗？"

"还没，正在外边找地方填肚子。"

周措说："早点儿回去。"

“嗯。”

挂了手机，今萧来到三楼，走进一家日料餐厅，准备吃回转寿司。正值饭点，人满为患，服务生带她到吧台落座，刚放下包，她抬头扫了眼，看见两个人，霎时顿住了。

那次在电影院见过的，周措的前妻，裴若，和她的孩子，周琰，此刻正坐在对面用餐。

今萧心下猛地跳了两跳，只见裴若心不在焉地打着电话，周琰对她说了句什么，她敷衍地点点头，那小姑娘擦擦手，跳下椅凳，朝店外跑了出去。

突然间，她想起小仲的话，所谓第三者，只要做过一次，无论什么原因，她这一辈子都会背负这个罪名，只要见到周措的前妻，她永远抬不起头。

就是这种感觉。

好吧，她没法若无其事地坐在这里吃饭，当即拿上包，头也不回地离开了餐厅。

这下没了胃口，她径直往电梯方向走，远远地，看见周琰从洗手间那头出来，经过一个甜品店，就那么站在橱窗前呆呆看着，两只黑溜溜的眼睛开始出神。

今萧与她错身而过，正准备下楼，这时发现一个陌生男子四下张望，猥琐鬼祟，他走到周琰跟前，弯腰与她说话。

小姑娘先是警惕害怕，接着被那人抓住了胳膊，连哄带骗地往消防通道拉拽，她似乎被吓傻了，只一个劲儿地往后躲，却也不知道呼救喊人。

今萧站在远处看见整个经过，冷下脸，大步上前，听见那个陌生男子口中正说着：“你妈妈去取车了，让我带你下去……”

“周琰！”今萧喊了一声，拦在前面挡住了去路。

“你谁啊？”那男的问。

今萧没搭理他，只对孩子说：“我是你爸爸的朋友，你爸爸叫周措，妈妈叫裴若，对吗？”

小姑娘不敢回答。

“别害怕，我现在就给你爸爸打电话。”她说着，一边掏手机，一边又问，“这个人你认识吗？”

周琰拼命摇头：“不认识，他是坏人……”

“什么坏人？胡说八道！”那男的见今萧一个年轻女孩子也没放在眼里，咬牙阴沉道，“少管闲事，我记住你的脸了，以后小心点儿。”

他正要强行把孩子拖走，岂料今萧立即护住，并厉声喊起来：“保安！保安！这里有人贩子！”

路人被这叫喊吸引，纷纷驻足张望，那恶徒见有几个男人上前，立刻撒腿跑了。

今萧暗自松一口气，拍拍周琰的脑袋：“不怕，没事了，你妈妈应该还在寿司店里，快去找她吧。”

正说着，裴若从餐厅那头大步走来：“琰琰……”

小姑娘哭着扑进她怀里：“妈妈……”

“你去哪儿了？吓死我了知不知道！”

“我去上厕所，刚才有跟你说的……”

周遭路人道：“你女儿刚才差点被人贩子拐走了，你这个当妈的也太粗心了吧！”

裴若睁大眼，吓得不轻：“人贩子？在哪儿？”

“早就跑了，多亏这位小姐呼救，要不然我们还没留意呢！”

裴若闻言望向今萧，正欲开口道谢，不知怎么，忽然愣了愣，下意识顿住。

今萧很不自在，略别开脸：“已经没事，我先走了……”

裴若一下子想起前几个月，裴中宇得意地发给她一段视频，说是找到了周措的那个小三，给她出了一口气，那视频里的人不就是眼前这位漂亮小姐吗？

“请问你贵姓？”裴若不假思索问道。

“什么？”

“你贵姓？”

今萧抿了抿嘴：“我……我姓游。”

“哦。”

这么一下子双方都心知肚明了。裴若也不再看她，面色淡淡地抱着女儿，自顾自地说：“琰琰，我们得去派出所报案，商场里有监控，如果能抓住那个人贩子，说不定可以救出其他被拐的小孩儿……你也一起去吧。”

今萧屏住呼吸，动了动唇：“我就不去了……”正说着，手机铃响，她从包里拿出来一看，竟然是周措。

直接挂掉。

“我还有事，先走了，”今萧说，“如果派出所需要我做笔录，可以随时联系我。”

裴若垂着眼帘“嗯”一声，余光扫到她笔直的双腿，见她离开，暗自松一口气。

人走了，她心里也不知是个什么滋味，既震动，又沉闷，到最后也就那样吧，压根儿就没有从前想象中的那种恨。

半晌裴若回神，听见周琰叫她：“妈妈，你怎么没有留那个姐姐的电话？以后该怎么联系她呢？”

“你还操心这个呢？”

“我想谢谢她。”

裴若幽幽地说：“想联系她还不容易吗，找你爸……我是说你周措叔叔，找他就行了。”

周措的饭局持续到晚上九点，没喝多少酒，脑袋却有些昏沉。

一群人离开餐厅下楼，他抽空给今萧打了个电话。

“你回家了？”

“嗯，在家。”

“刚才为什么挂了？”

“有点事。”

“什么事？”

她没有回答。

周措听着耳边的沉默，也不再继续追问，只说：“我一会儿回去。”

“嗯。”

这边刚收了线，身后的客户轻拍他的肩，笑道：“这是要走了？那怎么行？夜生活才刚刚开始，千秋的场子我不熟，你得带着我才行！”

周措笑说：“真不好意思，家里那位闹脾气了，今晚必须先走一步，李总见谅。”

“哟，你还怕女人呢？难道她还敢管着你？”

周措略微挑眉：“未来的周太太，你说我怕不怕？”

他周旋几句，独自抽身，先行离开。

公寓里，今萧洗完澡，正在沙发上盯着电视发呆。忽而听见门铃响起，忙出去开门，一阵酒精味随之萦绕而来，她略微蹙眉，淡淡扫他一眼，问：“喝酒了？”

“一点点。”

她不置可否，弯腰为他递上拖鞋，不言不语转身回客厅。

周措从后面把她抱住，嘴唇贴在耳边：“干吗不理人呢？”

“你浑身都是烟酒味，太臭了。”

他没好气地重重掐她的腰："我去洗澡，给我等着。"

不多时，洗完澡出来，他清清爽爽地擦着头发，径自坐到沙发另一角，双膝曲起，脚踩茶几边，也没搭理她，自个儿看电影。

没过一会儿，今萧起身，走到他跟前，然后踩上沙发，坐到他怀里去。

周措似乎笑了笑，不说话。

两人默然静了很久，他见她始终出神，轻轻推了推："怎么了？心情不好？"

今萧表情愣怔，说："我今天去商场，本来想给你买礼物来着，结果忘了。"

"就这样？"

"嗯。"今萧起身，"肚子有点饿，我去做水果沙拉，你要不要吃？"

"好啊。"

她往厨房里去，周措一个人在客厅坐着，没过一会儿手机铃响，他拿起来一看，竟然是裴若。

"喂？"

"喂，周措，"裴若的声音听不出什么情绪，"没打扰你休息吧？"

"现在才十点，还早。"

那边"嗯"一声，说："是这样，今天傍晚我在商场碰见你那位小女友了，承蒙她帮忙，我还没跟她道谢，麻烦你转告一声。"

周措闻言愣了一会儿："有这事儿？"

"她没告诉你吗？"裴若说，"琰琰在商场差点被人贩子拐跑了，多亏你的小女友还算有人性，帮我把孩子抢了回来。"

"怎么会这样？琰琰还好吗？"

"受了些惊吓，没什么大碍，"裴若轻哼，"难得你还会担心她。"

周措略微叹气，没有吭声。

裴若也沉默了一会儿：“还有一句话，请你告诉游小姐。”

“你说。”

“我……”她停顿片刻，“我并不想见到她，就算她今天救了琰琰，我还是没什么好感，顶多就是不恨了，所以以后如果在街上遇见，请她务必装作不认识，绕道而行，免得大家都尴尬，都不愉快。”

周措冷淡地“嗯”一声：“放心，她大概也不会想见你。”

“当然。”

周措忽而转开话题，问：“你最近和安华怎么样了？”

裴若那头显然一愣，接着恼道：“关你什么事？”

“随口问问。”

“哼……用不着你费神，也不知安了什么心……好了，再见！”

那边掐掉通话，周措笑了笑，垂下眼帘，略沉默片刻，起身走进厨房，看见今萧正在料理台前低头切水果。

他默然上前，从背后抱住她，长久不说话。

“怎么了？”今萧喃喃问。

“有件事……”

“嗯？”

他稍微停顿片刻：“我在想，如果我们生一个孩子会怎样？”

今萧闻言愣了愣，张张嘴：“不是说顺其自然吗？”

“嗯，既然要顺其既然，那从今天起，我就不戴套了。”

“……”

没等她反应，周措把人拦腰抱起，转身离开厨房，往卧室走去。

这夜凌晨，大约两三点，周措从梦里惊醒，后背渗出细汗，他翻身把今萧搂入怀中。

也许是之前做得有点凶，太累了，所以睡得如此不安稳。

刚才梦见什么来着？

天哪，他梦见自己一夜老去，老成六七十岁的模样，但今萧仍是现在年轻的面容，年轻的身体，什么也没变。

阳光里，她跑着步，不时回头唤他，口中叫的还是“周总”，乖巧极了。他想追，可惜力不从心，年迈体弱，怎么也追不上，眼看着她跑远，消失不见。

那种感觉真是……

想到这里，周措把脸埋进她的颈窝，用力磨蹭，毫不讲理地埋怨：“你这个小浑蛋，还想跑去哪儿？我看你往哪儿跑……”

今萧被弄醒，迷迷糊糊推他：“别闹，我很困。”

“你说！”

“嗯？”

“你说，如果我老了，你是不是就跑了？”

她半梦半醒，答非所问：“你老了，有我在，别怕。”

周措心尖猛地酸了一下，突然也不闹她了，只紧紧闭上眼，紧紧抿了抿唇：“好，这是你说的，我当真了……”

等青春老去，年华逝去，到那一天，但愿你还在我身边。

是的，我会一直都在。

别怕。

番外一

端午这天清晨，天气很好，裴若接到安华的电话，询问她的行程安排。

裴若懒洋洋地说：“照常上班啊，我现在要去公司。”

安华在那边笑起来：“哟，裴总，这么拼呢，假期也不休息。”

她听他语气揶揄，烦道：“要你管。”停顿片刻，“你还有事吗，我在开车。”

“哦，没事。”

说没事，到中午的时候人却出现在公司，手里提着袋子，一路进她办公室，脸上笑眯眯的，问：“裴总，忙着呢？”

裴若抬头望去，略愣了愣：“你怎么来了？”

“过节送礼啊。”他说着，把购物袋放在桌面上，顺便拉过椅子坐在办公桌那头。

裴若疑惑地接过一看，怪道：“端午节，你送包？”

安华挑眉：“不然呢？难道你想收粽子？”

裴若思忖片刻：“好吧，”她欣然收下，“谢谢。”

安华双腿交叠地坐在那儿打量她，略歪着脑袋，面色带笑。裴若好不自在，扯扯嘴角，敷衍地抬手指了指："那边有一次性水杯，你自己倒水喝。"

他轻哼："你就是这么待客的？"

"你又不算客人。"

"嗯？"他闻言展眉笑道，"那我算什么？"

裴若自知失语，低头摆弄笔记本电脑，装作没有听见。安华犹自乐了一会儿："还挺像模像样的，真让人刮目相看，我以为你这只金丝雀顶多能应付一间餐厅，没想到现在当上了老总，还能管理一个企业。"

裴若摇头哼笑，"我心里慌着呢，每天天不亮就醒了，脑子里万马奔腾，我真怀疑周措是不是故意整我，留下这么大的摊子，我又不像他，一步一个脚印走过来的，突然坐上高位，刚开始吓都吓死了。"

安华问："你和周措常联系吗？"

她说："工作上的事情会问他。"

安华说："我看你现在神采奕奕，分明就很享受做老板。"

裴若倒是一笑："老实说，虽然压力很大，但是每次看见业绩报表，浑身上下都很兴奋，那种成就感简直会让人飘起来。"

安华见她双眸发亮，心里也跟着高兴："对了，你那家餐厅还开着吗？"

"开着呀，"裴若微叹："最近我打算换一个店长，现在那位私心太多，竟然把自家亲戚给招了进来，这样下去可不好，只是管理人员难招，恐怕还要等一阵子。"

"这个好说，我调个人给你不就行了。"安华停顿片刻，"其实这人你也认识的。"

“谁啊？”

“阿玉的儿子。”

裴若想了想，“哦”一声：“小何啊。”

“嗯，就是周老爷子以前资助的那个小伙子。”安华打量她的表情，“当然如果你介意的话就算了。”

“我为什么会介意？”她随口道，“熟人很可靠，我相信他的专业。”

安华提醒：“只是暂时调借给你，等你找到合适的店长还是要把人还给我的。”

“稀罕。”

正说着，叩门声传来，助理领着一人立在外头：“裴小姐，花店的人找您。”

“花店？”裴若疑惑地望去，“请他进来。”

一个年轻小伙子捧着一大束香槟玫瑰，说是什么彭先生订送的，安华坐在一旁似笑非笑地看她签字收花，等人都走了，幽幽调侃道：“你业务挺繁忙的，这又是哪位啊？”

裴若略有些尴尬，把花搁在角落三角桌上，说：“我妈介绍的一个朋友。”

安华盯她半晌：“你这算什么意思？一边跟我那什么，一边不耽误相亲是吧？”

“没有，”她张口结舌打断他，“别提那些有的没的。”

安华哼笑：“你就打算跟我这么不清不楚地混日子，没事的时候装傻，寂寞的时候才想到我，你当我是成人用品吗？”

“……”

他又说：“你到底在等什么？以后总要结婚的吧，不然老了一个人怎么办？”

裴若小声说："我有琰琰，不是一个人。"

"琰琰？人家也会有自己的生活好不好？"安华瞥着她，端详了好一会儿，问，"你该不会在等着跟周措复婚吧？"

"神经病。"

安华哼道："别想了，告诉你一件事，前两天我听一个朋友说，在餐厅碰见周措和游今萧，那谁的肚子已经很大了，估计他们早就结婚了。"

裴若皱眉："关我什么事？"

"呵。"

"你笑个屁。"

他又哼一声，盯着她不言语。

裴若撇撇嘴，忽又开口，问："对了，你跟周措还有联系吗？"

"怎么？"

"没怎么……"她表情不大自在，"只是觉得你们十几年的朋友，就这么老死不相往来，你不难受吗？"

安华闻言半晌没吭声，脸上也看不出什么表情，他低头看表，转开话题："琰琰在家吧？"

"嗯，放假了。"

他起身："我带她出去玩，你给阿琴打个电话交代一声。"

"哦。"

安华起身往门外走，两步以后顿住，忽然想起什么，转而走向角落："这花真丑，简直有碍观瞻，我帮你拿去扔掉，不用谢了。"

他说着，抱起那束玫瑰径直离开，裴若目瞪口呆地望着那人的背影，愣怔数秒，摇摇头，低眉苦笑。

晚上，安华送完琰琰，独自返回家中，进门的时候留意到鞋柜上一个不起眼的盒子，似乎已经摆在那里很久了，平时也没怎么注意，他以为是空盒子，随手打开，发现里面有一双毛线编织的拖鞋，款式又老又土，出现在他家里实在令人费解。

安华思索一阵，猛然记起它的来历，不就是那次去乡下，游今萧的外公外婆送的吗。他记得后来周措特意要走了一双，也不知这么丑的鞋子他拿去干什么。

这么一想，心里忽然觉得有点闷，安华默然走进卧室，洗完澡出来，躺在沙发里看球赛。

心不在焉地看了一会儿，他拿起手机，犹豫半晌，给周措发去一条短信：“恭喜你，要当爸爸了。”

那边一直没回。

安华有些失望，又觉得在意料之中，没什么好难受的。

开着电视，迷迷糊糊睡去，好像刚睡着不久，忽然听见手机在响，他倏地惊醒，抓过来一看，是周措的回复，虽然只有短短的两个字：“谢谢。”

安华一下笑起来，他不知道自己在高兴什么，大概友情也是身上的一块肉，割掉它也会很痛很痛，但好在肉还会重新长回来。

也许很慢很慢，但它终有一天会回来的，对吗？

番外二

黄昏时分，一个露天咖啡店，今萧正坐在夕阳余晖里等待周措。

她没想过会在这种场景遇见杨柯，算起来，已经有四五年没碰面了，乍见之下，倒有几秒茫然，险些没能认出来。

是杨柯先喊了她一声，信步上前，打量好几眼，笑说："真的是你？刚才我在车上看了一会儿，觉得有点像，但不敢确认。"

今萧也愣怔地端详他，其实很难将眼前这个斯文的男子与记忆里那个叛逆的小哥哥联系在一起。当年他带她逃课，从学校后门翻墙出去打游戏，第一次进网吧，第一次喝啤酒，第一次染头发，都跟他脱不了干系。

"杨柯，好久不见了。"她语气里带着些微惊喜，一边捂着圆鼓鼓的肚子，一边抬手请他落座。

他很难不去注意她隆起的肚子，已经那么大了。

今萧见他目光闪烁，低头笑了笑："真意外，春节回采河县也没见过你，谁想竟然在忘江碰到了。"

"我也很意外，"他说，"没想到你会这么快结婚生子，我记得你今年才二十三岁？”

今萧淡淡“嗯”一声，手掌缓慢抚摩腹部：“你呢？成家了吗？”

“还没，家里催得紧，我也二十七岁了，争取三十岁之前定下来吧。”杨柯脸上露出一丝无奈的苦笑，忽又想起什么，问，“对了，前两年听我妈说你们家把房子卖了，那时我还想联络你，看看有没有什么能帮上忙的，但你换了手机号……小仲现在怎么样了？”

“他还好，下半年准备回学校念高三。”

杨柯闻言点点头，一时沉默下去，想说什么，欲言又止。

今萧叫来服务生，为他点了一杯咖啡。

“其实，我心里一直挺愧疚的，”他面色尴尬，“那个时候不该轻言分手，让你一个人在忘江打拼……是我太混账了。”

今萧没料到他会这么说，思量一番，轻轻笑道：“我从来没有怪过你啊，那时大家都还小，什么也不懂，你不用介怀的。”

杨柯端详着她，语气略微动容：“看你现在过得不错，我很高兴。”

今萧笑了笑，稍稍别开目光，见水池边的顽童在喂鸽子，花圃里雏菊开得正浓，夕阳还未落下，地上的影子逐渐模糊，不远处驶来一辆计程车，停靠街边，车门打开，走下一人，英挺端正，一边淡淡打量她和杨柯，一边迈步走近。

今萧收回视线，告诉杨柯：“接我的人来了，我们下次再聊。”

简单道别，她拿上包，起身朝周措迎去。

“那人是谁？”

“以前的邻居。”

周措闻言挑眉，若有所思地低头睨着她，今萧则回之一笑。

“我看你们有说有笑，都聊什么了？”

“没什么，随便叙旧。”她说着，忽然停下步伐，手掌抚摩腹部，错愕地愣了一愣。

“怎么了？”

“胎动，刚才猛踢了我一下。”

周措也去摸她隆起的肚子，轻抚着，然后弯腰贴近，笑说：“乖一点，不要听见爸爸的声音就激动。”

今萧拧着眉头笑：“说不定是烦了呢。”

“他敢？”

两人吃完饭后看了一场电影，回到家时已将近十点了。

她现在一举一动都比从前慢半拍，原本也不是急躁的人，怀孕以后增添许多温婉，无论周措什么时候看她，总会觉得浓情蜜意，柔肠万千。

除了肚子以外，其他地方也圆润了一些，但由于一直保持适当的运动，均衡饮食，所以并没有胖得太夸张。

其实前三个月还比较难挨，孕吐得厉害，吃不下饭，人反倒瘦了许多。奇怪的是那段时间周措也跟着消瘦下去。

记得第一次产检，项目繁杂琐碎，令人倍感疲倦，好在医院环境舒适，服务细致，周措一直陪伴在侧，不时握住她的手，或拉入怀里抱着，轻言细语，让她纾解不少。

从她怀孕至今，周措一直比较冷静，没有流露什么夸张的情绪，只是格外注意她的饮食和安全，并且建议她别再继续工作，但显然她没有听话。

十四周的时候第二次产检，发生一点小意外，医生使用胎心仪没能找到胎心，当时周措的脸色瞬间铁青，真的就是一瞬间，冷得像块寒冰，尽管后来做B超找到了，胎儿一切正常，但今萧看他那样子也没好到哪儿去，眉头拧成一个结，险些冲医生动怒。

那天从医院回来，他郑重其事地与她商量，希望她停下工作，专心养胎，否则他会整日提心吊胆，每隔一个钟头就要打电话问她好不好。

今萧考虑了一夜，做出退让，答应他到五个月时不再上班，他也考虑了一夜，勉强妥协，但只要两人分开，他仍旧每隔一个钟头就给她打一通电话。

天气愈渐炎热，今萧现在已经怀孕七个月了，行动不太方便，晚上洗澡，由周措帮忙，脱衣，放水，洗头，搓背，他没这么伺候过人，想想不久还要伺候肚子里那个小的，不觉就笑起来。

晚上临睡前，他会给她按摩腿脚，缓解水肿，夜里有时她抽筋痛醒，他也会立刻翻身起来，帮她揉捏痛处，直到症状减轻。

“我现在确定造物主一定是个男的，”周措在她耳边低语，“所以才把生产的功能施加在女人身上，太自私了。”

今萧闻言轻笑：“所以你得承认，女人比男人伟大。”

“当然，我一向都是这么认为的。”

“是吗？”她莞尔。

周措半躺在她身后，右手去摸那隆起的腹部，许久没听见声响，问：“琢磨什么呢？”

今萧回道：“下午遇见杨柯，他说没想到我会这么快结婚生子。”

“嗯。”

“其实我自己也觉得不可思议，以前从没想过这个问题，我对婚姻不抱期待，也并不怎么向往，一来觉得那是很久以后才会考虑的事情，二来家里状况百出，害怕拖累别人，去年的这个时候我甚至预感自己会孤独终老也不一定呢。”今萧说着，莫名觉得好笑，不由得摇了摇头。

周措支起胳膊撑着脑袋，垂眸看她：“你这么漂亮，竟然说自己会孤独终老，是悲观还是挑剔，嗯？”

“悲观谈不上，有挑剔，也有自卑。”她说，“一个人待久了，要去展开一段感情，适应另一个人，真的得很喜欢才行……”

周措忍不住笑：“好了，好了，我知道你真的很喜欢我，不用这么拐弯抹角地表白了。”

今萧微愣，回头望去，伸手捏他瘦削的下巴：“对，比如我喜欢你……但第一个念头肯定是克制，然后退开，我不认为那么好的人和物会属于我，如果得不到，就要控制自己的期待和欲望，这样才能减少伤害。”

“听上去有些可怜，”周措抓住她的手，“可我常常觉得你是很自信的一个人。”

“我只是比较贪心，”她笑，“没有自信可怎么活呢？”

周措“嗯”一声，聊着聊着，困意渐浓，他躺进被窝，前胸贴着今萧的后背，呼吸渐沉。在入睡之前，她听见他喃喃自语：“没有你可怎么活？”

…………

八月初，预产期的前两天，凌晨三点，今萧开始宫缩阵痛，周措立刻穿衣，抱她下楼往医院送。

饶是先前上过分娩预演的课程，真到这天来临时，心里仍然慌得一塌糊涂。到医院，做了检查，换了衣裳，因为才开了一指，还不能上无痛，于是只能待在房间里等。

“不如转剖腹好了，”周措不断摸她的额头，“你看你疼成这样。”

今萧摇头，把脸埋进他怀里掉眼泪。

她很少落泪，这下周措的心猛揪起来，又堵又闷，喘不了气，只能百般安抚怀中人，温言轻哄，只恨不能代替她疼这一回才好。

天亮时，游母和游仲也过来了，今萧已开三指，腰椎处插入导管，推入麻醉药物，疼痛控制在可以承受的范围内，她累得小睡了一会儿，周措却一刻不敢松懈地守在床边，为她按摩腿脚，全神贯注地留意着她。

“妈，女人生孩子真可怕，”游仲眉头紧蹙，“我姐到底什么时候能生？”

“还早呢，”游母既焦急又无奈，“不然怎么说在鬼门关走一遭呢，现在条件好了，有无痛分娩，以前我生你们那会儿连剖腹产都不普及，活活咬牙挺下来的。”

游仲闻言“啧”一声，眉头拧成“川”字，稍待片刻起身：“我出去透透气，不想看我姐遭罪。”

产程漫长，每一分钟都在煎熬，到下午三点，整整十二个小时过去，宫口全开，今萧终于可以生了。

周措陪产，在边上紧抓着她的手，眼看她因为用力而青筋隐现，满脸涨红，他心绪震惊，不知道自己何德何能，竟然让她愿意承受那么多痛，去生下他的孩子。

五十分钟，永生难忘的五十分钟，宝宝真会折磨人，这下总算出来了。

周措剪完脐带，还未细看孩子，俯身就去亲今萧已经变得惨白的脸，额头抵着她汗湿的额头，听见她有气无力地喘息着，问：“孩子呢？”

“正在量体重，”医生说，“三千五百克，有七斤呢，是个男孩儿。”

今萧眨眨眼：“原来是小周措。”

“我看就是个浑蛋，”周措情绪波动，声音压抑，“竟然折腾了你这么久，要不是看他还小，我一定揍他。”

“别闹。”

不一会儿孩子抱来，游母和游仲也进入产房，众人围在床边，今萧细细瞅着怀里的小婴儿，问周措：“你说他长得像谁？”

周措还未开口，游仲忍不住插嘴：“我觉得像我，”他斩钉截铁道，

“外甥都像舅舅嘛。”

游母边笑边骂道：“五官还没长开呢，哪里就能看出像谁了？非要比较的话，还是像萧萧多一点。”

“是吗？”今萧亲昵地望着小婴儿，故意逗说，“我哪有这么丑？”

“分明是像我。”周措终于拿回话语权，“肯定像我。”

后来，过了很久，当这孩子长大一些，今萧找出他父亲幼年时的照片对比一看，简直一模一样。

还是周措说对了，绝对像他。

番外三

周彦之小朋友出生以后，周措逐渐发现一个有趣的现象，这孩子过了半岁，跟妈妈越来越亲近，但对他却似乎有种敌对意识，每当他和今萧做出亲密举动时，周彦之就会下意识出手把他们分开。

比如那天午睡，周措醒来，越过儿子，要去吻娇妻，谁知周彦之也醒了，当即一掌拍了过去，小肉腿还暗暗使劲，不许他靠近。

“反了你？”

今萧听见动静，迷迷糊糊睁开眼，哑着嗓子问：“怎么了？”

周措轻哼一声，把周彦之拎到床尾，然后搂住她接吻，没过一会儿那小崽子爬到他们中间，咿咿呀呀叫唤，试图引起妈妈的注意。

“是不是饿了？”今萧把他抱进怀里，他就像小猫小狗似的，趴在胸前，两手抓住了睡裙。

周措又哼一声，懒散躺在一旁，手臂垫在脑后，淡淡地道：“成天霸占我的女人，霸占我的地方。”

今萧觉得好笑，把孩子放到他身上：“快去哄哄你爸。”

周彦之慢慢爬啊爬，掉了个头，拿屁股对着周措的脸，准备坐下去。

“你大概想熏死我。”周措把那小子举起来，忽然觉得不对，脸色微变，噌地起身，抱着娃娃往浴室走。

“怎么了？”今萧问。

“换尿布。”

没过一会儿传来一声低吼：“周彦之！”

今萧怪道：“又怎么了？”

里头没有回应，等周措抱着儿子出来，只见衣裳湿了一大片，他沉着脸把小东西放到床上，转身就去更衣室了。

周彦之咧嘴傻乐。

今萧摇摇头，揉他圆鼓鼓的肚子：“还敢笑，当心挨揍。”

闻言他乐得更欢，挥舞着两只小手，口水流了下来。

好吧，果然是个浑蛋。

因为今萧不喜欢外人在家，所以一直没有请月嫂，游母自然要过来帮忙照顾外孙。

周彦之能流利地说话以后，逐渐显露出一种善于撒娇和哄人的天性，这让周措始料未及。

例如那天吃饭，外婆宠他，边哄边喂，他看着动画片，一时兴奋，随手打翻了汤碗，今萧当下淡淡扫过去，什么话也不说，就这么冷眼看着，他怕了，葡萄似的眼睛眨巴眨巴，好像在认错，样子可怜得要命。

“不想吃饭就饿着吧，”今萧无动于衷，“妈，你不要惯他，饿两顿就好了。”

周彦之朝周措投去一抹求救的目光，周措耸耸肩，表示无能为力，于是他干脆把自己浑圆的脑袋撞进今萧怀里，蹭啊蹭，嗲声嗲气地说：

“我知道错了，再也不敢了。”

“少来。”

“妈妈我爱你，你不爱我了吗？”

“不许撒娇。”今萧这么说着，语气却已放软不少。

周措真想为他鼓掌。

“小周先生是跟谁学的，这么厉害，长大还怎么得了？”他在私下调侃。

今萧说：“不是遗传了你的性格吗？”

“我？”周措哭笑不得，“你确定？我有那么厚脸皮吗？”

今萧郑重其事地回答：“你们两个除了长相以外，某一部分性格也是一模一样的，简直有其父必有其子。”

“我当你在夸我，萧萧。”

五一小长假，游仲从学校回来，带孩子的任务自然落到他的头上。

晚上吃完饭，周措拉今萧出门闲逛，游母吩咐游仲帮小外甥洗澡，游仲怕弄湿衣服，打了赤膊，周彦之第一次见到他身上的烧伤。

“看什么看？”游仲轻哼，“怕了？”

周彦之伸出一根手指碰他的腰：“舅舅，你疼不疼？”他认真说，“我帮你涂口水，涂完就好了。”

“谁要你的口水。”游仲把他转过去，挤沐浴露给他搓背。

搓着搓着，想到什么，他决定替姐姐和姐夫问出那个永恒的问题：“周彦之，你更喜欢妈妈还是爸爸？”

“嗯……”小崽子认真思索，“我都喜欢的，但有时候他们会打架，我就不喜欢。”

“打架？”游仲闻言皱眉，“怎么回事？你爸对你妈动手了？”

周彦之点头：“有几次我半夜起来，去卧室找爸爸妈妈，结果看见他们在床上打架，一次是爸爸在撞妈妈，一次是妈妈骑在爸爸身上，打得连衣服都没了。”

游仲憋了半晌，努努嘴：“这种话不要拿到外面说，千万不要，记住了。”

“为什么？”

“人家会觉得你是小流氓，懂吗？”

周彦之不懂。

晚些时候周措和今萧回家，带回一只小奶猫，把周彦之高兴坏了，执意要把猫窝放在他床边，也不再吵着要和爸爸妈妈一起睡了。

夜渐深，周措冲完澡出来，看见今萧默不作声趴在枕头上，目光有些颓然。

“怎么了？”他靠上前摸她的头发：“想什么呢？”

一阵静默后，她哑声开口：“想儿子了。”

周措笑：“他就在隔壁啊。”

她眨眨眼，没有回应，过了一会儿突然记起什么：“刚才你手机震动。”

“是吗？”周措拿过看了看：“裴若群发的节日祝福。”

今萧听见那个名字下意识默然片刻，喃喃问：“她好吗？”

周措愣了下，接着“嗯”一声：“挺好的。”

今萧点头。

“你呢？”他问：“儿子都这么大了，心里还不踏实吗？”

“不知该怎么说，”她翻身侧躺，看着他的眼睛：“有时会觉得很幸福，但我不敢太幸福，就像有只熟睡的野兽住在心里，不能笑得太大声，否则会把它惊醒，然后吃掉我。”

周措苦笑：“别胡说八道。”

今萧摸他的脸，心想，就这样吧，让野兽留在心里，只要小小的幸福，也足够了。